WARRIORS 貓戰士

破滅守則

七部曲之III

暗影之蔽

Veil of Shadows

艾琳・杭特（Erin Hunter）著
約翰・韋伯（Johannes Wiebel）繪
郭庭瑄 譯

晨星出版

特別感謝基立・鮑德卓

鷹翼：薑黃色母貓。
所指導的見習生，香桃掌：淺棕色母貓。
露鼻：灰白相間的公貓。
竹耳：深灰色母貓。
暴雲：灰色的公虎斑貓。
冬青叢：黑色母貓。
翻爪：公虎斑貓。
蕨歌：黃色的公虎斑貓。
蜂蜜毛：帶黃斑的白色母貓。
火花皮：橘色虎斑母貓。
栗紋：暗棕色母貓。
嫩枝杈：綠眼睛的灰色母貓。
鰭躍：棕色公貓。
殼毛：玳瑁色公貓。
梅石：黑色與薑黃色相間的母貓。
葉蔭：玳瑁色母貓。
點毛：帶斑點的母虎斑貓。
飛鬚：帶條紋的灰色母虎斑貓。
拍齒：金色的公虎斑貓。

貓后　（懷孕或正在照顧幼貓的母貓）
黛西：來自馬場的奶油黃色長毛貓。

長老　（退休的戰士和退位的貓后）
灰紋：灰色的長毛公貓。
雲尾：藍眼睛的白色長毛公貓。
亮心：帶薑黃斑的白色母貓。
蕨毛：金褐色的公虎斑貓。

各族成員

雷族 *Thunderclan*

族長　**棘星**：琥珀色眼睛、深棕色的公虎斑貓。

副手　**莓鼻**：奶黃色公貓，尾巴斷了一截。

巫醫　**松鴉羽**：藍色盲眼的灰色公虎斑貓。
赤楊心：琥珀色眼睛、深薑黃色的公貓。

戰士　（公貓，以及沒有年幼子女的母貓）
刺爪：金褐色的公虎斑貓。
白翅：綠眼睛的白色母貓。
樺落：淡褐色的公虎斑貓。
鼠鬚：灰白相間的公貓。
所指導的見習生，月桂掌：金色虎斑公貓。
罌粟霜：淺玳瑁與白色相間的母貓。
獅焰：琥珀色眼睛、金色的公虎斑貓。
玫瑰瓣：深奶油黃色的母貓。
鬃霜：淺灰色母貓。
莖葉：橘白相間的公貓。
百合心：藍眼睛、嬌小、帶白斑的深色母虎斑貓。
所指導的見習生，焰掌：黑色公貓。
蜂紋：帶黑條紋、毛色極淺的灰色公貓。
櫻桃落：薑黃色母貓。
錢鼠鬚：棕色與奶油黃相間的公貓。
煤心：灰色的母虎斑貓。
所指導的見習生，燕雀掌：玳瑁色母貓。
花落：玳瑁與白色相間的母貓，有花瓣狀的白斑。
藤池：深藍色眼睛、銀白相間的母虎斑貓。

松果足：灰白相間的公貓。

蕨葉鬚：灰色的母虎斑貓。

鷗撲：白色母貓。

尖塔爪：黑白相間的公貓。

穴躍：黑色公貓。

陽照：棕色與白色相間的母虎斑貓。

長老　**橡毛**：嬌小的棕色公貓。

影族 *Shadowclan*

族長　虎星：深棕色的公虎斑貓。

副手　苜蓿足：灰色的母虎斑貓。

巫醫　水塘光：帶白斑的棕色公貓。
影望：灰色的公虎斑貓。

戰士　褐皮：綠眼睛、玳瑁色的母貓。
鴿翅：綠眼睛、淺灰色的母貓。
爆發石：棕色的公虎斑貓。
石翅：白色公貓。
焦毛：耳朵有撕裂傷的深灰色公貓。
亞麻足：棕色的公虎斑貓。
麻雀尾：魁梧、棕色的公虎斑貓。
雪鳥：綠眼睛、純白色的母貓。
蓍草葉：黃眼睛、薑黃色的母貓。
莓心：黑白相間的母貓。
草心：淺褐色的母虎斑貓。
螺紋皮：灰白相間的公貓。
跳鬚：花斑母貓。
熾火：白色與薑黃色相間的公貓。
肉桂尾：白色腳爪、棕色的母虎斑貓。
花莖：銀色母貓。
蛇牙：蜂蜜色的母虎斑貓。
板岩毛：毛髮滑順的灰色公貓。
撲步：灰色母貓。
光躍：棕色的母虎斑貓。

灰白天：黑白相間的母貓。

紫羅蘭光：黑白相間的母貓，黃色眼睛。

貝拉葉：綠眼睛、淡橘色的母貓。

花蜜歌：棕色母貓。

鶴鶉羽：耳朵黑如鴉羽的白色公貓。

鴿足：灰白相間的母貓。

流蘇鬚：帶棕斑的白色母貓。

礫石鼻：棕褐色公貓。

陽光皮：薑黃色母貓。

長老　鹿蕨：失聰的淺褐色母貓。

天族 *Skyclan*

族長　**葉星**：琥珀色眼睛、棕色與奶油黃相間的母虎斑貓。

副手　**鷹翅**：黃眼睛、深灰色的公貓。

巫醫　**斑願**：腿上與身上帶斑點的淺褐色母虎斑貓。
躁片：黑白相間的公貓。

調解者**樹**：琥珀色眼睛的黃色公貓。

戰士　**雀皮**：深棕色的公虎斑貓。
馬蓋先：黑白相間的公貓。
露躍：健壯的灰色公貓。
所指導的見習生，根掌：黃色公貓。
梅子柳：深灰色母貓。
鼠尾草鼻：淺灰色公貓。
鳶撓：紅棕色公貓。
哈利溪：灰色公貓。
花心：薑黃色與白色相間的母貓。
龜爬：玳瑁色母貓。
沙鼻：矮胖、腿是薑黃色的淺褐色公貓。
兔跳：棕色公貓。
所指導的見習生，鷦掌：金色虎斑母貓。
蘆葦爪：嬌小、淺色的母虎斑貓。
所指導的見習生，針掌：黑白相間的母貓。
薄荷皮：藍眼睛、灰色的母虎斑貓。
蕁水花：淺褐色公貓。
微雲：嬌小的白色母貓。

羽皮：灰色的母虎斑貓。

長老　**鬚鼻**：淺棕色公貓。

金雀尾：藍眼睛、毛色極淡、灰白相間的母貓。

風族*Windclan*

族長　**兔星**：棕色與白色相間的公貓。

副手　**鴉羽**：深灰色公貓。

巫醫　**隼翔**：灰毛帶白色雜毛、像是披了紅隼羽毛的公貓。

戰士　**夜雲**：黑色母貓。
斑翅：帶雜毛的棕色母貓。
所指導的見習生，蘋果掌：黃色虎斑母貓。
葉尾：琥珀色眼睛的深色公虎斑貓。
燼足：有兩隻深色腳爪的灰色公貓。
煙霧雲：灰色母貓。
所指導的見習生，木掌：棕色母貓。
風皮：琥珀色眼睛、黑色的公貓。
石楠尾：藍眼睛、淺棕色的母虎斑貓。
伏足：薑黃色公貓。
所指導的見習生，歌掌：玳瑁色母貓。
雲雀翅：淡褐色的母虎斑貓。
莎草鬚：淺褐色的母虎斑貓。
所指導的見習生，振掌：棕白色公貓。
微足：胸口有星形白毛的黑色公貓。
燕麥爪：淡褐色的公虎斑貓。
呼鬚：深灰色公貓。
所指導的見習生，哨掌：灰色虎斑母貓。
蕨紋：灰色的母虎斑貓。

貓后　**捲羽**：淡褐色母貓。（生下兩隻小母貓——小霜、小霧，和小公貓——小灰）。

長老　**苔皮**：玳瑁色與白色相間的母貓。

流亡貓 *Exiled Cats*

松鼠飛：綠色眼睛，有一隻白色腳掌的深薑黃色母貓。

河族 *Riverclan*

族長　**霧星**：藍眼睛、灰色的母貓。

副手　**蘆葦鬚**：黑色公貓。

巫醫　**蛾翅**：帶斑點的金色母貓。
柳光：灰色的母虎斑貓。

戰士　**暮毛**：棕色的母虎斑貓。
鯉尾：深灰色與白色相間的母貓。
錦葵鼻：淺棕色的公虎斑貓。
甲蟲鬚：棕色與白色相間的公虎斑貓。
黑文皮：黑白相間的母貓。
豆莢光：灰白相間的公貓。
閃皮：銀色母貓。
蜥蜴尾：淺褐色公貓。
所指導的見習生，霧掌：灰白色母貓。
噴嚏雲：灰白相間的公貓。
蕨皮：玳瑁色母貓。
松鴉爪：灰色公貓。
鴞鼻：棕色的公虎斑貓。
冰翅：藍眼睛、白色的母貓。
溫柔皮：灰色母貓。
所指導的見習生，水花掌：棕色虎斑公貓。
金雀花爪：灰色耳朵的白色公貓。
夜天：藍眼睛、深灰色的母貓。
兔光：白色公貓。
風心：棕色與白色相間的母貓。
斑紋叢：灰白相間的公貓。

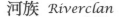

月池
被遺棄的
兩腳獸窩
天族營地
舊雷族小徑
雷族營地
天空橡樹
湖
風族營地
斷半橋
兩腳獸地盤
轟雷路
符號說明
部族
雷族
河族
影族
風族
天族
星族
北方

綠葉
兩腳獸地盤
兩腳獸窩
兩腳獸小徑
兩腳獸小徑
空地
影族營地
半橋
小轟雷路
綠葉
兩腳獸地盤
半橋
貓兒視角
小島
小河
河族營地
馬兒地盤

被遺棄的
工人小路
採石路
水晶池
符號說明
地形
礦場
兔丘林
落葉林區
松樹林
沼澤
聖域湖
兔丘
湖
小路
北方
兔丘
馬廄場
兔丘路

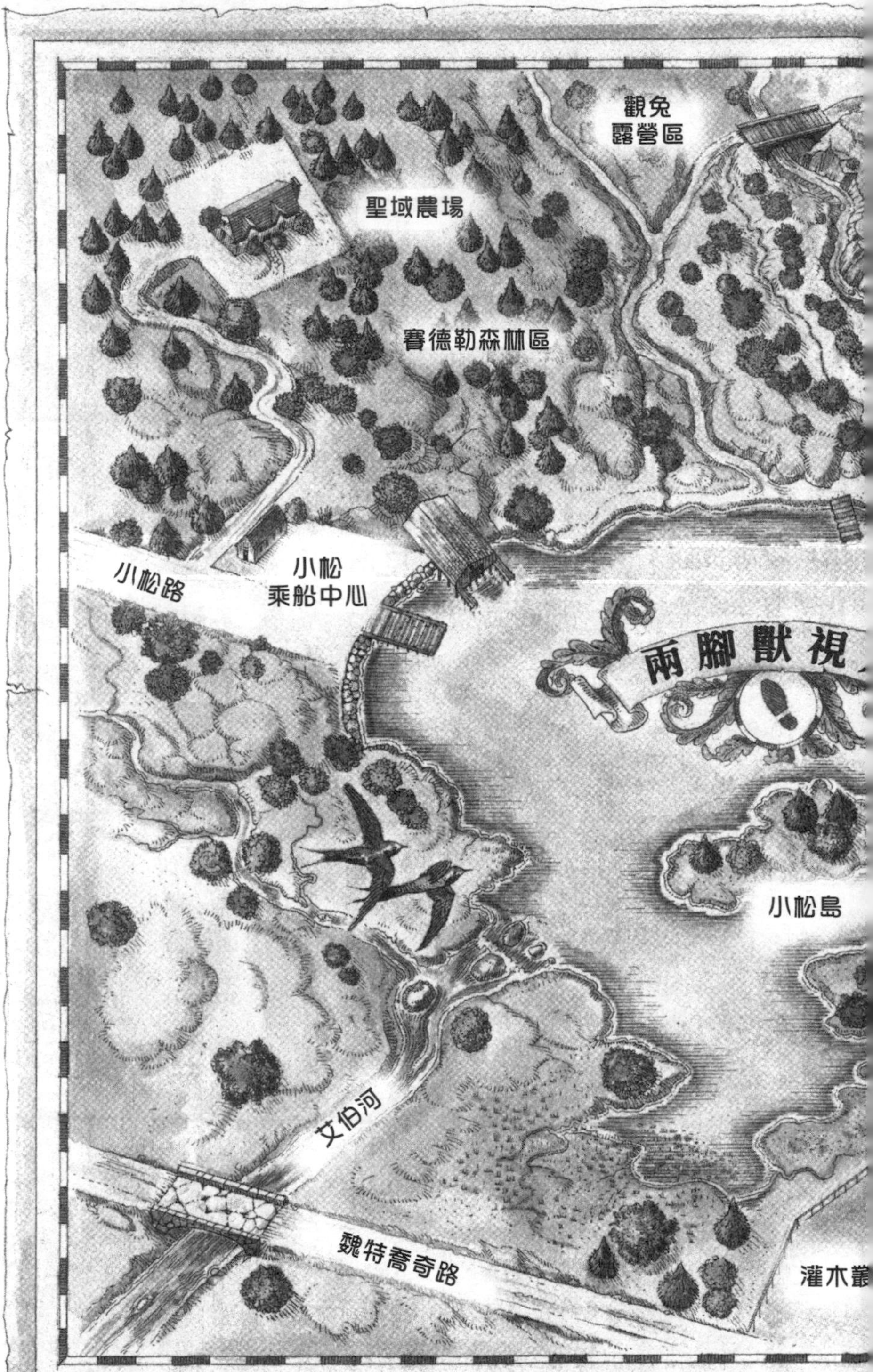
觀兔
露營區
聖域農場
賽德勒森林區
小松路
小松
乘船中心
兩腳獸視
小松島
艾伯河
魏特喬奇路
灌木叢

序章

日暮的天空逐漸染上緋紅，尖塔望在一塊被太陽曬得暖烘烘的岩石上伸展身體，享受最後一抹陽光。荊刺灌木叢環繞著這片小空地，氣氛好安詳、好寧靜。事實上，他死後的生活一直很平靜。他最後幾個月和影族貓一起旅行，還救了一隻小貓，感覺就像在做夢一樣。雖然虎星幫他取了一個戰士的名字，請求星族允許他進入星族狩獵場，但他還是決定繼續當個自由的幽靈，在大湖與城市間恣意遊蕩，沒有貓會來挑戰他。

尖塔望生前只認識一小群影族貓，自從他死後，他就抓緊機會觀察所有貓族，想好好了解他們。

現在我大概摸透他們的生活方式了。他想。**知道得愈多，就愈覺得有什麼地方不太對勁。**

一陣冷顫竄過尖塔望的毛皮，不只是因為陽光逐漸消逝而已。他內心的不安感愈來愈強，除了憂懼貓族內潛伏著危機外，還有——就在這一刻，他感覺到有隻貓需要他的幫助。**是誰呢？**

這是尖塔望死後第一次出現這麼強烈的急迫感。他立刻跳起來往湖邊飛奔而去，縹緲的幽靈貓掌輕輕掠過地面，好像有股無形的力量牽引著他，在前方替他開路。

他不斷往前跑，暮色愈來愈濃，在周圍迅速蔓延，於樹下形成一團團幽深的暗影。還沒抵達湖邊，他就看見一隻棕色公貓似乎瞄準什麼目標，邁開大步穿越森林，毛皮上的白色斑點在黃昏中閃爍著詭異的微光。尖塔望嗅了嗅，直覺告訴他這不是他要找的貓，於是他便繼續往湖邊跑。

過沒多久，灌木叢裡傳來一陣窸窣聲。他停下腳步，所有感官細胞都繃緊神經，進入警戒狀態。他聞到前方有股濃烈的貓薄荷香氣，而且是壓碎的貓薄荷。尖塔望小心翼翼地往前走幾步，把頭探進蕨葉叢，瞇起眼睛細看。眼前的景象讓他大為驚訝。

小路旁有隻貓正在貓薄荷裡打滾，細碎的葉片沾滿全身。不過天色太暗，他沒辦法辨識細節，只看得出來對方是一隻肌肉發達、身強體壯的公貓。

尖塔望內心的危機感瞬間加劇，讓他恍然大悟。**這就是我被引來這裡的原因之一。**

他很懷疑那隻貓究竟看不看得到他，但他還是盡可能放輕腳步悄悄靠近。就在他走到距離兩條尾巴遠的地方，那隻公貓突然坐起來，擺出狩獵的蹲伏姿態，雙眼緊盯著前方的矮灌木，不到一下心跳，他就以迅雷不及掩耳的速度猛撲過去，消失在濃密的枝葉和蕨叢裡。

一聲尖叫劃破了寂靜的夜。尖塔望認出那個聲音，僵在原地動彈不得。**是影望！**

尖塔望死的時候，影望還只是一隻小貓而已。事實上，他在生命最後一刻拯救的就是影望一家。當時他就看出這隻小貓很特別，現在影望已經長大，變成一隻年輕又有天賦的巫醫貓了。尖塔望匆匆穿過樹叢，赫然發現那隻強壯的公貓正揮舞利爪攻擊影望，一把抓向他毫無防備的背。尖塔望驚恐地望著這一幕，只見公貓攫住影望的後頸猛力搖晃，將他狠狠抛出去，砰地撞上旁邊的樹幹，墜了下來。

影望無力地癱軟在地，腳掌抽搐了一下，然後就不動了。

尖塔望發出刺耳的嚎叫，聲音中雜揉著震驚和憤怒。他撲向那隻公貓，猛抓他的肩膀和喉嚨，但他的腳掌只是穿透對方厚厚的毛皮，無法造成任何傷害。

尖塔望仰起頭，又發出一聲嚎叫，急著想召喚其他貓來幫忙，可是沒有回應。**我是幽靈……沒有貓能聽見我的聲音。**

公貓叼起影望的屍體，拖進灌木叢深處。尖塔望驚愕地瞪大眼睛，緊跟在後。過了一會兒，他意識到那隻公貓正朝著雷族與天族交界處的岩區走去。他爬過岩石，影望的屍體在他前爪間拖行。尖塔望突然明白公貓要做什麼了。

「不！」他立刻跳上前放聲咆哮，但那隻公貓還是一樣，絲毫沒有退縮的意思。尖塔望驚恐地看著他咬住影望的後頸，將他的屍體扔進深谷。軟弱無力的灰色身軀就這樣從突出的岩塊上彈落，掉在一棵扭曲的荊棘樹根旁。

尖塔望凝望著深谷，內心的恐懼漸漸轉為絕望。眼前的黑暗好深好沉，他幾乎辨識不出躺在岩地上的影望。**我拒絕了星族，這樣才能看顧我的朋友。為什麼要逼我目睹這一切？**

他蹲踞在峽谷邊緣痛苦哀號。

要是我無法阻止這件事，為什麼我的直覺要把我帶到這裡？他忍不住問自己，愧疚和悲痛吞沒了他的心。**我的朋友死了，我卻無能為力！**

第一章

根掌非常緊張，不停擺動腳爪，飛快瞄了周圍的巫醫貓群一眼。光是來月池就讓他嚇得不知所措。曲折蜿蜒的小徑上點綴著貓掌印，這些掌印非常古老，老到整個世界都遺忘了它們的存在。泉水源源不絕地湧出，如瀑布般傾瀉而下，注入月池；池面被皎潔的月光籠罩，映射出滿天星斗。

我們不屬於這裡，根掌看了坐在旁邊的父親樹，心想。**這個地方只有巫醫才能來。**他還記得上次獲准來月池是因為巫醫們試圖打破僵局，希望能接觸到星族。**但那次感覺也很怪，完全沒幫上忙，我們跟星族之間的關係還是沒改善。**

根掌發現就連巫醫群看起來也很焦慮。五大貓族的巫醫都聚集在月池，只剩影族還沒到。他們靜靜等待水塘光和影望，夜空中的半月升得更高；根掌愈來愈不安，皮膚因為緊繃開始刺痛起來。

真希望會議能趕快開始。

他和樹來月池參加例行的半月會議，想在各族的巫醫面前召喚棘星流離遊蕩的靈魂；如果成功，那所有巫醫都會知道現在的棘星根本不是真的棘星，不是雷族真正的族長，棘星的肉體被別的貓占據了，雷族不該也不用聽從他的命令。

只是機會渺茫，根掌沮喪地想。他知道有些巫醫不喜歡讓樹靠近月池；他們不承認他從姊妹幫血親那裡繼承來的詭異天賦，也無法接受他漠視、不尊重戰士守則。可是這一次，父親的出現安撫了根掌躁動的心。他真的很不想承認，但他們現在面臨的問題和處境比戰士守則重要多了。

「影族貓怎麼這麼慢？」隼翔低聲抱怨，提起腳來回踱步，從池邊走到小徑盡頭再走回來。「我們在浪費月光。」他朝夜空瞥了一眼，補上一句。

「他們快到了，」樹說。「我們在來的路上似乎聽見有隻貓痛苦哀號。」

「是誰？」赤楊心焦急地追問。

「當下沒看到半隻貓，」樹聳聳肩。「我們找了一段時間，但水塘光認為那隻受傷的貓一定是回雷族營地了。因為影望在後面蒐集蜘蛛絲，所以水塘光就先去找他。」

「希望他們沒遇上什麼麻煩，」赤楊心回答。「少了他們，會議就無法開始。」

松鴉羽輕蔑地哼了一聲，尾尖不耐煩地來回擺動。

其他貓還來不及開口，山谷頂端的灌木叢就傳來一陣沙沙聲。是水塘光。他踏著輕輕的腳步，一路穿過滿布尖刺的樹枝，沿著蜿蜒盤旋的小徑跑去跟其他巫醫貓會合。

「對不起，我遲到了，」他氣喘吁吁地說。「我——」

「影望呢？」根掌插嘴問道。影族的巫醫終於現身，讓他鬆了一口氣，直到他發現來的只有水塘光而已。

「他沒有在這裡嗎？」水塘光露出茫然的表情，困惑地環顧四周。「我還以為他一定會比我早到耶。」

「他不在這裡。」蛾翅喵聲說。

水塘光猶豫了一下，擔心地眨眨眼睛。「我有去找他，可是沒找到，我以為他已經過來了。他會跑去哪啊？」他納悶地說，肩頸的毛也豎了起來。

「你們兩個一定是剛好錯過了，」蛾翅輕快地喵聲說。「我們再等他一下吧。」

其他巫醫低聲交談了幾句表示同意，再度於月池邊坐下。他們的鬍鬚不斷地抽搐，尾巴快速擺動，根掌看得出來氣氛愈來愈緊張，那種「自己不屬於這裡」的感覺更加強烈了。

時間一分一秒過去，根掌覺得心裡彷彿有個隱隱作痛、充滿焦慮的黑洞。水塘光也是，他看起來一頭霧水，似乎完全不曉得影望為什麼這麼慢。

根掌內心的擔憂愈來愈沉重，重到他再也受不了。影望是第一個捎來訊息的信使，告訴大家星族很生氣，不喜歡有貓破壞戰士守則，但他後來改變了主意，開始質疑自己看到的異象。**他現在樹敵眾多，遍布所有貓族……**

「肯定出了什麼事！」根掌突然大喊。「我們得去找影望才行。」

所有巫醫都轉過來看他，臉上透出一模一樣的漠然，絲毫沒有表情。他很怕他們聽不進他的話，畢竟他只是一個普通見習生而已。可是斑願立刻舉起腳掌。

「根掌說的對，」她喵聲道。「影望如果有得選，絕對不會讓我們這樣枯等。」

「最好是這樣，」松鴉羽的聲音中夾著一絲諷刺。「要是被我發現他跑去追飛蛾，一定會把他的耳朵扯下來！」

「如果影望故意浪費我們的時間，我會親自教訓他。」水塘光厲聲喝道，狠狠瞪了失明的松鴉羽一眼。

根掌從水塘光聳起的肩膀和下垂的尾巴看得出來他真的很擔心。水塘光率先跳起來往小徑走去，穿過灌木叢，其他巫醫貓也緊跟著他，根掌和樹則殿後。

「不是要召喚棘星的靈魂嗎？」樹焦躁地抽動耳朵，壓低聲音說。

「先找影望比較重要。」根掌很堅持，一陣戰慄直竄至他的爪尖。影望會不會是被什麼動物攻擊了？或者更糟，被別的貓攻擊？一想到有部族貓攻擊影族的巫醫貓，他就全身發抖。**真的有貓會這樣嗎？這樣違反戰士守則啊！**「我敢說影望一定出事了。我們非找到他不可！」

貓群爬下崎嶇的石坡，匆匆越過荒原，沿著風族邊界的溪流前進，一直走到雷族的領地。**說不定我們會在他去月池的路上遇到他。**根掌抱著一絲希望，默默地心想。水塘光帶他們走到湖畔，他剛才就是離開這裡進入森林尋找受傷的貓，可是完全沒有影望的蹤跡。

「要找到他應該不難，」蛾翅對水塘光喵聲說。「你的氣味還是很濃，影望也是。我們只要跟著氣味就行了。」

然而，走進森林後沒幾隻狐狸的距離，氣味的痕跡就指向一條充滿貓薄荷香氣的小路，濃到完全蓋掉貓的氣味。

「這就怪了……」水塘光困惑地搖搖頭。「我們就是在這裡聽到貓叫聲。我記得，因為當時我還在想森林這一帶應該不會長貓薄荷才對。」

「真的不會。這裡不是貓薄荷區。不知道是誰把貓薄荷帶過來，」赤楊心仔細嗅聞了一陣。「而且下面的草莖也被壓碎了。」

「也許有貓或狐狸把獵物帶來這裡？」根掌皺起眉頭，試著搞清楚狀況。

「或是有貓把貓薄荷帶到這裡來滾……掩蓋自己的氣味。」赤楊心表情嚴肅地說。

「我發現了你的氣味，水塘光，」松鴉羽從貓薄荷區另一邊探出頭說。「可是沒有影望的味道，好像他走進來就再也沒出去了。」

「可是……為什麼？」根掌提出反駁。「為什麼影望要試著掩蓋他的氣味？」

「影望！影望！」水塘光的叫喊打破了森林的寂靜，可是沒有回應。

「他沒聽見就表示他不在附近，」蛾翅說。「我們應該分頭去找。」

斑願點點頭表示同意。「一找到他，我們就可以另外安排會議，到時再去月池集合。」她喵聲說道。

「等等，」他們還來不及行動，樹就走到中間命令道。父親聲音中透出的權威讓根掌大感訝異，忍不住眨眨眼睛。「無論影望出了什麼事，可能都和根掌要給我們看的東西有關，」樹繼續說。「你們答應會聽他說。你們會遵守承諾嗎？」

「我們都已經走到這裡了，不能再長途跋涉回月池啊！」柳光抗議道。

「沒這個必要，」樹抽動了一下鬍鬚對她說。「根掌可以在這裡講。」

樹揮揮尾巴示意；根掌走上前去，巫醫們圍著他形成一個歪扭的圓圈。他緊張地用爪子挖土，覺得大家一定都能聽到他砰砰的心跳聲。

他凝視著頭頂上的樹枝，全神貫注召喚棘星。

快點，他默默懇求。**你一定要來！**

可是心跳了好幾下，什麼也沒發生。根掌開始懷疑自己做得對不對。就在這時，他聽見身後傳來熟悉的喵喵聲。

「大家好。」

棘星的靈魂踩著輕盈的腳步緩緩踏進圓圈中心。根掌低下頭，發現所有巫醫都驚訝地瞪大雙眼。

太好了，成功了！他們都看得到他。

就連松鴉羽也打了個冷顫。他看不見棘星，卻認得出他的聲音。

可惜這股興奮持續不了多久。根掌仔細觀察，上下打量棘星，發現他的靈體變得好朦朧、好模糊，少了一種實體感，不像他上次看到的那麼清楚。根掌的皮膚開始因為焦慮而刺痛，痛楚在棘星開口說話時變得更強烈。

「謝謝你們過來，」棘星環顧著身旁的巫醫貓群，聲音聽起來有些失真。「離開肉體的時間越長，我就越虛弱，必須耗費很多精力才能以這樣的形態出現，但我不得不……」

棘星的聲音逐漸減弱，靈體也愈來愈模糊，最後只剩下映照在矮樹叢上的半透明虎斑花紋。

「不！」根掌忍不住在棘星最後一點嗓音與身體殘跡消失之際哽咽大喊。「等一下……」

「他去哪了？」赤楊心困惑地東看西看。「根掌，你看得到他嗎？」

「他走了。」根掌搖搖頭，心裡湧起一股強烈的恐懼與擔憂。

貓群旋即陷入無聲，震懾到說不出話來。幾下心跳後，躁片率先打破沉默。「那是什麼？是棘星嗎？」

「我倒是什麼都沒看到也沒聽到，」隼翔嗤之以鼻地說。「根掌，你該不會在耍什麼把戲吧？」

根掌氣憤地否認，卻被柳光的聲音蓋過去。「我也覺得很莫名其妙。我們不是應該專心修補和星族之間的關係嗎？為何要擔心什麼奇怪的姊妹幫天賦呢？」

「簡直是浪費時間。」隼翔怒聲咆哮，肩膀的毛瞬間豎起來。

「等等，」赤楊心舉起一隻腳掌，喵聲制止河族和風族的貓，眼神透出一種狂躁，似乎心緒不寧，但聲音聽起來沒有敵意，讓根掌鬆了一口氣。「我們為什麼不聽聽根掌怎麼說？或許他的天賦能幫助我們了解棘星的遭遇。」

「赤楊心說得對，」蛾翅附和道，一臉嚴肅地看著從前指導的見習生柳光。「我承認我一開始不相信他，可是現在我親眼看到了，剛才站在我們中間的就是棘星。」

「他的聲音化成灰我都認得出來。」松鴉羽點點頭，甩甩身體。根掌猜他是想掩飾自己的不安。「可是，如果那是棘星，那現在領導雷族的貓又是誰？」

「還有這一切到底是什麼意思？」水塘光補問一句。

沒有貓能回答。

根掌站在貓群旁沮喪地動動爪子，各族的巫醫貓則繼續低聲討論，時而搖頭，時而抽動尾巴，試圖搞懂剛才看到的景象。樹走過來站在根掌身邊；這一次，他很高興能感受到父親毛皮溫暖的觸感，慶幸有他相伴。

最後，赤楊心的聲音吞沒了其他巫醫的細語。「顯然我和松鴉羽得做點什麼，」他喵聲說道。「我們必須密切注意目前雷族裡那個棘星。」

「如果他真的不是我們的族長，勸他最好求星族保佑。」松鴉羽低聲怒吼。

「這樣對我們其他族沒幫助，」斑願說。「我們該怎麼辦？要告訴族長嗎？」

「我不知道……」蛾翅說。「說棘星不是棘星是很嚴重的指控，而且我們也沒有足夠的證據來證明這一點。確定之前還是先保密比較好。」

「我不懂你們的尾巴為什麼要抽動，」隼翔拱起肩膀怒目環視其他巫醫，啞著嗓子厲聲喝道。「棘星已經邁向下一個階段進入來世了，就這麼簡單。現在他要帶領雷族與星族重新連結，修復關係。身為巫醫，你們是希望這樣，還是想散播謠言讓族貓心生疑慮和不滿，就因為這個……這個見習生說的話？」

根掌往前踏一步打算為自己辯解，嘴巴都張了一半，卻被樹用尾巴捲住肩膀拉了回來。「讓他們回部族思考自己究竟看到什麼，」他低聲對根掌說。「他們要嘛行動，要嘛不行動，爭執並不會改變他們的想法。」

根掌重重嘆了口氣。他不想承認，但父親說得沒錯。他站在樹身邊靜靜等候，巫醫們互相道別，轉身朝各自的部族營地走去。

「那影望怎麼辦？」根掌在他們正要離開時問道。

「我們能做的都做了，」蛾翅哀傷地說。「現在也追蹤不到他的氣味，如果他在附近，一定會聽到我們叫他。」

「可是……我們不能就這樣丟下他啊！」根掌大喊，肩膀的毛怒氣沖沖地豎起來。

「或許他已經回影族營地了，」水塘光輕輕甩動尾巴說。「他可能到了月池卻沒看到我們。說不定我們只是錯過了？」

巫醫們互相交換一個眼神。根掌察覺到他們其實很懷疑，他也認為情況不樂觀，可是大家都不曉得還能怎麼辦。

「放手吧，」樹將尾巴輕輕擱在根掌肩上，小聲勸他。「影望要是在附近，我們一定會發現一些跡象。」接著他轉向各族巫醫說，「你們回營地的路上應該要保持警戒，留意影望的蹤跡。」

「對，」水塘光點點頭。「有什麼發現就通知影族。唉，希望他是先回營地等我。」

其他巫醫低聲表示同意。這不是根掌想要的結果，但他看得出來，最多也只能期待這樣了。他心不甘情不願地拖著腳步，跟著斑願和躁片返回天族營地。

他走過樹身邊，穿越森林，除了棘星逐漸消褪的靈體外，還有別的事讓他的胃因恐懼而下沉。

影望在哪裡？他到底怎麼了？

第二章

雷族營地沐浴在閃耀的銀色月光裡，鬃霜從戰士窩的枝椏間滑下來，踏上地面。她蓬起毛抵禦清冷的夜，帶著遺憾瞥了溫暖的窩一眼。

真不想離開臥鋪，但又不得不去穢物處……

鬃霜放輕腳步穿過營地，抬頭望著漂浮在天空中的半月和無數閃爍的繁星。美麗的夜色並沒有激起歡欣雀躍的感覺，反而讓她心生憂懼，胃裡一陣翻攪。

星族到底在哪裡？祂們為什麼保持緘默？

從穢物處走回戰士窩的路上，鬃霜用眼角餘光瞥見一些動靜，於是便轉身查看，只見兩隻貓沿著營地另一邊的石牆偷偷溜進來，同時飄過一陣貓薄荷香氣。她忍不住猜想，那些貓是不是故意跑到貓薄荷叢打滾？她再度嗅聞空氣，發現裡面夾雜著另一種淡淡的味道。

是血嗎？

起初鬃霜還不確定那兩隻貓的身分。他們可能是入侵者，只是用貓薄荷掩蓋自己的氣味，所以在荊棘隧道旁守衛的玫瑰瓣沒有警覺；直到兩隻貓走近，她才發現原來是冒牌的棘星和副族長莓鼻。鬃霜頓時鬆了一口氣，但這股寬慰很快就被不安感淹沒。她想知道他們為什麼這麼晚才回營地，身上還散發出濃濃的貓薄荷味。

鬃霜加快腳步返回戰士窩，暗暗希望其他族貓不會注意到她。可是還沒走到樹枝搭建的休息處，她就聽到身後傳來棘星溫和卻不失強勢的聲音。

「鬃霜！沒事吧？」

鬃霜轉身面對族長棘星，等他走近，莓鼻則緊跟在後。

「沒事，棘星。今晚很寧靜。」鬃霜恭敬地低下頭回答。

「很好。」棘星噴噴鼻息，似乎很滿意這個答案。

他的舉止很正常，看起來心情不錯，但鬃霜跟他說話時不知怎的有種不太舒服的感覺。她從這個距離就可以看出他的胸毛糾結在一起，上頭血跡斑斑，在銀色的月光照耀下呈暗黑色。血塊讓他的毛皮變成黏答答的毛團，可是看不出來有傷口，因為他行動自如，聲音也沒有流露出一絲痛楚。鬃霜張開嘴想問發生了什麼事，卻又硬生生把話吞回去。她很肯定，質疑假棘星絕對不是什麼好主意。

「好了，晚安。」棘星喵聲說完便走向位於擎天架的族長窩，莓鼻則跑過鬃霜身邊，一路衝進戰士窩。

鬃霜急忙跟在後面，試著說服自己這兩隻貓只是在月光下狩獵。

可是，獵什麼呢？

✦✦✦

第二天早上，鬃霜迷迷糊糊醒來，發現清朗的夜已然消逝，換成厚重的烏雲和傾盆大雨，豆大的雨點不斷襲擊戰士窩屋頂。冰冷的雨滴穿過交錯的樹枝落在她的後頸上，讓她忍不住縮了一下。強風猛烈衝擊石窟頂部的樹木，颯颯的風聲不斷竄進耳裡。

「太好了，黎明時分剛好換我巡邏呢！」她沒好氣地拖著腳步從窩裡走出來，抖掉身上的苔蘚。

她本來就不指望有貓回應，沒想到正在簡單理毛的刺爪抬起頭酸溜溜地喵說：「哈，好像真的有貓會在這種天氣攻擊我們一樣。」

鬃霜打起精神，迎著風雨走出窩外。她邁開步伐，濺起陣陣水花，來到暴雲吩咐其他巡邏貓集合的地方。她的毛皮才過了短短幾下心跳就被雨水浸溼了。

昨夜月光下那片美麗又靜謐的營地感覺變得好遙遠，鬃霜不禁懷疑自己其實是在夢裡遇到棘星。

可是感覺好真實！

她一邊跟暴雲、錢鼠鬚和罌粟霜踩著艱困的步伐於邊界巡邏，一邊在腦海中反覆播放昨晚和棘星的對話。她忘不了他的胸毛纏著血塊的畫面。她帶著溼透發抖的身子回到營地，心裡很明白她必須把自己看到的事告訴別的貓。

鬃霜走出荊棘隧道，發現前方有一支狩獵隊準備把獵物運至新鮮獵物堆，莖葉和點毛也在裡面。她強忍著雙腿的疼痛飛快奔跑，穿過營地追上他們，結果不小心打滑，停下來時有點失去平衡，差點一頭栽進泥濘的野地裡。與此同時，狩獵隊正把一隻田鼠和兩隻老鼠扔到獵物堆上。

「我有事要跟你們說，」鬃霜低聲細語。「很急。」

莖葉轉過來瞪大眼睛看著她，眼神充滿疑惑，但獵物堆旁圍著好幾隻貓，所以他什麼也沒說，只是把鬃霜和點毛拉到一旁。他們在營地圍牆邊找了一個安靜的角落，上頭剛好有一塊突出的岩石，可以讓他們遮風避雨。點毛警戒地環顧四周，確認沒有貓能偷聽到他們的談話。

「說吧。」莖葉喵聲道。

「昨天晚上我去穢物處……」鬃霜把昨夜的奇怪經歷一五一十地告訴莖葉和點毛，說她半夜遇到棘星和莓鼻，強烈的貓薄荷香氣，還有棘星胸前沾滿血塊的事。「這很嚴重，我不想隨便指控族長，」她繼續說。「可是這些畫面在我腦海中揮之不去。你們覺得呢？還是我想太多了？」

「或許吧，」莖葉若有所思地眨眨眼睛。「但根據我們對棘星的了解，這件事並不單純。我覺得他在搞什麼鬼。」

「我們得密切觀察，好好監視他才行。」點毛補上一句。

「沒錯，」莖葉表示同意。「我們知道他派狗去追火花皮，因為她不服從他的命令，現在他又滿身是血回到營地……要是棘星在計畫什麼可怕的事，我們該怎麼辦？」

「不知道。」鬃霜承認。

他們完全沒想法，不曉得該如何應對。鬃霜帶著忐忑的心情跟著莖葉和點毛回到獵物堆挑選獵物。就在他們共享食物，一起大啖一隻松鼠時，棘星從他的窩裡走出來站在擎天架上，用琥珀色的目光迅速掃視營地。

「所有大到能自己狩獵的貓都來擎天架下參加部族會議。」他放聲嚎叫。

雷族貓逐漸聚集，那些一直在窩裡躲避風雨的貓此時紛紛踏出戶外，拱起肩膀抵禦強勁的雨珠。鬃霜站在貓群最前方，很怕聽到棘星下一步要做什麼。

「我有一件重要的事要宣布，」棘星對齊聚在底下的族貓說。「昨晚，松鴉羽和赤楊心去月池參加巫醫會議，帶回一個消息，那就是影望，那隻看到異象，讓我們知道打破戰士守則會有什麼後果的年輕影族貓失蹤了。」

聽到這個消息，鬃霜的心跳加快，前掌不停揉搓泥濘的地面。她想起昨晚遇見棘星，想起他胸前糾纏的血塊，想起根掌和樹打算召喚棘星的靈魂，把真相告訴各族巫醫。**不曉得他們有沒有成功說服巫醫貓群。**她內心的憂慮與恐懼節節高漲。**影望失蹤跟他們的計畫有關係嗎？**

「我認為影望已經離開貓族逃走了，」棘星的聲音流露出一絲冷酷與嚴苛。「我認為他無法接受他的母親鴿翅必須負起迫使星族離去的責任，也無法面對打破戰士守則的貓必須嚴懲這個事實。影望太軟弱了。」

鬃霜震驚地望著族長。**他在說什麼啊？**她不認識這隻年輕的影族巫醫，但她知道，也相信他不可能自願離開部族，拋下自己的親屬。

棘星停頓了一下，低頭俯視他的部族，接著再度開口，聲音變得比剛才更溫暖，像蜂蜜一樣從嘴裡慢慢滴下來。「當然，你們，雷族貓，你們強大多了。犯錯的貓就得贖罪，反抗的貓就得受罰。這樣，我們就能為其他部族樹立榜樣。」

冒牌棘星的話讓雷族貓紛紛安靜下來，陷入沉思。鬃霜環顧周圍的族貓，有些貓低頭盯著自己的腳掌，看起來很害怕，有些則交換不安的眼神。她猜他們大概是想起自己過去所犯的錯吧。

然而鬃霜注意到，莖葉和點毛雖然保持緘默、肩膀的毛依舊光滑平整，眼裡卻閃著憤怒的火花。

她移開目光，尋找松鴉羽和赤楊心的身影。他們知道影望失蹤的真相嗎？她看了好一會，發現他們在巫醫窩的入口處。松鴉羽正俯身靠在赤楊心耳邊說悄悄話。

不過松鴉羽的悄悄話有點大聲，鬃霜聽見「胡說八道」四個字。就在這時，假棘星的眼神突然變得很銳利，她猜他也聽到了。她的胃因為害怕而抽筋，泛起陣陣痙攣。

棘星還來不及開口，赤楊心就跳起來向他低頭鞠躬，表達深刻的敬意。「松鴉羽是說，沒理由有貓會違抗你的命令或企圖逃避過錯、不肯贖罪，這些都是胡說八道。」他連忙打圓場解釋。

喔，最好是啦，鬃霜心想。從棘星憤怒的眼神和鄙夷的鼻息來看，她很確定他同樣抱持著懷疑的態度。

幸好，棘星什麼也沒說，反而挺起身子站得又高又直，目光再次掠過他的部族。「影望的懦弱讓我相信我們必須立刻且公然採取行動，」他喵聲道。「我們必須對付破壞戰士守則的貓，讓星族看到雷族有意彌補他們的過錯。因此……」

他突然閉上嘴巴。鬃霜不曉得接下來會聽到什麼，心裡一陣害怕，胃緊揪成一團。

「因此，」棘星再度開口。「松鴉羽、獅焰，還有嫩枝杈，往前一步。」

松鴉羽隨即起身邁步向前，灰色的虎斑毛皮聳然直豎，憤怒之間散發出一股傲氣。獅焰和嫩枝杈猶豫了幾下心跳的時間，用不確定的眼神互瞄對方一眼，接著從族貓中走出來，面對站在擎天架上的棘星。

「我沒有違反戰士守則。」獅焰反駁。

「或許沒有，」棘星回答。「但你跟松鴉羽是混血貓，是違反戰士守則的產物。你們住在雷族讓星族很不高興。」

「什麼？」松鴉羽大聲咆哮，怒氣沖沖地往前踏一步，尾巴急速擺動。「我為什麼要為自己的出生方式負責？我又沒得選！」

赤楊心悄悄走到從前的導師松鴉羽身邊，將尾尖放在他肩上，示意他不要衝動，但這個動作沒用。松鴉羽把赤楊心甩開，緊盯著假棘星不放。

「我們都很清楚，」他繼續說。「我的母親葉池欺騙了部族，隱瞞我們的血統，可是她現在進了星族。如果我這個所謂『違反戰士守則的產物』讓星族這麼困擾，那祂們為什麼要原諒真正該為此負責的貓呢？」

棘星一時語塞，松鴉羽這番話似乎殺得他措手不及。鬃霜目不轉睛地看著棘星的下顎如喘氣的魚般無聲開合，說不出話來。「星族很神祕，」最後棘星總算喃喃吐出幾個字。「祂們有時不會解釋自己的做法，這點我很懂。」

「我比你更懂星族！」松鴉羽立刻回嘴。「我知道你在說謊，你根本不是——」

鬃霜的耳朵往前抽動了幾下。**難道松鴉羽知道棘星不是真的棘星？**她意識到松鴉羽可能會向整個部族揭露真相，一陣冰冷的恐慌瞬間竄遍全身。她想起根掌和樹本來要在昨晚的半月會議上告訴各族巫醫關於棘星靈魂的事，但反對者認為，在沒有確鑿的證據前就讓所有部族貓知道只會帶來危險。直接指控族長是冒牌貨太輕率、太魯莽了。**我無法想像結果會有多混亂……**

「我有時也不太了解星族的意思，」鬃霜喵喵地插話，在整個部族面前打斷巫醫讓她覺得很尷尬。「祂們真的滿難懂的。」

松鴉羽狠狠瞪了她一眼，嘴裡咕噥著什麼，可是太小聲了，鬃霜聽不見。不過她很慶幸看到棘星臉上露出驚訝的表情，也很高興聽到有些族貓發出嚎叫表示同意。

「星族！祂們有事幹嘛不直說就好？」鼠鬚大喊。

「其實大多時候就連巫醫也不了解星族的意思。」火花皮附和道。

「我只是把那隻年輕的巫醫告訴五大貓族的話重複一遍，」棘星用嚴厲的口氣對松鴉羽說。「無論如何，你和你哥哥都是混血，表示你們破壞了戰士守則。至於妳，嫩枝杈，」他將注意力轉向那隻年輕母貓繼續說。「妳換了好幾次部族，甚至還說服一隻天族貓跟妳一起出走。這就是妳違反戰士守則的原因。影望看見的異象提到了你們三個的名字，我必須把你們逐出雷族。」

整個部族聽到棘星的命令，全都驚愕地倒抽一口氣。松鴉羽發出狂怒的嘶嘶聲，獅焰則帶著憤慨與無奈的表情屈服，往後退一步，和他的伴侶煤心站在一起；煤心看著獅焰，臉上寫滿了痛苦和憂愁。嫩枝杈頹然趴倒在地，抬頭望著族長不斷乞求。

「請讓我贖罪吧，」她苦苦哀求。「我內心深處很清楚自己屬於雷族，所以才會回來。我會盡我所能證明我的忠誠！」

棘星猶豫了一下。鬃霜覺得他很享受嫩枝杈拜倒在他跟前，全身沾滿爛泥的畫面。「很好，」棘星終於喵聲說。「但妳的贖罪之路非常艱難，因為我必須對妳很嚴厲才能取悅星族。」

「我什麼都願意做！」嫩枝杈急切地答應。

「好，我要妳離開貓族半個月，」棘星說。「回來的時候，妳必須帶二十隻獵物來餵飽族貓。」

「二十隻！」嫩枝杈失聲驚叫。「我知道現在是新葉季，可是光靠我自己的力量……」

什麼？鬃霜差點因為太詫異而倒抽一口氣，不過她忍住了。**每隻貓都稱讚我很會狩獵，但我不覺得自己有辦法獨力抓這麼多獵物。**

「這是唯一能向星族證明妳忠心耿耿，是個好戰士的方法，」棘星的眼睛既冷酷又無情。「妳一定做得到。」

嫩枝杈長嘆一口氣，接著倉促起身，頭垂得好低好低。「我會的，棘星。」她喵嗚地說，顫抖著身體往後退一步，泥巴從肚皮上滴滴答答地落下。她的伴侶鰭躍緊貼著她的側身，用鼻子碰碰她的肩膀安慰她。

「半個月而已，不長。」他輕聲說。

與此同時，赤楊心已經走到擎天架下方，抬頭面對棘星。「星族怎麼會希望貓因為父母的錯誤而受罰？如果真的要這樣，天底下還有無辜的貓嗎？」他質問族長。

儘管赤楊心沒有指名道姓，鬃霜還是能聽到一些族貓竊竊私語，似乎明白他話中有話。鬃霜也知道背後的含義。雖然棘星的父親，也就是第一代虎星早在她出生前就死了，但她從父親蕨歌那裡聽過不少關於虎星的事。虎星一味追求權力，不惜背叛部族，幾乎將他們摧毀殆盡，留給兒子棘星可怕的家族烙印和難以抹滅的惡名。

但眼前這個不是真的棘星，鬃霜提醒自己。**我想他不在乎虎星做了什麼。**

「夠了！」棘星厲聲喝斥赤楊心。「根據星族傳達給影望的異象，這些都是破壞戰士守則的貓。我知道，也很清楚族裡還有別的貓違反戰士守則，不過，我們必須先把星族點名的貓驅逐出去。至於你，赤楊心，你最好不要對族長表現出不忠的態度，也不要企圖妨礙部族滿足星族的期待與想望。」

否則下一個放逐的就是你。鬃霜在心裡默默補完棘星沒說出口的話，很確定族裡每隻貓都跟她一樣有這個想法。

「快走，」棘星低頭俯視著獅焰和松鴉羽。「不要回頭。其他貓，轉身背對他們。」

有些族貓發出難過的聲音，鬃霜強迫自己不要提出異議。她真的很不想服從指揮，但她必須讓假棘星相信自己非常忠誠，這點很重要，因為這樣她才能繼續蒐集資訊，向那些計畫反抗的貓通風報信。她立刻跳起來轉過身，確保自己是第一隻遵從命令的貓。

她能聽到被流放的貓踩著貓掌，濺起滿是泥濘的水花，接著停下腳步。「你可能以為整個雷族都對你裝模作樣的表演很買帳，」松鴉羽用唾棄的語氣說。「才不是這樣。你很快就會發現了。」

鬃霜僵在原地動彈不得。**看樣子松鴉羽真的知道。**根掌和樹一定成功說服他們了。真面目差點暴露出來，假棘星會有什麼反應呢？

她瞥了族長一眼，只見他一如往常用惱怒的目光瞪著失明的巫醫，沒什麼特別的言行舉止。「快點離開！」棘星從胸膛深處發出一聲咆哮。

好險他沒聽懂，鬃霜鬆了一口氣。

「來吧，松鴉羽，」獅焰喵聲道。「我們無能為力。」

鬃霜很想趁這些被放逐的貓離開石窟前跟他們說說話，可是她不敢，只能背對他們站著，聽他們的腳步聲漸漸消失。她感覺到營地裡瀰漫著緊張的氣氛，如巨大的利爪般攫住每一隻貓。

獅焰和松鴉羽離開後，棘星便沿著陡峭的亂石一路跳到營地地面。令鬃霜驚愕的是，他居然昂首闊步，直直走向她。

「看著嫩枝杈，讓她立刻開始贖罪。」棘星一邊吩咐，一邊轉頭望著鰭躍身旁那隻年輕母貓。她的灰色毛皮被滂沱大雨摧殘，溼溼地貼在身上，看起來好弱小、好可憐。

為什麼找我？鬃霜覺得很奇怪，幸好她腦袋夠清楚，知道還是不要抗議比較好。

「沒問題，棘星。」她低下頭輕聲回應。

鬃霜走向嫩枝杈，感覺每隻族貓都在注視她的一舉一動。「妳該走了，」她尷尬地喵聲道。「二十隻獵物很多，對任何貓來說都是艱鉅的任務……我看妳最好還是快點開始。」

「妳講話不用這麼不客氣！」鰭躍氣沖沖地說。

其實鬃霜很想壓低聲音安慰嫩枝杈，可是她很清楚，她不能讓別的貓知道自己真實的感受。她擺出冷酷又強硬的表情，心卻陣陣抽痛。

「別這樣，」嫩枝杈伸出尾巴，將尾尖放在鰭躍肩上輕聲安撫。「如果這麼做真的能讓星族回來，那……」她突然聲音顫抖，說不下去，只是俯身靠近鰭躍，舔舐他的耳朵表示告別。「半個月後見。」她補上一句，轉身離開營地。

嫩枝杈抬頭挺胸，邁開大步走向荊棘隧道。途中有幾隻貓向她道別，但她沒有回頭看。鬃霜目送她離開，直到她的身影消失在森林裡。

她轉過身，發現鰭躍就站在後面。

「現在妳滿意了吧！」那隻棕色公貓嘶嘶怒吼，充滿敵意的眼神緊盯著她不放。

鬃霜被鰭躍強大的怒火嚇了一跳，不曉得該怎麼回應，只能默默愣在原地看著他迅速撇頭，大搖大擺地離開。

雖然雨勢變小，但會議結束後，大多數族貓還是走回他們的窩。鬃霜看看四周，發現沒有貓注意到她，於是便飛也似地跑過營地，潛入荊棘隧道。

要是有貓問我，我就說我要去狩獵。

儘管下著雨，獅焰和松鴉羽的氣味依舊強烈，在草地上縈繞不散，鬃霜很容易就能追蹤。他們往天族營地的方向朝領土邊緣走去。鬃霜的毛皮拂過潮溼的矮樹叢，貓隻的氣味也愈來愈濃，她很快就意識到自己追上了，就在前面，在荊刺灌木叢另一邊。

他們怎麼還在這裡？鬃霜好納悶。**要是棘星派出巡邏隊就麻煩了。**

就在這個時候，她聽見他們的聲音從荊刺灌木叢裡傳來，頓時恍然大悟。原來獅焰和松鴉羽是停下來吵架。

「……跟一天大的小貓一樣沒用！」鬃霜一走進聽力所及的範圍，就聽到松鴉羽大聲咆哮。「你太容易向棘星讓步了！」

獅焰回答的嗓音遠比松鴉羽平靜，但鬃霜感覺得出來，他平淡的語氣下藏著一絲惱怒。「你可能沒意識到我們寡不敵眾。我們還能怎麼辦，攻擊我們的父親？」

「棘星才不是我們的父親，」松鴉羽輕蔑地嘲諷。「再說那根本不是棘星！」

鬃霜深吸一口氣。**果然沒錯，他知道了。若我們的巫醫知道真相，或許還有希望。**

她迅速繞過荊刺灌木叢，來到獅焰和松鴉羽身邊。「你們好。」她喵喵地打招呼。

兩隻貓嚇了一跳，飛快轉向她。獅焰的眼神流露出不信任感，鬃霜不斷在心裡喊話，強迫自己不要因而退縮。

「妳在這裡幹嘛？」他低聲怒吼。「我們偉大的族長改變主意了嗎？還是派我的親屬來把我們趕出領地？」

「我知道棘星的事，」鬃霜快速解釋。「我知道我們的族長是冒牌貨。我是來幫你們的。如果我幫得上忙的話。」

獅焰嘆了口氣，又困惑又惱怒。「松鴉羽一直在講這件事，在我看來都是一堆胡說八道的老鼠屎。那怎麼可能不是棘星？」

「因為我認得出棘星的聲音，」松鴉羽厲聲駁斥。「另外，昨晚那個年輕又奇怪的天族見習生也讓我、赤楊心和所有巫醫看了，棘星的靈魂現在在森林裡遊蕩，領導雷族的根本不是他。」

「我很高興你和赤楊心知道真相，」鬃霜喵聲說道，有種如釋重負的感覺。「虎星也知道。松鼠飛目前跟影族住在一起。我可以帶你們去找她。」

「真的嗎？」獅焰的琥珀色眼眸映照出鬃霜鬆一口氣的模樣。「那就帶路吧！」

三隻貓越過森林，跨過邊境，進入天族的領地。他們提高警覺，放輕腳步穿過樹林，豎起耳朵仔細聆聽天族巡邏隊的蹤跡。這時，蕨葉叢突然發出一陣窸窣聲，驚動了鬃霜；她立刻轉過身查看，發現嫩枝杈的臉從兩片拱形蕨葉中間探出來，緊張兮兮地左右張望。

「過來這邊！」她舉起尾巴示意，柔聲呼喚嫩枝杈。

「妳在這裡做什麼？」嫩枝杈一邊問，一邊蹦蹦跳跳地跑向他們。「棘星也把妳逐出雷族了嗎？」

「沒有，」鬃霜回答。「我有事要跟妳說。我們最好邊走邊講，天族可能不太歡迎我們來這裡。」

獅焰走在最前面，鬃霜與嫩枝杈並肩而行，把自己知道關於假棘星的一切全都告訴她。嫩枝杈聽著聽著，眼睛愈睜愈大。

「我就知道！」她失聲驚叫，喜悅的淚水在眼眶裡打轉，模糊了視線。「我就知道星族不會怪我打破戰士守則。都是那個……那個在棘星身體裡的東西。」

「沒錯，」鬃霜說。「但我們可能要花點時間才能讓所有貓相信這件事。這段期間如果妳願意，可以住在影族營地直到贖罪結束。」

「我很願意。」嫩枝杈回答。

四隻貓就這樣一路走到影族邊界。他們靜靜等候，終於聞到影族巡邏隊接近的氣味。過了幾下心跳的時間，雪鳥、螺紋皮和板岩毛就從榛樹林後方現身。「你們在這裡幹什麼？」雪鳥質問雷族貓。

「這三隻貓已經被逐出雷族了。他們想加入松鼠飛。」鬃霜恭敬地低下頭解釋。

「不會吧，還來？」板岩毛翻翻白眼。

鬃霜注意到獅焰肩膀的毛瞬間聳立，但讓她寬心的是，這隻金色虎斑戰士顯然知道此刻應該要控制自己的情緒。幸好影族貓看起來沒什麼敵意。

「好吧，跟我來。」雪鳥喵聲說，接著轉向另外兩隻族貓，「你們兩個負責完成巡邏任務，我帶這些流亡貓去找虎星。不曉得我們還能收容多少貓進入領地。」

松鴉羽和獅焰看起來不是很喜歡被稱為流亡貓，但他們只是默默跟著雪鳥，沒有提出抗議，鬃霜和嫩枝杈則跟在最後面。**影族貓知道這不是我們的錯**，她想。**是假棘星的錯。**

雪鳥帶著雷族的貓穿過矮樹叢，一踏進影族營地，虎星就從窩裡走出來瞥了一眼，隨即飛也似地跑到坡腳下迎接他們。

「你們有看見影望嗎？」他焦急地問道，深棕色虎斑毛皮豎了起來。「你們有他的消息嗎？」

鬃霜很想告訴虎星，棘星昨晚偷偷摸摸返回雷族營地，胸口的毛還沾滿血跡，可是她一直緊閉著嘴巴，努力克制自己。**我不確定這是否跟影望失蹤有關，一旦告訴虎星，就沒有回頭路了……**如果她指控棘星攻擊虎星的兒子，影族就有理由發動戰爭。她再度想起棘星曾追殺火花皮的事。**要是影望死了怎麼辦？**

這時，松鼠飛踩著輕盈的腳步跑過來。認出兩個養子那一刻，她的綠色眼睛立刻迸出燦爛的光芒，看起來又驚又喜。她一邊用鼻子摩挲他們，一邊發出呼嚕聲，聽起來既開心又焦慮。

「我們沒有影望的消息，」松鴉羽在他們打完招呼後向虎星說。「棘星反倒利用他失蹤的事來懲罰違反戰士守則的貓，手段比先前更加殘酷。他因為葉池和鴉羽的所作所為就把我跟獅焰逐出雷族，嫩枝杈則因為換了部族，不得不贖罪半個月。」

「好吧，你們可以留下來。」一聽到沒有兒子的消息，虎星立刻垂下肩膀喃喃地說道。

「妳要盡快回雷族，一定要快。」松鼠飛在虎星說話時把鬃霜拉到一旁輕聲喵道。「別讓棘星懷疑妳在幫助流亡貓。」

「我會小心。」鬃霜點點頭。

「真是太感謝妳了，」松鼠飛繼續說。「要是沒有妳和其他知道真相的貓，雷族大概會徹底崩潰、陷入混亂。不管發生什麼事，妳都不能讓雷族墜入黑暗的深淵。」

「我保證。」鬃霜熱切地做出承諾。

可是當她跑回森林，奔向雷族營地的時候，壓在身上的承諾讓她覺得自己好像努力想把大橡樹扛在肩上一樣，好沉，好重。

第三章

根掌匆匆走出見習生窩。葉星召開了部族會議，大部分天族貓都已經聚在族長周圍，形成一個歪扭的圓圈。根掌啪嗒啪嗒地快步走到父母樹與紫羅蘭光身邊，和他們坐在一起。

他的妹妹針掌也站在那裡。她緊張地敲動爪子、刺進土壤，眼神雜揉著喜悅和焦慮，黑白相間的毛皮梳理得整潔俐落，散發出耀眼的光澤。

「這是妳應得的。祝妳好運。」根掌在她耳邊小聲鼓勵。

針掌轉過頭看著他，可是族長葉星已經開口說話了，她來不及回答。

「天族貓，我們聚在這裡，歡慶部族最開心的時刻之一，」葉星發表開場白。「也就是新戰士的誕生。針掌，過來。」

針掌深吸了一口氣，走到圓圈中間，站在族長面前。

「蘆葦爪，」葉星轉向針掌的導師說。「妳的見習生針掌已經學會戰士技能，明白戰士守則的含義了嗎？」

「是的，葉星，」蘆葦爪帶著敬意低下頭，向族長鞠躬。「她是我見過最有耐心的貓之一，正因為如此，她的狩獵技巧爐火純青。」

「很好，」葉星喵聲道。「現在，我，葉星，懇請戰士祖靈庇佑這名見習生。」

可是我們的戰士祖靈有在聽嗎？根掌問自己，皮膚因為不安而刺痛。**祂們知道針掌要成為戰士了嗎？**

「她受過嚴格的訓練，領略崇高的戰士守則，」葉星繼續說。「我在此鄭重推薦她晉升為戰士。針掌，妳願意恪遵戰士守則，不惜犧牲生命保衛、保護妳的部族嗎？」

「我願意。」針掌抬起頭，清脆的嗓音響徹整片營地。

「那我就憑星族賦予的權力賜妳戰士的名號。針掌，從這一刻起，妳就更名為針爪。星族將以妳的能力與耐心為榮。歡迎妳成為真正的天族戰士。」

葉星俯身將口鼻放在針爪頭上，針爪謙恭地舔了一下族長的肩膀，接著後退一步。所有族貓立刻高聲叫好，熱烈歡迎他們的新戰士。

「針爪！針爪！」

看到針爪首度以戰士之姿面對整個部族，樹和紫羅蘭光都高興地大聲呼嚕。根掌暫時把疑慮放在一邊，加入歡呼的行列。他真的很為妹妹高興，心裡忍不住羨慕，甚至還有點嫉妒。遇見棘星的靈魂，擔憂貓族與星族就此斷聯、無法修復關係……種種煩惱都讓他難以集中精神專心完成訓練。

我沒練什麼戰士技能，倒是學到不少闖入雷族領地的訣竅。

歡呼聲逐漸消退，根掌不經意迎上導師露躍的目光。露躍嚴厲地瞪了他一眼，根掌很清楚他想說什麼，他的見習生應該要以戰士的身分和妹妹一起接受部族歡迎才對。一陣熱辣的羞愧感竄遍根掌全身，他垂下頭，同意導師的看法。

可是這些問題那麼重要，事關所有部族，我怎麼可能不分心、怎能專注訓練呢？

影望已經失蹤整整兩天，還是沒有貓知道他出了什麼事。更讓根掌煩憂的是，那晚過後，他就再也沒見過棘星的靈魂了。

根掌不禁瑟瑟發抖。他知道，至少鬃霜相信假棘星曾試著帶狗群攻擊火花皮。雖然火花皮逃過一劫，但從這件事就看得出來那個冒牌貨的手段有多殘忍。他可能會為了除掉影望做出可怕的事。

根掌走向巫醫窩準備收髒臥墊，棘星最後的話語在他腦海中迴盪不去。他的靈體看起來好虛弱。說不定他愈來愈難現身跟活貓溝通了。

要是棘星的靈魂消失會怎麼樣？根掌默默問自己。**他會永遠死掉嗎？但他不是有九條命嗎？假如他死了，雷族不就永遠擺脫不了那個霸占他肉體的入侵者？**

一想到邪惡的假棘星繼續掌權可能會對雷族造成什麼樣的影響，他就不寒而慄。

「你好。請帶我去見你的族長。」

根掌身後突然傳來一個難以忘懷的熟悉嗓音，讓他愣在原地，爪子深深刺進土壤裡。**棘星的靈魂回來了嗎？**一股安心感頓時湧上胸口。**他是很煩沒錯，但我好像有點想念他。不過他找葉星幹嘛……？**

根掌飛快轉身，想看是不是棘星的靈魂在說話，但映入眼簾的卻是棘星的肉身。那個入侵者就在這裡，在天族營地！

根掌鬼鬼祟祟地靠近，躲到蹲伏在獵物堆附近的兩名戰士後方，看著雀皮帶棘星越過營地，走向葉星的窩。棘星身旁有兩隻雷族戰士隨侍在側，離根掌比較近的是白色母貓白翅，另一邊則是披著淺灰色毛皮的鬃霜。

看到她的那一刻，根掌好興奮，肉墊因為強烈的情緒出現陣陣刺痲，但他強迫自己保持冷靜，不要被她發現。現在不是追求異族貓的時候。這三隻貓的表情看起來很嚴肅，不過眼神和行為舉止都不帶威脅，很明顯，棘星是來和葉星談正經事的，是族長間的對話。**想必是什麼重要的事，不然不會這樣。**

一股焦慮頓時湧上根掌心頭。他想起自己還沒告訴族長，目前領導雷族的貓不是真的棘星。自從在森林中召喚棘星的靈魂後，他就把通報族長的事交由斑願和躁片定奪，身為天族的巫醫，指引族長是他們的任務，但他很確定他們並沒有把這件事告訴葉星。據他所知，那晚過後，斑願和躁片就一直沒有私下找葉星交談，葉星也沒有說什麼來警告部族，提起境外發生的怪事。

就在這時，斑願從巫醫窩裡走出來，躁片也緊跟在後，彷彿他的思緒呼召他們現身。根掌注意到他們交換了一個眼神，臉上寫滿困窘和沮喪。

他們大概希望自己有早點告訴葉星吧。

根掌的皮膚一陣搔癢，好想知道棘星來天族營地的原因和目的。他飛也似地朝著族長窩的方向跑去，越過空地，溜進樹樁後方的隱蔽處，接著一邊前傾耳朵盡可能仔細聆聽，一邊用腳掌拍打橡樹根周圍的殘枝碎葉。

如果有貓問我，我就說我在打掃族長的窩。

想到這裡，他突然覺得有點可悲，因為這不是戰士應有的行為，但他知道，他現在做的一切比戰士身分重要百倍。

雖然從藏身的地方看不到葉星，但他感覺得到她從巨樹墩底部的窩爬出來鑽過裂縫，站在入口。棘星和他的護衛隊就在不遠處。

「影望失蹤，我要緊急召開大集會，」棘星的聲音嘹亮，根掌聽得一清二楚。「他的異象點名幾隻違反戰士守則的貓，我們雷族已經針對名單嚴加懲戒，將這些貓放逐，也認為所有貓族都該這麼做。如果影望不夠堅強，無法接受自己看到的異象——」

「你憑什麼認為影望不夠堅強？」葉星打斷。「你是不是知道他怎麼了？」

「對，我略知一二，」棘星回答。「我會在今晚的大集會上說明。葉星，妳應該好好懲罰族裡違反戰士守則的貓，這很重要，五大貓族都要這麼做，這樣星族才會知道我們很認真、很重視戰士守則。」

不曉得葉星會有什麼反應，根掌焦急地想。他停下拍動的腳掌，帶著緊張的心情等待族長回答。

「棘星，恕我直言，」葉星的語氣非常冷淡。「你以為你是誰啊？敢來這裡教我怎麼管理我的部族？」聽到族長勇敢反抗那個冒牌貨，根掌不得不啪地甩起尾巴摀住嘴，以免高興到叫出來。「首先，影望的異象並沒有提到天族戰士，」葉星繼續說。「再來，天族一直很重視戰士守則，這點自始至終都沒有改變，倘若有貓違反守則、犯下罪行，我一定會如常嚴懲，絕不寬貸。」

棘星輕蔑地呼嚕一聲。「上次大集會，雷族和影族之間的關係非常緊張，」他繼續說。「我也聽到一些風聲，說影望失蹤讓虎星心煩意亂。要是他拿這件事來指控其他部族做出不法行為，怪我們沒有盡到族長的責任好好維護戰士守則呢？」

假棘星停下來等待答覆，但葉星完全沒反應。過了幾下心跳的時間，他再度開口。「貓族終究要選邊站，」他低聲咆哮。「願意不惜一切代價讓星族回來……還是不願意。」

葉星依舊沉默不語。棘星怒氣沖沖地哼了一聲。「今晚出席！」他大吼。

根掌聽到棘星後退的腳步聲，接著是鬃霜和白翅。確認他們離開營地後，他便溜出藏身處，只見葉星坐在族長窩入口，尾巴纏繞著前掌，眼神看起來似乎在思考什麼。

根掌默默望著葉星，這時，她猛然起身，發出充滿威嚴的吼叫。「所有大到能自己狩獵的貓都來巨樹墩參加部族會議！」

根掌現在很有把握，絕對沒有貓會問他去哪裡、做了什麼。他大步走到營地中央，坐在樹和紫羅蘭光旁邊；這對伴侶剛從戰士窩裡出來時戒慎地互看一眼。「又要開會？又怎麼了嗎？」樹喃喃自語。根掌看到幾個戰士臉上浮現出和父親一樣困惑的表情。

針爪踩著輕盈的腳步過來跟他們會合；斑願和躁片也離開巫醫窩，坐在葉星附近；見習生鷦掌則跑到導師兔跳身邊。戰士們紛紛踏出窩外，幾乎所有天族貓都集結起來了。副族長鷹翅最後出現，他坐在葉星旁邊，用滿是疑問的目光瞥了她一眼。

「想必有些貓知道棘星剛才來找我，」葉星帶著嚴肅的眼神環視整個部族。「他要我們參加今晚的緊急大集會，還說我們必須懲罰族裡違反戰士守則的貓，這樣才能和星族重新連結、修復關係。關於這點，你們有什麼看法？」

「我們之中有貓違反戰士守則嗎？」梅子柳的聲音從根掌後方傳來。

「當然沒有！」鼠尾草鼻氣憤地回答。

「不知道耶……」梅子柳繼續說。根掌回頭看了一眼，只見那隻深灰色母貓焦慮地敲動爪子，刺進地面。「我們一定要跟星族重建關係。上次收到星族的消息已經是好幾個月前了，寒霜期即將結束，或許我們應該調查族裡有沒有貓破壞戰士守則。」

「對，有的話就放逐他們！」梅子柳的伴侶沙鼻堅決表示。

「狐狸屎！」馬蓋先放聲咆哮。「就憑別族族長一句話就要放逐我們的族貓？我看雷族搞不好只是想在其他部族搗亂。大家都知道他們有多愛干涉其他貓族。」

「沒錯，我們還住在峽谷的時候不是都能順利接觸到星族祖靈嗎？」雀皮附和道。

葉星若有所思地眨眨眼睛，沒有洩露自己的想法與感受。過了不久，她轉向鷹翅。「你覺得呢？」她問道。

「我認為製造麻煩不像雷族的作風，」那隻深灰色公貓低下頭喵聲說。「他們有時確實喜歡干預其他部族，但據我所知，他們從未做出什麼破壞性的舉動。我想查清楚棘星究竟有什麼目的。」

根掌的胃緊揪成一團。他應該把自己知道的一切告訴他們嗎？令他驚訝的是，他還沒開口，斑願就站起來走到葉星旁邊。

「有件事我應該要早點告訴妳，」她承認。「但我很怕說出來會對五大貓族造成強烈衝擊。」她暫停了一下，惶恐地環顧眼前聚在一起的族貓。「事實上……棘星不是我們認識的棘星。我在影望失蹤那一晚看到真正的棘星了。他是幽靈，在離肉身很遠的地方四處徘徊。」

聽到斑願的話，根掌萬分敬佩。儘管其他巫醫都不願把這件事告訴自己的族長，她還是勇敢跨出第一步，將真相傳遞給部族。**不過這也不能怪她……她是為了天族好。**

斑願一說完，整個部族頓時目瞪口呆，陷入一片無聲。貓兒們困惑地眨眨眼睛，想搞懂剛才聽到的話。

「蜜蜂鑽進妳腦袋裡了嗎？」好幾下心跳過後，雀皮率先打破沉默。「有誰聽過貓的靈魂會離開身體遊蕩？」

這個資深戰士彷彿點燃了導火線，整個部族瞬間爆出抗議、懷疑和恐懼的嚎叫。葉星看著族貓七嘴八舌，整片營地喧嚷不堪，過了幾下心跳後，她才揚起尾巴示意大家安靜。「夠了！」她厲聲喵道。

「怎麼會這樣呢？」族貓的吵鬧聲逐漸平息，她忍不住納悶，琥珀色的目光移到樹身上。「這件事跟你有關嗎？」她問道。

根掌察覺到斑願正盯著他看，好像希望他能站出來說明真相。他猶豫了一下，不想在所有族貓面前承認他和他父親一樣怪。

可是他還來不及做決定，樹就站起來朝葉星點點頭。「我也有看到棘星的靈魂。」他喵聲說。

這也不算說謊，根掌想。**他確實在巫醫會議上看到了棘星。**但故事的全貌並非如此，還差得遠呢，比一隻狐狸的距離還遠。

「哦，樹，原來他是你看到的另一個幽靈啊，」鼠尾草鼻故意打個大呵欠，嘲諷地喵聲說。「我想也是。」

鼠尾草鼻話中帶刺，給了根掌勇氣。他很慚愧，也很感謝樹努力保護他不受部族審視。他知道自己不能坐視不管，讓父親獨自承擔所有批判和罵名。根掌一躍而起。

「其實我才是第一個看到棘星靈魂的人，」他說。「已經持續好幾個月了。自從他在嚴寒中死去，影望試圖把他帶回來後我就看到了。」

「喔，當然啦，刺蝟還會飛哩。」哈利溪冷笑著說。

幾隻貓喃喃低語，同意哈利溪。根掌試著解讀葉星臉上的表情，卻看不出來她有什麼反應。他閉上雙眼，全神貫注想著棘星，召喚他的靈魂，希望他能再次現身。

大概也只有這樣才能證明我和斑願說的話了。

然而，棘星的靈魂並沒有回應他的呼喚。他感覺到棘星離天族營地很遠，只能希望這位雷族族長還在外面某個地方遊蕩。

「為什麼棘星會找上你？」馬蓋先問道。他不像哈利溪那樣嘲笑根掌，但看得出來他一點也不相信根掌說的話。「如果他一定要找有姊妹幫血脈的貓，為什麼不找樹？」

「我不知道！」根掌大聲反駁。他忿忿不平地看著馬蓋先，身上毛瞬間豎起來。

「但我說的是實話。我看到他了！」

「我也是。」斑願挺身附和，躁片也點點頭表示同意。

「還有我。目睹幽靈和巫醫的異象截然不同，」躁片狠狠瞪著那些提出質疑的貓說。「卻也再真實不過。」

天族貓群低聲嘀咕，面面相覷，似乎不曉得該對根掌的說詞做何感想。根掌站在那裡靜靜傾聽，肚子因為緊張而翻騰，他想知道他們的看法，想知道葉星會做出什麼決定。就在這個時候，他感覺到有條尾巴搭在肩上，嚇了他一大跳，連忙轉頭，發現導師露躍就站在他身邊。

「我突然想到一件事，」露躍提高嗓門，好讓其他貓聽到他說的話。「過去棘星一直是一隻值得尊敬的貓。有沒有貓覺得他最近的行為不太像他？」

根掌體內竄起一股暖流，心中洋溢著滿滿的感激。他的導師相信他。其他族貓一邊聽，一邊思索他剛才說的話。

或許現在露躍會明白我為什麼沒有專心進行戰士訓練了……

最後葉星再次揮動尾巴，示意部族安靜。「我不知道該怎麼解釋，」她承認。「但我相信我的巫醫，也知道樹和根掌是非常忠誠的天族成員。我想相信他們，但我不願相信有隻來路不明的神祕貓靈在掌控雷族，斥逐他們的戰士。」她停了一下，若有所思地舔舐胸毛。「判斷錯誤的風險太大了，」她繼續說。「天族相較之下算是剛遷到湖畔的新部族，如果指控棘星是冒牌貨，可能會引發一場戰爭。」

「或許我們就是該來場戰爭！」沙鼻插嘴。梅子柳惱火地推他一下。

葉星冷冷地點頭，似乎聽到了他的建議，但完全不這麼想。「我們天族遺世獨立了很長一段時間，」她接著說下去。「不像其他貓在湖邊生活這麼多個月，歷經這麼多戰役，更別說他們之前在舊森林那些打打殺殺的日子。很多貓都在戰爭中喪命，死的也不只有惡貓而已。我相信樹和根掌的本意是想幫忙，但我認為目前證據不足，沒必要冒生命危險。」

葉星的話就像冷水一樣，驟然澆熄根掌心中微小的希望火花。**可是她說得也有道理，**他默默承認。**身為族長，不太可能願意讓族貓面對死亡威脅。**

「那我們該怎麼辦？」雀皮問道。

「不管怎麼辦，我們都要彼此支持，互相保護。」葉星回答。

族長果斷的語氣讓根掌覺得會議大概要結束了，可是紫羅蘭光卻站了起來。「當然，妳說得沒錯，」她向葉星低頭表示敬意。「但是，如果棘星殘酷對待其他貓，甚至暴力相向。特別是他的族貓，那些他本該好好照顧的成員——我們就必須阻止他。」她的聲音流露出一絲顫抖。「我是從暗尾身上學到的。」

根掌注視著母親。**她一定很想提暗尾吧。平常她都對生命中那段時日避而不談。**

葉星若有所思地迎上紫羅蘭光的雙眼。「那倒是，」最後她喵聲說道。「好，我決定了。我們要互相保護，同時密切注意棘星，盡我們最大的努力防止他傷害其他貓。」

說完，葉星就半轉過身，可能是想回她的窩，隨後再度轉過來面對她的部族。「還有一件事，」她用尾巴示意兩位巫醫過去。「斑願，妳說根掌和樹真的能看見幽靈，就像巫醫透察異象一樣。在我看來，我們得捫心自問，根掌是不是應該成為妳的見習生，接受巫醫訓練？」

根掌倒抽一口氣，族長的建議讓他震驚到無法言語。「我從來沒聽過巫醫有這種能力……」斑願不確定地搖搖頭。

「不表示不能有啊。」葉星一派輕鬆地回答。

「當然，多個巫醫也無妨，總能派上用場，」斑願瞇眼打量根掌，彷彿他是一種未知的藥草，可能有助於療癒，也可能帶有劇毒。「但我看不出來根掌有興趣當巫醫。」

「根掌，你覺得呢？」葉星轉向根掌問道。「你願意試試看嗎？」

根掌這才意識到自己一直張大嘴巴呆呆望著族長。「我……我不知道，」他結結巴巴地說道。「我比較想當戰士，可是如果族裡需要我當巫醫的話，我一定會竭盡所能，善盡職責。」

也許這是好事，他試著安慰自己。**至少當巫醫別的貓就不會覺得我怪了，畢竟巫醫本來就怪怪的！**

「好，就這麼決定，」葉星轉身面對部族，再次提高嗓門。「從現在起，根掌就是巫醫見習生。」她大聲宣布。

根掌聽著葉星說話，覺得自己的胃好像一直下沉，經過腳掌，深深墜入地底。他腦海中閃過鬃霜的身影，她那光滑的灰色毛皮和優雅的動作……他突然想起當巫醫有什麼缺點了。

我的見習生生涯會變得更長，大大落後針爪，更慘的是，永遠不能有伴侶……

第四章

鬃霜拖著沉重的腳步踏過泥濘，跟著棘星和白翅穿過荊棘隧道，返回雷族營地。棘星沒有特別叫她們離開，只是一聲不吭、自顧自地走過營地，爬上亂石，回到擎天架上的窩。

「妳快去獵物堆吃東西吧，」白翅友善地看了鬃霜一眼。「好好休息一下。」

鬃霜感激地點點頭，全身上下每一寸肌肉瞬間放鬆；她終於能擺脫潮溼的雨天，暫時遠離棘星一陣子了。將獅焰和松鴉羽逐出雷族後，棘星就一直在探聽族貓的私事；不是像族長那樣關心大家的福祉，而是突然出現在他們的窩裡或是偷聽他們談話，想找藉口趕走更多戰士。

與此同時，棘星也經常把鬃霜留在身邊，但他對她的關注似乎不太一樣。他好像沒有懷疑鬃霜，反倒認為她是可以信任和交託任務的貓。棘星回擎天架休息後，鬃霜覺得自己就像從狐狸窩裡逃出來，大大鬆了一口氣。她發現莖葉和點毛在獵物堆旁的樹下分享舌頭，立刻蹦蹦跳跳地跑去找他們。

「感謝星族，終於結束了！」她發出喵嗚的嘆息，撲通一聲倒在他們旁邊。

「天族怎麼啦？」點毛問道，莖葉則從獵物堆裡抓了一隻田鼠推到鬃霜面前。

「我不清楚，」鬃霜餓壞了，連忙咬一口美味的田鼠，嘴裡塞滿鮮肉含糊回答，接著吞下食物繼續說，「棘星強烈要求葉星放逐更多貓，但葉星看起來不太買帳。」

「那就好。」點毛點點頭。

「這又沒什麼用，」莖葉提醒他的伴侶，隨後壓低聲音補上一句。「還是沒有影望的消息。棘星會不會殺了他啊？」

「可是沒有貓找到屍體，也沒發現血跡，」點毛反駁。聽見莖葉說出自己心裡最害怕的事，鬃霜體內湧起一陣戰慄。「要是影望死了，一定會留下一些證據不是嗎？」

「證據可能被湮滅了，」莖葉緩緩搖頭。「或是他被關在什麼地方也說不定。」

「有件事我倒是很肯定，」鬃霜喵聲說。「棘星錯了，他說影望逃走了。」

「他絕不會那麼做，」點毛同意。「他——」

莖葉突然伸出尾巴碰碰她的肩膀，露出警告的眼神，點毛立刻閉上嘴巴。鬃霜飛快環顧四周，只見莖葉的父親刺爪邁開大步，朝他們走過來。

不曉得莖葉有沒有把我們對棘星的懷疑告訴刺爪？鬃霜心想。**嗯，應該沒有，否則他不會要點毛安靜。**

一想到許多族貓都被瞞在鼓裡、不清楚假棘星的真面目，鬃霜的肌肉瞬間繃緊。她和其他反抗者完全不知道哪隻貓可以信任、哪隻貓不能信任。看到莖葉在他父親身邊這麼緊張，讓她想到要是他們太早行動，在沒有證據的情況下提出質疑，部族很容易就會四分五裂。**雷族可能會就此瓦解**，她打了一個冷顫。**我們一定要小心行事。**

「你們好啊，」刺爪愉快地喵聲招呼，坐在他們旁邊，從新鮮獵物堆裡選了一隻老鼠。「雖然今天天氣不好，但獵物還是不少，」他繼續說。「新葉季快到了，情況一定會有所好轉。」

「希望如此。」莖葉嘴上這麼說，鬃霜卻覺得他的表情看起來很懷疑。「要是能再看到太陽就好了。」

「你擔憂是星族降下這種惡劣的天氣？」刺爪撕下一口鼠肉吞下肚。「我猜應該不只有你這麼想，但我認為不要過度解讀比較好。我承認我有時不太懂星族的想法，不過祂們遲早會解釋清楚，無一例外。」

「可是祂們真的希望我們放逐自己的族貓嗎？」鬃霜問道。話才一出口，她就煩惱自己是不是太大膽了。**如果刺爪把我說的話告訴棘星怎麼辦？**

然而刺爪似乎一點都不擔心她的問題。「妳還年輕，自然會為這類事情發愁，」他呼嚕著說。「但是，黑暗森林那段經歷過後，我願意行必要之舉，也相信一切終會平息。星族很快就會回來了，等著看吧。」

聽到這番話，鬃霜差點沒翻白眼；莖葉和點毛則交換了一個不安的眼神。

「你說得對，刺爪。」莖葉喵聲說道。

鬃霜三口併成兩口快速吃完田鼠，向其他貓表示自己要先離開，接著便跑回戰士窩。她看見弟弟翻爪正在外牆頂端一邊搖搖晃晃地保持平衡，一邊用荊刺藤蔓織補昨晚被強風吹開的裂縫。雨珠從他的鼻頭滴滴答答地落下。

「嗨！」鬃霜向他大喊，很高興能看到一張親切又熟悉的臉。「你做得真好。」

翻爪低頭瞄了她一眼，眼神一點也不友善。「在妳眼中只有背叛才稱得上好吧，」他冷冷地喵聲道。「不然妳也不會急著轉身，背棄獅焰和松鴉羽了。他們為部族付出這麼多，妳倒是忘得很快。」

他句句譏刺，讓鬃霜大為震驚，過了好幾下心跳都說不出話來。她還沒回神，翻爪就從戰士窩外牆一躍而下，昂起頭，大步走過。鬃霜難過地望著弟弟離去的背影。

我早該告訴他我為流亡貓做的一切，她想。**他卻不給我解釋的機會……**

此時此刻，她只想蜷縮在暖和的窩睡覺，暫時忘卻所有煩憂。她走向戰士窩，卻發現擎天架下方的窩牆邊有個熟悉的身影，鰭躍。棕色公貓拱著肩膀，蹲在從牆縫長出來的老樹叢下躲雨，悶悶不樂。鬃霜忍不住為他感到難過，便小跑步過去坐在他旁邊。

「嫩枝杈會沒事的。」她低聲說，試著安慰他。

「我知道她會，」鰭躍回答。「但不表示這樣沒關係。為什麼我們要驅逐自己的族貓？為什麼我得失去自己心愛的伴侶？就因為棘星說了算？」

他提高音量，忿忿吐出最後幾個字。一陣緊張湧上鬃霜心頭、竄遍全身肌肉；她迅速環視周遭，想看看有沒有貓聽見鰭躍說的話，接著用鼻子碰碰他的肩膀示意他小心，可是鰭躍似乎沒有察覺到她的警告。

「星族為什麼要這樣？」他怒聲咆哮，語氣更加激昂。「我也做了一樣的事啊！我離開自己出生的部族，怎麼沒說我違反戰士守則！」

「看在星族的份上，拜託你小聲一點！」鬃霜發出嘶嘶聲。她不想用這麼激烈的口氣，可是鰭躍再這樣大聲抗議，後果恐怕不堪設想，這都是為了他好。「這是棘星的命令，戰士守則說我們要聽從族長的話，記得嗎？」

「我對妳很失望，」鰭躍憂鬱地瞪了她一眼，喵嗚地說。「或許我們不太熟，但我一直以為妳很有主見。」

鬃霜還來不及回應鰭躍的指控，擎天架上方就傳來一陣惱怒的吼叫。

「哪隻貓在下面尖聲吵鬧，打擾我休息？」

鬃霜嚇得不知所措，連忙跳起來。她完全忘了他們離族長窩有多近。她抬起頭，發現棘星睡眼惺忪地自擎天架上俯視著他們。鰭躍挺直身子站在她旁邊，耳朵往後壓，肩膀的毛昂然聳立。鬃霜好怕他會衝動挑戰族長。

「棘星，對不起！」她火速回答。「沒事，我和鰭躍只是在為了蠢事爭論，」她停頓了一下，再度開口。「請問方便跟你私下談談嗎？」

棘星猶豫了一下，然後悶哼一聲、飛快點頭，准許她上來。鰭躍放鬆身體，卸下先前的敵對姿態，再度對鬃霜投以失望的眼神，接著轉身離開朝戰士窩走去。

鬃霜沿著嶙峋的亂石往上爬，踏上擎天架。**我得快點想些話題才行**，她在心裡自言自語，腦袋卻一片空白，思緒有如一窩受驚的蜜蜂快速旋轉。

抵達入口時，鬃霜發現棘星已經回到窩裡、靠著牆，慵懶地攤開四肢躺在苔蘚和蕨葉堆上。

「進來，」他啞著嗓子低吼。「什麼事？」

其實鬃霜不過是想把棘星和鰭躍分開，避免可能的衝突。

「我只是想問你還好吧？」她喵聲說。「星族很快就會回來了，真是太好了。」

「我很好，」棘星伸伸爪子低聲回答。「其他族貓呢？」

「哦，他們也很好。雖然被雨淋得有點溼，但還是很有精神。」鬃霜拚命保證。事實上，她發現自己很難繼續講下去，窩裡的狀況實在太可怕了，讓她難以專心。獵物的殘骨和毛皮碎屑四散各處，發出陣陣惡臭，棘星的臥墊也亂七八糟，聞起來有種腐壞汙濁的味道，看起來好像一個月沒換了。

松鼠飛還在的時候從來不會這樣，鬃霜心想。**棘星是不准見習生打掃嗎？他為什麼要這麼做？**

就連她講話他也沒注意聽，只是張大嘴巴打呵欠，一副無精打采、杳無生氣的模樣。

除了成為雷族族長外，鬃霜想不到這隻身分不明的貓靈有什麼理由要占據棘星的身體；可是他現在已經達成目的，卻沒有沾沾自喜或野心勃勃的感覺，反倒很沮喪、很消沉，似乎對當族長這件事興趣缺缺。

由於莓鼻把部族的日常事務打理得很好，大多數雷族戰士並沒有注意到棘星的轉變與淡漠。

莓鼻是個大麻煩沒錯，但他這個副族長當得還不壞。

鬃霜有好幾次無意間聽到莓鼻對其他戰士發號施令，聲稱是棘星的吩咐，可是棘星根本沒下任何指示。莖葉、點毛和赤楊心也注意到事態的變化，但他們屬於少數的一方，又能怎麼辦呢？

鬃霜迎上假棘星那雙琥珀色眼睛，只見他用冷硬的目光直直凝視著她，一股惡寒從上到下竄過她的背，就像冰冷的爪尖輕輕劃過一樣。**這隻貓是誰？他到底想要什麼？**她在心裡自問。假棘星的目標似乎是把影望提到違反戰士守則的貓逐出雷族，現在目標實現了，他卻不太高興。所以他為什麼要這麼做？這隻貓究竟是什麼來頭？

鬃霜找不到答案。

✦✦✦

夜空中點綴著片片雲朵，鬃霜踩著輕柔的腳步走在棘星和莓鼻身邊，準備前往參加緊急大集會。月光和星光奮力衝破雲層，斷斷續續地灑落下來；雷族戰士們穿過灌木叢，踏進森林，隱入深沉的黑暗。

對鬃霜而言，每走一步都是煎熬，她更想蜷縮在窩裡墜入夢鄉，暫時忘卻所有煩惱。她的親屬和大多數朋友依舊和她保持距離；很明顯，他們認為她站在棘星那邊，支持他用嚴厲的方式來懲罰族貓。

他們看我的表情就好像我剛在狗屎裡打滾一樣！

他們從營地的石窟出發，才走沒幾隻狐狸的距離，鬃霜就發現棘星警戒地豎起耳朵、睜大雙眼，密切關注周遭的森林，和先前那隻無精打采的貓截然不同。

他又在做什麼呢？

過沒多久，棘星停下腳步，走向橡樹根，將鼻子探進濃密豐厚的苔蘚裡深吸幾下，嗅聞了一陣。「那是松鼠飛的氣味嗎？」他轉過來問鬃霜。「她來過這裡？」

鬃霜不知該做何反應。她很清楚，松鼠飛已經被放逐很久了，照理來說，雷族領地上應該不會有她的氣味才對。可是棘星為什麼要問？是想確認被流放的副族長已經離開了嗎？

為了取悅他，鬃霜低頭嗅嗅苔蘚。聞起來就像……苔蘚。「我不確定，有可能。」她回答。

棘星草草點頭，繼續朝大湖走去，而且絲毫沒有鬆懈，依舊處於警戒的狀態。他往前走幾步，再度停下來嗅聞冬青樹叢下的殘骸碎屑，問鬃霜一樣的問題。他的眼睛有種奇怪又渴望的神情。鬃霜刻意給出模稜兩可的答案。她知道松鼠飛住在影族領地，絕不能讓眼前這個入侵者得到一點暗示和線索。

即便他們已經來到湖畔，進入風族領地，假棘星仍在尋找松鼠飛的影跡。

為什麼？鬃霜很疑惑。**他覺得松鼠飛會回來領導雷族，威脅他的地位嗎？**她看到棘星遍尋不著前副族長的明確蹤跡，失望地垂下尾巴。鬃霜意識到他的搜索背後蘊藏著更多含義。**他很想念她。**

那他當初為什麼要放逐松鼠飛呢？

✦
✦
✦

一穿過灌木叢進入大橡樹周圍的空地，鬃霜就感受到空氣中瀰漫著一股緊張的氣息。貓兒們互相瞪視，尾尖來回擺動，肩膀的毛也不斷抽搐。她意識到只要說錯一句話、一個字，就可能打破大集會的休戰協定，引爆一場激烈的部族大戰。

我看大家比在獾的巢穴裡開會還要神經兮兮！

由於棘星一直停下來尋找松鼠飛，因此雷族是最後一支抵達的貓族。虎星不耐煩地用爪子刮擦大橡樹樹皮，棘星則使勁攀上樹幹，在樹枝分岔處坐下來。

「沒關係，你慢慢來，」虎星氣沖沖地說。「反正你召開大集會的目的就是要把我們晾在這乾等對吧？」

棘星對虎星的諷刺充耳不聞；過了幾下心跳後，影族族長便站起來發言。

「影望還是沒消息，」他說。「如果有貓看到他或聞到他的氣味，拜託，看在星族的份上，現在就告訴我。」

空地上的貓群傳來一陣細碎的低語，口氣充滿同情。鬃霜跟著莖葉和點毛一起坐在橡樹根附近，好希望自己能給虎星一些有用的資訊，可是那天晚上影望失蹤後，雷族領地就完全沒有他的蹤跡。

虎星雙耳壓平，內心滿是痛苦和憂慮，不停屈伸爪子等待大家回應。失去一隻年輕的貓對任何部族來說都是很嚴重、很可怕的事，況且這次失蹤的不是普通的貓，而是影族的巫醫，更重要的是，他還是虎星的兒子。

「影望出事了，」虎星心煩意亂地說。「他不會一聲不響、不告訴任何一隻貓就離開。一定是有什麼東西或哪隻貓攻擊他。」

虎星的指控換來一片沉重的靜默。空地的氣氛愈來愈緊張，鬃霜覺得全身上下每根毛髮、每個細胞都繃緊神經，彷彿有一整窩螞蟻在皮膚上爬來爬去。她咬緊牙關，以免不小心發出恐懼和沮喪的哀號。

她的思緒再度飄回那一晚，她看見假棘星回到營地，胸毛沾滿血跡。懷疑雷族族長與影望失蹤有關讓她極度痛心，就像狐狸尖牙刺進胸口一樣，但她仍堅持自己的決定，不隨便指控棘星。她沒有證據；提起這件事只會無謂洩露她對棘星的敵意，完全沒好處。要是假棘星不信任她，她又怎能深入敵營，策劃反動呢？沒有證據，雷族的貓會相信她嗎？畢竟真正的棘星是絕對不會傷害一隻巫醫貓的。

棘星讓沉默持續了好幾下心跳，接著站起來沿最近的樹枝往前走，找了一個能輕鬆俯視空地、看著貓群的位置。他平靜地打量著他們，說話的語氣堅決果斷，絲毫不拖泥帶水。鬃霜非常訝異，眼前這隻既能自我克制又能掌控大局的貓，和她稍早在族長窩裡看到的那團悲慘毛球形成強烈對比。

「虎星，該停止尋找影望了。」棘星表示。虎星張開嘴準備抗議，棘星立刻舉起一隻腳掌。「我知道你不想相信你兒子會離開，」他用和藹的語調繼續說。「可是沒有證據顯示影望遭受任何形式的攻擊。我們找不到他的蹤跡，也找不到他的屍體。我們必須假定他逃離了貓族，或許變成一隻寵物貓也說不定，這樣他就能卸下重責，不必再承擔艱難的任務，為星族傳話發聲了。」

棘星的話讓鬃霜的心猛然一沉。**他還講得一副很有道理的樣子！**

她看到虎星肩膀的毛開始聳立，很氣居然有貓認為他的兒子想當寵物貓。

「影望為什麼要這麼做？」虎星反問，聽得出來他很努力克制自己的怒火。「他很喜歡當巫醫。」

「當然，」棘星表示同意。「直到他母親被點名違反戰士守則為止。」

聽到這裡，虎星全身的毛都豎起來，不斷伸出爪子猛戳腳下的樹枝。鬃霜的胃因為恐懼而翻攪，很怕影族族長會在大集會中跳到棘星身上，狠狠撕裂他的喉嚨。

難道這就是棘星的目的？她默默問自己。**他想挑起五大貓族間的戰爭，同時讓星族因為虎星而蒙羞？**要是打破大集會休戰協定，不曉得星族會有什麼反應。

鬃霜抬頭望著夜空，想看雲層是否遮蔽了月亮，這是星族憤怒的象徵。然而天幕並沒有改變，星月依舊奮力穿過浮雲，透出一絲微光。**可能緊急大集會不太一樣吧。**她想。**沒有滿月。不管怎樣，星族已經很久沒給我們任何徵兆了……**

虎星動也不動，冷冷瞪著棘星，努力控制自己的情緒。「你錯了，棘星。」他厲聲喝斥。

棘星甩甩尾巴，無視虎星的反應。「五大部族，」他開始對大家說。「你們別無選擇。星族已經好幾個月沒和我們交流了，祂們的意思再清楚不過。祂們的要求非常嚴格、難以承受，但服從祂們的指示是對的，這點無庸置疑。我們必須放逐每一隻被點名、違反戰士守則的貓。他們必須離開湖畔，否則星族永遠不會回來。我已經把獅焰和松鴉羽逐出雷族了。」

鬃霜注意到棘星並沒有提及嫩枝杈，不曉得是不是想隱瞞事實，不讓別族知道他給了她贖罪的機會。

假棘星一說完，空地上的貓群立刻爆出一陣騷動，嚎叫聲不絕於耳；有的憤怒抗議，有的聽起來滿腹疑惑。鬃霜看到很多貓東張西望，想必是在思考要放逐哪些族貓。

除此之外，她發現鴉羽和蛾翅都有來參加大集會。若五大部族決議放逐違反戰士守則的貓，第一個就會拿他們開刀；鴿翅雖然沒來，卻也無法倖免，畢竟她公然打破了戰士守則。

風族族長兔星坐在比棘星高一條尾巴的樹枝上，這時他站了起來，胸口不斷起伏，聲音中流露出一絲顫抖。

「鴉羽也被點名，說他違反戰士守則，」兔星說。「他是我的副族長，我不能因為這樣就放逐他！很多打破戰士守則的貓都是好貓，況且領受異象和話語來自影望，一隻似乎已經離開貓族的貓——抱歉虎星，我無意冒犯。這真的是星族想要的嗎？」

「影望消失就是鐵證，我們非做不可，」棘星抬頭看著兔星平靜地說。「很明顯，他逃走了，因為他看到真相。他的母親違背了戰士守則，必須逐出族外。要遵從星族的命令很難也很痛苦，但是，如果想再看到戰士祖靈，我們就必須這麼做，別無選擇。影望心知肚明。他傳達了星族的指示，自己卻一走了之，因為他不夠強悍，沒有力量堅持到底。」

聽到這番言論，虎星忍不住怒聲咆哮、挪動身體，準備衝向棘星。假棘星似乎沒有察覺到這名年輕族長的敵意，**或者**，鬚霜心想，**他根本不在乎。**

她知道自己必須在爭執爆發前介入阻止才行。她不敢說話，只是站起來朝大橡樹走一、兩步，這樣虎星才看得到她。她揚起頭熱切凝視著虎星，想告訴他：**住手！你現在必須配合演出，不然所有計畫都會功虧一簣！**

虎星睜大雙眼，了解鬚霜的用意。他微微搖頭，往後退一步，目光仍緊盯著棘星不放。

「我不想這樣，」兔星再度開口，方才的激動平復了不少。「可是風族最近不太好過。連日的強風豪雨迫使獵物離開荒原，我的族貓飽受飢餓所苦。」

「當然！」棘星點點頭，琥珀色眼眸閃爍著晶亮。「這是星族降下的懲罰，因為我們沒順祂們的意！」他環視聚集在周圍的貓，繼續說。「風族的不幸是對所有部族的警告。我們若不嚴格遵守戰士守則，放逐那些違反守則的貓，事情就會變得更糟，不會更好！在場每隻貓應該都知道我們此時此刻極需星族的指引，更甚以往。我們別無選擇。」

假棘星低頭俯瞰鴉羽和其他副族長所在的大橡樹根部。披著深灰色毛皮的鴉羽回望著他，從胸膛深處發出一聲低吼，什麼也沒說。

「兔星，你不會是真的想放逐我們的副族長吧，」鴉羽的兒子風皮站起來反對。「風族需要他。」

「我們不必急於一時，」風皮的母親夜雲附和道。「可以再試著聯繫星族看看，確定這樣做沒錯。」

「問題就在這裡，我們聯繫不上星族！」兔星沮喪地嚎叫。

夜雲發出嘶嘶聲，轉身背對族長。

其他貓還來不及開口，鴉羽就站起身，跳下滿布節瘤的橡樹根。「如果離開可以拯救我的部族免於衝突，那我會離開，」他向在場所有貓兒宣布。「但我告訴你們，這麼做無法喚回星族。今天是我，還有影望在異象中看到的貓；要是放逐我們，星族又沒回來，那該怎麼辦？下一個換誰？」

鴉羽不等其他貓回應，隨即昂起頭、邁開大步越過空地，消失在蔥鬱的灌木叢裡，朝樹橋走去。鬃霜看著他離去的身影，努力掩飾內心的澎湃和敬佩。

鴉羽以部族為優先。而且他說得沒錯，驅逐這些貓根本無法喚回星族。

這時，河族族長霧星開口說話了。鬃霜立刻轉過去面對大橡樹。霧星低頭望著她的巫醫蛾翅，眼神滿是哀傷。

「對不起，蛾翅，」她喵聲道。「妳的母親是惡棍貓，父親是第一代虎星，不管他的身分為何，都不是河族貓，我必須把妳逐出河族。」

「可是──」蛾翅忿忿抗議，她以前的見習生柳光也露出尖牙氣憤咆哮，瞇起眼睛抬頭怒瞪霧星。

「我們非試不可，」霧星打斷了蛾翅的話。「新葉季暴雨讓河族面臨洪水和土石流的危機，獵物收獲慘澹。我需要星族的指引，星族卻離我們而去。或許棘星說得對，或許我們太過散漫，沒有嚴格遵從戰士守則，所以星族非常生氣。我除了把妳逐出河族外，沒有別的選擇。」

蛾翅站了起來，回應族長的話。鬃霜離她很近，看得到她眼中閃爍著痛楚，心裡一定很受傷。「自從母親把我帶到妳身邊，我就一直為河族盡心盡力，」蛾翅說。「我母親決定離開部族，我卻選擇留下來！」

「拜託，妳連星族的話都不聽了。」河族貓群裡有隻貓低聲咕噥。

「沒關係，」蛾翅的頭飛快轉往聲音的方向，怒氣沖沖地說。「我已經多次證明我對部族的忠誠了。」她凝望著霧星，不再央求。鬃霜看得出來她有多愛河族，一想到自己要被放逐，她就傷心欲絕。

「對不起，」霧星再次道歉。「或許等這一切結束，妳就能回來了。」

蛾翅深深嘆了一口氣，胸膛隨之起伏，接著對族長低頭致意，再也沒反抗。她轉身走出空地，跟著鴉羽的足跡離開。

鬃霜周圍的貓群分成幾個小圈圈，不斷爭論放逐違反戰士守則的貓到底對不對。憤怒的咆哮和低吼此起彼落，恐懼在鬃霜的肚子裡逐漸膨脹，感受愈來愈強。

她意識到，**這不是部族間的戰爭。問題可能更嚴重。**

每個部族似乎都分裂出不同的派系，與其他異族貓結盟，而盟友之間唯一的共通點就是對違反戰士守則的貓抱持相同的看法。鬃霜可以想見五大貓族團結的力量就像清水滲入乾涸的荒地，一點一滴慢慢消逝。

她注意到棘星已經從大橡樹上一躍而下，繞著空地四處走動，聆聽自己釋放出來的混亂，還不時挺身替霧星和兔星說話，對抗他們的戰士。

一片騷動中，鬃霜注意到莖葉隨著蛾翅和鴉羽的腳步悄悄溜走，心中頓時燃起希望的火花，暗暗祈禱莖葉能找到他們，告訴他們可以到影族避難，虎星會收留流亡貓。

我只希望他不要被抓到……

第五章

根掌趴在巫醫窩地板上，不確定地東翻西翻，摸索眼前那堆枯葉。「紫草？」他猜。

「看在星族的份上，」躁片翻了一個大白眼。「是艾菊！你聞不出來其中的差異嗎？」

根掌很有禮貌地點點頭，心裡卻在想這些乾枯的藥草聞起來都一樣，滿是灰塵又乾巴巴。他努力克制想嘆氣的衝動，同時提醒自己，巫醫是非常重要的角色。他的部族需要他，而且受到族貓尊重的感覺很好；可是不管他怎麼努力，就是無法擺脫內在的煩躁感，總覺得這種陽光燦爛的日子應該要出去狩獵比較好玩。

我想為部族盡一分心力，做對的事，可是關於當巫醫，我可能沒考慮清楚。這……這不是我想像中的生活。

斑願整理完一堆剛採集下來的新鮮藥草，從巫醫窩後面走過來。「雖然現在一片寂靜，但我們還是該趁有陽光的時候把這些藥草拿出去曬，」她喵聲說道。「不然隨時都有可能開始下雨。」

「好，我來幫忙！」根掌立刻跳起來，很高興能有機會踏出巫醫窩。

「你不用，根掌，」斑願揮揮尾巴示意。「你留在這裡，把那些藥草背起來！」

斑願和躁片開始把新鮮藥草叼到陽光下，根掌則來到巫醫窩後方，那裡有許多小凹洞，用來儲藏曬乾的藥草。他努力回憶兩名巫醫教他的知識，包含辨別藥草的方法、藥草的用途及其存放的位置。

他懷疑地嗅聞第一個凹洞裡的枯葉。

金盞花？大概吧。

就在這個時候，根掌聽見踉踉蹌蹌的腳步聲，有隻貓跑進了巫醫窩。他轉身查看，是兔跳，而且他的胸膛和口鼻都沾滿鮮血。眼前的景象嚇得根掌愣在原地動彈不得。

「根掌，我需要你——」兔跳的聲音出乎意料地平靜。

一陣恐慌瞬間來襲，吞沒了根掌。他完全沒聽到兔跳在說什麼。**我需要照顧他，可是該怎麼做呢？**「斑願！躁片！」他大聲呼叫。「救命啊！」

斑願飛也似地跑進巫醫窩。「他的腳掌上有根刺，根掌。我還以為你應付得了這點小傷。」她嘆了口氣。「兔跳，坐下吧。」

「可是……那麼多血！」根掌失聲驚叫，看著斑願舔舐兔跳的腳掌，直到冒出刺頭，再用牙齒咬住拔出來。

「抱歉，根掌，」兔跳喵聲說。「我不是故意要嚇你的。我剛抓到一隻松鼠，沒注意到我的毛上面有這麼多血。」

根掌覺得好丟臉，身上每根毛髮都在發燙。**什麼樣的巫醫會一看到血就嚇呆啊？**

「別擔心，根掌，」斑願安慰他說。「兔跳只是你第一個病患，你學得愈多，做起來就愈容易。」她再次用舌頭舔舔兔跳的腳掌。「好了，沒事了，兔跳，只是今天別再碰那隻腳掌，還有，不要再去踩荊棘啦！」

「謝謝妳，斑願，」兔跳飛快地點點頭。「我太想抓那隻大松鼠了，一時沒留意自己踩在什麼地方。」他伸出一隻前掌撫平鬍鬚。「不過能帶回這麼棒的獵物，我真的很自豪。」

一陣嫉妒驟然湧上根掌心頭，讓他覺得好難受。**我好想念從前為部族狩獵的時光！**

兔跳離開巫醫窩時，躁片正好鋪完藥草回來，決定再度測驗根掌學到的巫醫知識。根掌竭盡所能、努力集中精神，這時，影族的巫醫水塘光在梅子柳的護送下來到貓窩入口。根掌心中默默感激，很慶幸水塘光的出現打斷了測驗。

「我的巡邏隊在營地邊緣發現了水塘光，」梅子柳解釋道。「他說他要找根掌。」

梅子柳才一開口，根掌就想起今天有個反抗軍會議。**我差點忘了！唉，現在變成巫醫見習生就更難溜出去了。**

「你找我們新的巫醫見習生幹嘛？」躁片好奇地望著水塘光問道。

「我……呃……喔，嗯。」水塘光尷尬地舔幾下胸毛，看起來很慌張。根掌帶著歉意瞄了他一眼。**顯然他剛剛才得知我的新角色。**

不過水塘光很快就恢復鎮靜。「事實上……」他站直身子說。「影族裡有隻貓生病了，所以我想請教一下根掌。」

「什麼？」躁片聽起來很困惑。「影族的巫醫為什麼要找根掌幫忙？他連正式見習生都不是耶。」

水塘光不曉得該怎麼回答，根掌也想不出更好的藉口，幸好斑願及時跳出來解圍。

「我猜他是想幫助根掌累積更多經驗吧，」她圓滑地喵聲說。「水塘光，我來幫你，根掌可以一起跟著學習。躁片，我們不在的時候，天族有什麼緊急情況就交給你了，你沒問題的。」

躁片看起來依舊一頭霧水，但沒有反對，只是邊搖頭邊走回藥草儲藏室。

斑願帶頭引著根掌和水塘光離開營地，朝天族領地前進。

「有沒有影望的消息？」她問水塘光。

水塘光長嘆一聲。「沒有，似乎沒有貓知道他的下落，」他語帶悲傷地回答。「我們都很擔心他。」

一想到那隻友善的年輕巫醫及其可能的可怕遭遇，根掌就一陣反胃，「會不會有貓傷害影望」的猜測更讓他痛苦不堪。過去他從來沒有這種想法，認為戰士會攻擊巫醫；現在一切都變了。他不相信影望會獨自離開部族。水塘光似乎真的很關心從前指導的見習生，可是，如果他不像外表看起來那麼善良呢？

如果他知道什麼，卻沒告訴我們呢？

「關於影望，你有什麼事沒告訴我們嗎？」根掌直率地詰問這隻經驗豐富的巫醫，完全不在乎自己是地位低下的見習生。**我很擔心影望，誰管水塘光怎麼想。**「或許我們當初去月池前應該好好找、仔細找……前提是他沒有理由離開。」

「我們到處都找遍了，」面對根掌突如其來的質問，水塘光似乎並不生氣。「可是沒找到，當時我還以為他先走了。」他又深深嘆了口氣。「影望是一隻很不尋常的貓……從小到大都很特別。起初我還希望他只是跑去別的地方閒晃，很快就會回來，但現在看來愈來愈不可能了。」他甩了一下尾巴繼續往前走，聲音中流露出一絲顫抖。「也許你會怪我沒有做得更多，但我比你更怪我自己。我不應該讓他落單。我應該在他……他還在的時候給他多一點支持與照應。」

水塘光話中的停頓讓根掌意識到他認為影望可能已經死了。他對這名巫醫的猜疑逐漸淡去；任何聽到這番自白的貓都會相信他真的很難過、很不安。

可是他說中了嗎？根掌心想。**影望真的死了嗎？**

這個結果太恐怖了。根掌陷入可怕的負面迴圈，不斷想到可能有隻貓殺了影望，其中最有嫌疑的就是假棘星。根掌相信假棘星曾因火花皮跟他作對而指使狗群攻擊她，想置她於死地；影望領受異象，支持假棘星懲罰違反戰士守則的貓，可是他最近開始改變主意，反對放逐的做法。棘星會不會是覺得少了影望，他就更能為所欲為？

根掌渾身發抖，彷彿突然遇上一場冰冷的大雨。**假棘星真的會不擇手段殺害巫醫嗎？如果是真的，我是不是也有危險？要是他發現我看得到真正的棘星，有能力和他的靈魂交流，他會怎麼對付我？**

三隻貓一起越過樹林，抵達影族營地。一穿過山谷頂端的荊刺灌木叢，根掌就看到營地裡聚集了一大群貓，氣氛非常緊張。

松鼠飛和苜蓿足都在發號施令，指派貓兒組成狩獵隊。根掌逐步走近，發現她們彼此互動冷淡，卻又不失禮貌。

「記住，流亡貓不能在邊境附近狩獵，」苜蓿足喵聲叮囑。「不然很容易被發現。」

「當然。」松鼠飛咬牙切齒地回答，看起來好像想說，**拜託講些我不知道的事。**

這時，山谷另一邊的戰士窩傳出陣陣嚎叫，抱怨聲響徹營地。

「把你的腳掌從我耳朵裡拿出來，你這個蠢毛球！」

「你不能睡那裡，那是我的地盤！」

「不要碰我的蕨葉啦！」

水塘光嘆了口氣，和斑願互看一眼。「不能怪他們，這裡的空間不足以容納這麼多貓。」他喵聲說。

斑願點點頭。「而且棘星的行為捉摸不定，誰知道他會不會就此罷休，放過其他違反戰士守則的貓？我擔心情況只會變得更糟。」

鴉羽獨自站在虎星的族長窩入口旁邊，用不以為然的眼神掃視營地。「我早該料到雷族和影族無法和睦相處，」他喵聲道。雖然沒有特定對誰說，但音量大到附近幾隻貓都聽得見。「就算這樣對每隻貓都有好處，他們也做不到。相較之下，我這個風族副族長還比較懂得管理。不過，只要沒有貓主動開口找我幫忙，我就不會插手。」

鴉羽碎唸了一大串，虎星立刻從他的窩裡出來，惱怒地瞪了他一眼，逕自走去迎接斑願和根掌。

「這樣不行，」他唐突地說。「我受不了了，影族沒辦法一直收容流亡的戰士，營地裡的貓太多了。」他對斑願快速點一下頭，態度略為粗魯。「天族那邊有什麼消息？除了我之外，葉星是唯一一個夠理智、不聽從棘星要求的族長。妳覺得她能收留這些貓嗎？」

斑願和根掌交換一個懷疑的眼神。「葉星已經決定了，只要沒有證據證明棘星傷害其他貓，天族就不會反對他的做法，」她搖搖頭說。「也就是說，至少檯面上是四比一。真的很抱歉，虎星，但現在不是讓流亡貓遷出影族領地的好時機。」

有那麼一刻，根掌很怕影族族長會大發雷霆，爆出熊熊怒火；然而虎星只是沮喪地垂下尾巴，顯露出疲憊的神態。根掌第一次注意到他有多瘦削、多焦慮。他望向營地另一端，發現鴿翅就站在獵物堆附近，看起來就和她的伴侶一樣滿臉病容。

狩獵隊離開營地後，松鼠飛和苜蓿足便走向虎星，站在他身邊。

「我們每天都要搞得這麼混亂嗎？」松鼠飛問。「我不想惹妳生氣，苜蓿足，但有些流亡貓不曉得該聽誰的。」

「我可不想待在一個不歡迎我的地方，」虎星還來不及反應，鴉羽就走過來加入談話，喵聲表示意見。「話說回來，為什麼流亡貓不能遷到舊的天族營地？那邊現在是影族的地盤不是嗎？我知道那裡已經荒廢了一段時間，但我們可以稍作整理，」他歪頭指指戰士窩，喧鬧的吵架聲在營地間不斷迴盪。「一定能解決這個問題。」

虎星露出擔心的表情；根掌猜他不喜歡異族貓在他的領土上自建營地。不過，虎星臉上的憂慮很快就煙消雲散。「你說得對，鴉羽。」他輕快地點點頭。「不能再這樣下去了。我們就試試看吧。」

「反抗軍也可以在那裡集會，」松鼠飛建議道。「這樣別的貓比較不容易發現影族牽涉其中。」

「好極了，」鴉羽滿意地動動耳朵，喵聲說道。「我去把流亡貓集合起來。」他走進戰士窩，一聲充滿威嚴的吼叫竄進根掌耳裡。「所有非影族貓，過來找我！」

「我知道舊營地的位置，」苜蓿足對虎星說。「我會把流亡貓帶到那裡。」

「有些貓出去狩獵了，」松鼠飛補充。「我會在這裡等他們回來，把他們帶過去。」

虎星搖搖尾巴表示同意。「這樣我們應該就能清靜一下了。」他如釋重負地嘆了口氣。

然而，根掌看到虎星眼中依舊蟄伏著不安與煩慮；他知道，除非得知兒子的下落、查明他的遭遇，否則這位影族族長一刻也不得安寧。

流亡貓群步出戰士窩，跟著苜蓿足沿斜坡蜿蜒而上，朝營地邊緣的刺藤樹籬前進，鴉羽則走在最後面。

根掌看著他們離開，發現松鼠飛悄悄來到他身邊。她低下頭，對著他的耳朵輕聲低語。「根掌，你能幫我召喚棘星嗎？」她的綠色眼眸閃爍著渴望的光芒。「我有很多事要和他商量。」

根掌環顧四周，完全感應不到棘星的靈魂。棘星最後一次出現在各族巫醫面前後，根掌就一直抱著希望，猜想他可能是緊跟在松鼠飛身旁。**如果他不在這裡……**

「對不起，」他緩緩道歉，很不想告訴松鼠飛這個消息。「我已經很久沒看到他的靈魂了。」

看到松鼠飛眼中的光芒瞬間熄滅，映照出他的焦慮，根掌覺得好難受。**棘星沒有和松鼠飛在一起，我又好幾天沒看到他**，根掌默默自問。**他到底怎麼了？靈魂可以在身體外逗留多久？**

要是真的棘星就這樣一去不復返，貓族又該如何重拾往常的生活呢？

第六章

鬃霜走過蕨葉隧道進入舊的天族營地，好奇地四處張望。現在是日升時分，早晨的陽光已然消逝，滂沱大雨從天上傾瀉而下，灰濛濛的雲層低懸在森林上方，整片灌木叢都被雨水浸得溼答答。她停下腳步甩掉毛皮上的溼氣，打了個冷顫。

莖葉和點毛跟在鬃霜後面穿過隧道，來到她身邊。「這個營地據點好棒喔！」點毛大喊。「天族一定很不想離開這裡。」

「他們沒太多選擇，畢竟這裡是影族的地盤嘛。」莖葉淡淡地喵聲說。

鬃霜不得不同意點毛的看法，這裡真的很適合當營地。一條小河從中間流過，地面上覆蓋著茂密的植被，而且到處都是平坦的岩石，可以讓貓兒好好享受陽光。營地另一端矗立著一棵高大古老的雪松，上面有個樹洞，鬃霜猜那大概是族長的窩。空地周圍環繞著蔥鬱的蕨葉叢，不少荊棘交織其中，然而自從營地荒廢後，這片樹叢就出現了許多縫隙，必須好好修補一番才能遮風避雨，保護貓窩。

鬃霜、莖葉和點毛是來參加反抗軍會議的，可是目前空地上只有移居過來的流亡貓群。她發現獅焰和鴉羽就在不遠處面對面怒目瞪視彼此，全身的毛都豎了起來。

「你和嫩枝杈要繼續修繕見習生窩。」鴉羽厲聲說。

「你可能沒注意到，這裡沒有見習生，」獅焰大翻白眼。「也沒有小貓。補強戰士窩的裂縫和採集苔蘚來鋪貓窩比較重要。」

「我們可能很快就會有見習生了，」鴉羽不停爭辯。「如果棘星繼續煽動，一定會有更多貓被放逐，搞不好連見習生都會遭殃。」

「棘星才不會——」

「別這麼天真，」鴉羽打斷獅焰。「我們說不定會一直待在這裡，久到需要一個固定的營地，久到小貓在這裡誕生長大，成為見習生。」

一想到森林裡的危機可能延續好幾個世代，鬃霜差點驚愕地倒抽一口氣，幸好有忍住。那兩隻公貓依舊爭吵不休，似乎沒注意到她的存在。

「也許你說得對，」獅焰喵聲道。「但目前的情況不是這樣。我們的首要任務就是讓現在在這裡的戰士有地方睡覺。再說——」鴉羽看起來打算插嘴，獅焰立刻接話。「你是副族長沒錯，但不是我的副族長，所以少命令我。」

「很好！」鴉羽迅速轉身，高舉尾巴大步離開。獅焰叼起一堆放在身旁的苔蘚往反方向走去。

「鴉羽真的是獅焰的父親嗎？」鬃霜喃喃地說。

點毛點點頭，小聲地喵喵笑。「他們處得不太好，對吧？」

鬃霜看到幾隻聽見爭吵聲的流亡貓流露出不安的神色。「我們真的會在這裡待那麼久，久到小貓變成見習生嗎？」嫩枝杈問道。

「放心，不會的，」松鼠飛將尾巴放在嫩枝杈肩上，安撫這隻年紀比她小的貓。「鴉羽凡事都往最壞的方向想。」

「你們絕對不會在這裡待那麼久，」虎星領著鴿翅和褐皮走進營地，正好聽見嫩枝杈說的話。「別忘了，這是影族的領地，遷到這裡只是權宜之計。」

嫩枝杈低頭表示感謝，但鬃霜覺得她看起來不太相信的樣子。

戰士們陸續抵達，準備參加反抗軍會議。貓群逐漸聚集，鬃霜赫然發現有些原先支持他們的貓還沒有到，猜想他們會不會是太害怕所以不敢來，畢竟現在風族與河族族長似乎都同意棘星的做法。不過她很高興能看到幾隻年輕的新成員，包含河族的斑紋叢、天族的鳶撓和影族的松果足。

鳶撓身後出現愈來愈多天族貓，樹、紫羅蘭光、針爪和根掌都來了。鬃霜小心翼翼地別開頭，避免迎上根掌的目光。

「哦，不，嫩枝杈！」紫羅蘭光看到姊姊，忍不住放聲驚叫。「妳也被放逐了嗎？」

嫩枝杈急忙跑過去用鼻子觸碰紫羅蘭光，發出歡迎的呼嚕聲。「只是暫時的，」她解釋道。「等贖罪結束，棘星就會讓我回雷族了。」

斑願、水塘光及其他貓三三兩兩地走進營地，最後很明顯不會再有貓出現了。他們和流亡貓群一同聚在古老的雪松樹旁，準備召開會議。

松鼠飛舞揮揮尾巴，示意鬃霜過來。「我想應該由妳先說。」她輕聲喵道。

鬃霜看著眼前的貓群，一顆心怦怦狂跳。面對這麼多貓讓她覺得很緊張，因為他們大多數都是經驗豐富的資深戰士，此外，她也有點怕在這麼多貓面前揭露關於棘星的真相。這麼做某種程度上來說是一種解脫，但她也擔心如果有貓不相信她，或是大家無法就應對辦法達成共識會怎麼樣。儘管如此，她還是在松鼠飛點頭鼓勵下提起勇氣，走到貓群面前。「我知道聽起來很誇張，」她開始說。「我也不曉得為什麼會發生這種事，但我們很確定現在領導雷族的貓不是真正的棘星，而是另一隻貓，或是某個住在棘星身體裡的東西。根掌，」她轉過去看著他。「你可以跟大家說你看到什麼嗎？」

根掌點點頭，似乎很緊張，接著走上前站在鬃霜旁邊。「我在森林裡看到棘星的靈魂，」他對與會的貓群說。「看過很多次了，樹也有看到。前幾天晚上，棘星的靈魂就出現在我和其他巫醫面前。」

根掌揭開真相的瞬間，底下立刻爆出一陣雜揉震驚和駁斥的低語。鬃霜懷疑各族巫醫究竟有沒有聽樹和根掌的建議把異象傳達給族長。**如果沒有，倒也不能怪他們。**她想。**因為這件事真的太奇怪了！**

「我不太相信，」鴉羽喵聲說。「為什麼棘星會找你，不是找雷族的貓？」

「別忘了，根掌身上流著姊妹幫的血，」赤楊心說。「我在巫醫會議上親眼看到棘星的靈魂，就跟我現在看到你一樣真確。」

「我也是，」松鴉羽附和道。「至少我有聽見他的聲音。是棘星沒錯。」

鬃霜很氣餒，即便有巫醫支持，部分反抗軍還是不相信根掌，不然就是很困惑、不知道該相信什麼。**而且這些已經是支持抵制棘星的貓。**她想。**要是連他們都不相信現在這個棘星是冒牌貨，更別說其他貓會有什麼反應。**

「我是沒看到他的靈魂，」她喵聲說道。「但我知道那隻自稱棘星的貓和我們真正的族長一點都不像。」

「妳說得沒錯，鬃霜！」嫩枝杈大叫。「真正的棘星絕不會這樣對待我！」

嫩枝杈的支持讓鬃霜意識到現在就是說出另一件事的好時機，讓大家看看他們所謂的「族長」是什麼樣子。**反抗軍應該要了解事實的真相。**「還有一件事你們必須知道，」鬃霜再度開口，貓兒們安靜下來仔細聆聽。「影望消失的那一晚，我看到棘星返回營地，口鼻和胸毛都沾滿血跡。我敢說在那之前，同樣有隻貓企圖殺死火花皮。」

這一次，震懾與恐懼的嚎叫更加響亮。虎星和鴿翅凝視著對方，眼中盈著一模一樣的痛楚。轉瞬間，虎星就別開視線，跳到附近的岩石上掌控貓群。

「我們必須殺了棘星！」他大聲宣告。

大部分影族貓都熱切嚎叫，激動地贊成族長，但鬃霜也聽見不少反對的聲浪。最後，褐皮提高音量，向貓群訴說自己的想法。

「你們都知道棘星是我弟弟，」她低聲喵嗚。「一想到要殺了他的肉身，我就覺得很難過……」她躊躇了一陣，好不容易才吐露心聲。「可是，無論他內在的惡靈究竟是誰，都不能繼續這樣下去。」

「不行！」鬃霜放聲大喊，氣到全身發抖。「我們剛才不是說了，真正的棘星還在！妳怎麼能提議殺了他的肉身呢？那真正的棘星會怎麼樣？」

「也許這樣他就會回來了，」獅焰滿懷希望地說。「就像一個族長以正常的方式死去那樣。」

「也許不會，」嫩枝杈反駁。「我們能冒這個險嗎？」

騷動再度爆發，場面頓時一片混亂，每隻貓都想發表自己的意見，卻沒有貓願意靜下來聽。鬃霜試著了解大家在吵什麼，結果發現一線希望。大多數雷族貓想到要殺死族長肉身都嚇壞了。

「我們之所以會陷入這種困境，就是因為棘星瀕死的關係，」鴉羽說。「殺了他會有用嗎？」

「我們不能冒險。」莖葉非常堅持。

「我們不用擔心一下真正的棘星嗎？」年輕的影族戰士松果足看著這場騷亂，輕蔑地甩甩尾巴。「根掌說他從巫醫會議後就沒見過他了。」

松鼠飛擠過吵嚷的貓群，跳到虎星身旁的岩石上，揮舞尾巴要求大家安靜。貓嚎叫逐漸消退，變成充滿敵意的嘶嘶聲和低語聲。

「棘星沒有走，」松鼠飛的語氣很堅定，一雙翠綠色眼眸吸引了貓群的注意。「他不會就這樣離開我，我很確定。」她轉向虎星，惡狠狠地補上一句。「你不想放棄影望，那你應該也很明白我不會放棄棘星。」

「我很肯定影望已經死了，」虎星的嗓音裡滿是痛苦和心酸。「如果他還活著，他絕不會離開影族。如果他可以，他早就回家了。」

「或許還有別的可能，」鴿翅顯然是想安慰她的伴侶。「別忘了，我們曾一聲不響離開貓族，沒有告訴任何一隻貓。星族啊，我真的很後悔當初的決定！」

貓群再度掀起一波爭論，只是這次沒那麼激烈，貓兒們想必是被震驚與憂懼啃噬到筋疲力盡。鬃霜意識到空地上大部分的貓都覺得應該殺死、或至少驅逐假棘星，心裡頓時湧起一陣恐懼，肌肉也跟著緊繃起來。

「你們最好想想自己在說什麼，」松鴉羽跳出來挑戰他們。「要殺一個族長，就算對方不是真的族長，也不像用爪子打老鼠那麼簡單。我們在採取行動之前必須考慮到後果。」

「沒錯，」鬃霜表示同意，很感激有貓提出另一個反對殺死棘星肉身的理由。「雷族現在的副族長是莓鼻，有誰覺得他會成為一位好族長？」

貓兒們安靜下來，仔細思索他們的話。「可是，松鼠飛，妳才是真正的副族長不是嗎？」鴿翅率先打破沉默。

「不，她不是，」松鴉羽立刻回答。「雖然我們很希望她是。她的族長把她逐出雷族，任命莓鼻接位。如果不按傳統方式繼承，星族和其他貓不氣死才怪！這個主意太離譜了！」

「松鴉羽說得對，」鴉羽喵聲附和，朝那隻失明的巫醫簡單點一下頭。「況且，兔星和風族絕不會同意雷族殺害他們的族長，再讓另一隻貓接替他的位置。我們一定會追究到底。」

「這倒是真的，」紫羅蘭光也同意。「葉星和霧星應該也會有一樣的感受。」

「可是葉星說她會採取行動阻止棘星傷害其他貓，」根掌表示。「如果我們告訴她假棘星曾企圖殺死火花皮，說不定天族會轉而對抗他。」

「證據不足，」嫩枝杈搖搖頭。「棘星把火花皮送到她被狗群襲擊的地方，還有獵物氣味的痕跡通到那裡，但沒有明確的證據顯示假棘星就是幕後主使。我在天族待了很久，很了解葉星。除非真的確定，否則她連鬍鬚都不抽一下。」

「也許殺了棘星才是正確的選擇，」獅焰走上前低聲咆哮，沉厚的嗓音在胸口深處隆隆作響。「他現在控制了五大貓族，不只是雷族而已，如果不阻止，他就會毀掉一切。不過我們必須先審慎思量，好好想清楚才行。」

松鼠飛從岩石上俯瞰著他，眼神充滿驚愕與懷疑。「我真不敢相信你居然這麼說！」她倒抽了一口氣。「我真不敢相信你會想殺了棘星。他不僅是你的族長——他就像你的父親一樣！」

獅焰張開嘴打算回應，隨後又閉上嘴巴，困惑地搖搖頭，低聲咕噥了幾句鬃霜聽不懂的話。

虎星舉起一隻腳掌以示命令，再次掌控會議。「現在我們有個選擇，就是殺死棘星的肉身，」他目光如炬，像烈火吞噬乾草一樣掠過底下的貓群。「不過松鼠飛說得對，或許現在還不是時候。我們不想跟河族、風族與雷族宣戰。現在這個局勢，他們三族會聯合起來對付我們，我們也不知道葉星會做出什麼決定。總而言之，目前我們不會動棘星一根寒毛，等到仔細思考、確定大家達成共識後再擬定相關計畫。」他揮揮尾巴。「好了，會議結束。」

鬃霜離開影族領地，每走一步，她的腿都在顫抖。她曾懷疑將棘星滿身是血回到營地的事告訴其他貓會危及他的生命，事實證明她的疑慮有其道理。聽到他們提議要殺死棘星的肉身，她並不意外，但她很確定這麼做大錯特錯。

假如他們成功，那又怎樣？她絕望地問自己。一旦身體死去，真正的棘星可能再也回不來，雷族也會徹底瓦解，永遠四分五裂。

第七章

影望在一片無夢的朦朧薄霧中飄浮，這時，一個聲音穿透霧靄，喚著他的名字。聲音似乎是從非常遙遠的地方傳來，聽起來有點熟悉，可是影望無法準確定位它的方向。他慢慢睜開眼睛，覺得自己好像睡了很久。他試著舒展四肢，卻有種很奇怪的感覺，彷彿無法控制自己的身體。

灰濛濛的薄霧瀰漫四周，他眨了好幾下眼睛，還是看不清楚，只有一些幽暗的陰影若隱若現，看起來像是巨大的岩石。放眼望去，只見一對黃色亮光刺穿黑暗，光芒周圍逐漸勾勒出一個輪廓，變成一隻貓，一隻瘦骨嶙峋的黑色公貓，黃澄澄的眼睛直盯著影望不放。影望覺得自己好像認識對方，可是他腦袋一片混亂，連名字都想不起來。

「影望，你好。」黑色公貓開口。

那是剛才呼喚他的聲音。影望倒抽一口氣，他想起來了。「尖塔望！」他體內頓時湧起一股暖意，心裡滿懷感激。「真的是你！我真不敢相信！我還以為你去了星族，所以我父親才幫你取了一個戰士的名字。」

「我決定不去星族，」尖塔望搖搖頭解釋。「這樣我才能照看你。雖然我死後不是無時無刻都在你身邊，但我常去看你。我為你的改變和成長感到驕傲。」

影望疑惑地眨眨眼睛，努力消化一切，不過他很高興尖塔望在這裡，這隻黑色公貓為他和他的親族付出了好多好多。「可是我之前都沒看到你，」他喵聲說道。「怎麼現在又能跟你說話了？」

尖塔望遲疑了一下，緩緩開口。「三天前的晚上，我看見一隻貓攻擊你，你失去意識後，他就把你丟進這座深谷。」

一陣恐懼席捲而來，吞噬了影望，他覺得皮膚上每根毛都豎起來了。他腦海中閃過陣陣記憶，想起彎曲的利爪劃過身體，突然意識到自己現在應該痛得直跳才對。**可是我一點感覺都沒有。**「我死了嗎？我在哪裡？」他問道。

「你沒死，」尖塔望回答。「起初我很怕你死了，但我發現你還在呼吸……也只有呼吸。你一定是受了重傷，因為之前我無法與你溝通，也不能和你的靈魂交流。」

「靈魂？」影望喃喃低語，顫抖著倒抽一口氣。「我變成幽靈了嗎？」

雖然尖塔望剛才說他沒死，但影望不知道該不該相信他。**也許我真的死了，我再也見不到我的親族了！**想到這裡，他才意識到自己如果真的離世，應該會在星族才對，但這個地方看起來非常陌生。有那麼一刻，他覺得好混亂、好困惑，只想再次闔上眼睛，忘卻一切。

可是影望沒這麼做。他深呼吸，強迫自己坐起來，接著環顧四周，發現薄霧已然消散，視野逐漸明朗，幽遠的峽谷慢慢浮現在眼前。他和尖塔望正坐在一塊突出於峭壁的平坦岩石上，位置落在山谷半腰處。谷壑非常狹隘，目測大約有十五到二十條尾巴高，底下有條小河涓涓流過。岩塊從薄細的沙土中探出頭，濃密的灌木叢生長其間。影望對這個地方完全沒印象，很確定這裡不是影族的領地。

應該不太會有貓來這裡，他想。**這些岩石太難爬了。**

「我本想跑去求救，」尖塔望繼續說。「但我不想丟下你，怕你在我離開的時候醒來。」

「你一直都是一隻很忠誠的貓，」影望帶著豐沛的感情，對他的老朋友眨眨眼睛。「就算死後變成幽靈也不例外。」

「如果我現在能和你對話，」尖塔望低下頭喵聲說，眼神看起來很難為情。「表示你的身體可能開始復原，但還沒脫離險境。你正在生死之間徘徊。」

他轉動耳朵，示意影望看向山谷另一邊。眼前的景象讓影望忍不住吸一口氣，發出刺耳的聲音。他赫然發現自己的身體軟綿綿地躺在一棵扭曲的荊棘樹旁，看起來血肉模糊、殘破不堪，不僅毛皮被撕裂，前額和口鼻也掛著乾涸的血漬。他不敢相信自己居然變成這樣。起先他很肯定自己死了，後來才注意到自己的胸口微微起伏。他還在呼吸。

「我在生死之間徘徊？」他重複尖塔望的話。他記得葉池死後，松鴉羽曾對其他巫醫說過類似的話，描述松鼠飛和葉池是如何遊走於兩個世界之間。松鴉羽說松鼠飛已經回來了，葉池則邁入下一個階段，前往星族，但影望還是很難想像。

「謝謝你做的一切，」他不等尖塔望回應便逕自開口。「但我們必須把我的情況告訴巫醫。我需要真正的治療！」

「我有想過，」尖塔望露出懷疑的表情。「但我不知道能相信誰……攻擊你的一定是部族貓。」

「真的嗎？」影望不願相信尖塔望的話，與此同時，一種可怕的確定感蔓延全身，如禿葉季的河流般寒冽刺骨。他腦海中再次閃現那晚遭受攻擊的記憶，這一次，他想起濃烈的貓薄荷香。

攻擊者用貓薄荷掩蓋自己的氣味。只有部族貓才會費心思這麼做。

「我很確定，」尖塔望再三保證，語調非常沉重。「我很震驚，也很擔心你，可是當時天色太暗，看不清楚是哪隻貓，只聞到一種混合著貓薄荷的貓族氣味。我們得查出到底是誰攻擊你，若你能以幽靈的形態追凶，事情會比較容易。」

影望覺得這件事一點都不容易。這個問題就像一座高聳的懸崖，他沒有力氣爬上去，連想都沒辦法想。他的思緒逐漸飄離，轉向其他煩惱。

「當時我正要去參加巫醫會議，你知道那邊的情況嗎？」他喵喵問道。

「不太清楚，」尖塔望搖搖頭。「只知道很多貓一直在找你。」他嚴肅地望著影望。「不過我倒是聽見……有些影族成員在背後說三道四。」

一聽到尖塔望的話，影望的心彷彿被冰冷的利爪攫住，痛苦難當。他還記得剛開始領受異象時，部分族貓的反應不太友善。他看到的一切很不尋常，以致許多影族貓都認為他很詭異、很危險，好不容易熬到最後，其他巫醫終於接納了他。「我知道有些貓覺得我很怪，」他輕聲說。「但他們絕對不會……」他低頭望著自己那具殘敗的軀體，聲音愈來愈小。

「你願意拿你的命來賭嗎？」尖塔望直率地問。

影望看著自己的身體跳了好幾下心跳，慢慢搖頭。

「很好，」尖塔望輕快地點點頭。「這個決定才對。我保證，我會好好照顧你，保護你的安全。光是休息就能幫助你恢復元氣；如果今天被傷害的是一隻城市貓，我也會給出一樣的建議。事實上，效果已經出現了，」他補上一句。「因為你的力量已經強到可以用靈魂和我溝通。如果狀況惡化，我會找一隻活貓過來幫忙。這段期間，我們可以多方蒐集情報，查清楚那天晚上到底發生了什麼事。」

「要怎麼做？」影望急切地追問。

「以靈魂的形態前往各大貓族。但得小心點，」尖塔望警告。「你離肉身太遠會很危險。一旦離開太久可能會死，最後永遠變成幽靈。不過我先提醒你，」他眼中閃爍著惡作劇的光芒。「當幽靈其實還不壞，你搞不好會覺得比活著更棒，決定要——」

「我要活下去！」影望猛然大喊，打斷尖塔望，隨即又用比較溫和的語氣道歉。「對不起，我很感謝你指引我、陪我度過這場混亂，但我還有很多事情要做，非活下來不可。」他知道不必把面對的一切用言語表達出來，因為尖塔望都懂。他們都很清楚那座高聳的懸崖不會消失；影望必須查明哪些是敵貓，這場攻擊又和貓族的困境有什麼關聯。除此之外，他還需要一隻貓，一隻不是幽靈的貓來幫他才能從傷病中痊癒。所以得弄清楚哪些部族貓可以信任，而且沒有時間能浪費了。「我該怎麼開始？」他問。

尖塔望用身體貼住影望側身來回應。剎那間，一切都變得模糊不清，等到視線恢復清晰，影望才發現自己站在一大簇蕨葉叢裡，以枝葉做為掩護。他左右張望，察覺到這裡是舊的天族營地邊緣，他們在拓展影族領地期間就住在那裡。

空地中央聚集了好多貓；吵雜的說話聲不斷竄進影望耳裡，聽起來和混亂的噪音沒兩樣。他望著眼前擁擠的貓群，一開始還認不出誰是誰。

隨著時間推移，他的疑惑也逐漸淡去，開始明白自己看到的一切。「虎星來了！」他大喊。「還有鴿翅——那是松鼠飛。哇，根掌和樹也在。五大部族的貓都來了嗎？」

「這些是反抗軍，」尖塔望點點頭。「他們反對棘星，不贊成他放逐違反戰士守則的貓。我們來聽聽他們怎麼說，看能不能得到一點線索。」

影望在尖塔望的鼓勵下溜進貓群。大家正激烈爭辯，討論是否要殺死棘星；可是影望發現自己很難專注，因為他所有心思都集中在那些他關愛的貓身上。看到族貓，特別是他的父母這麼絕望、這麼疲憊，他的心好痛。他們身上散發出強烈的悲傷氣味，讓影望忍不住嚎啕大哭，像隻被遺棄的小貓一樣。他走向他們，抬頭望著父親的臉。

「你看，我在這裡！」他喵聲說道。「我沒有失蹤，我會沒事的。」

然而虎星的眼神只是直直穿透他，完全沒有意識到他的兒子就站在距離不到一條尾巴遠的地方。情急之下，影望開始到處走動，終於找到站在貓群邊緣的樹和根掌。

「你們看得到我嗎？」他問道。「說你們看得到，拜託！」

還是沒有回應。「他們為什麼看不到我？」影望發現尖塔望來到身旁，立刻轉頭問道。「樹不是看得到死掉的貓嗎？」

「不知道，」尖塔望回答。「看來幽靈只能在特定的貓面前現身。」

「可是他們應該看得到我才對啊！」影望絕望地屈伸爪子。

「不是只要身上流著姊妹幫的血就能看見所有幽靈，」尖塔望說。「我想你該回身體那邊了。」

影望點點頭，但父親的聲音瞬間分散了他的注意力。「我很肯定影望已經死了，」虎星說。「如果他還活著，他絕不會離開影族。如果他可以，他早就回家了。」

「或許還有別的可能，」鴿翅回答。「別忘了，我們曾一聲不響離開貓族，沒有告訴任何一隻貓。星族啊，我真的很後悔當初的決定！」

虎星點點頭，凝視著鴿翅，眼裡卻看不到一絲信念和希望，而他言談間的憤怒與悲傷讓影望更加驚惶。他再次越過貓群，衝到父親身邊。

「虎星，我在這裡！」他大聲嚎叫。「我沒死！」

可是虎星的目光就和剛才一樣穿透影望的靈體，看不到也聽不到他。影望覺得好無助，就像一滴雨珠從天上落下，在急流中消逝無蹤。

沉重的痛苦壓得他喘不過氣；他的視線逐漸模糊，胃部劇烈翻攪，感覺身上每個關節都變得軟弱無力。他察覺到尖塔望貼著他的側身。

「你必須立刻回到身體那裡！」尖塔望喵聲大喊。

一轉眼，影望又回到那座深谷。他的腿再也撐不住了。他癱倒在岩石上，望著昏迷的自己，內心頓時湧起一陣恐懼。他的呼吸愈來愈慢了。

我還能活多久？

第八章

太陽逐漸沉沒，緋紅的暮光籠罩整片天族營地，甚至還灑進了巫醫窩。根掌瞇起眼睛抵抗陽光，用一團泡過老鼠膽汁的苔蘚球輕擦馬蓋先的身體，想把巴在上頭的蝨子弄掉。馬蓋先不停動來動去，根掌很難擦到正確的位置。

「看在星族的份上，不要亂動！」他嘴裡銜著一根小樹枝嘶嘶低吼。

「那隻蝨子咬得很深，」躁片鼓勵地說。「牠們有時真的很難對付。加油，根掌，你一定會成功。」

根掌被老鼠膽汁的臭味臭到難以呼吸。**太不公平了，**他心想。**之前當戰士見習生也要處理蝨子，現在當巫醫見習生還是要處理蝨子。我恨蝨子！**

他又輕擦一次，蝨子終於掉了下來，讓他鬆一口氣。根掌放下小樹枝和溼溼的苔蘚球大口喘息，呼吸新鮮空氣。

「謝謝你，根掌，」馬蓋先聳起肩膀喵聲說。「感覺好多了。」說完他就對躁片點點頭，轉身跑進營地。

根掌還來不及清理腳掌，就聽見有貓在巫醫窩入口處叫他。原來是他的父親，樹。

「躁片，我能借一下根掌嗎？」樹喵聲道。「我有事要跟他談談。」

躁片一口答應，根掌便跟著父親出去，很高興終於能踏出巫醫窩，就算只有一下下也好。那裡現在瀰漫著老鼠膽汁的臭味，還要過好一陣子才會消散。

「有什麼新消息嗎？」樹走到離巫醫窩兩條尾巴遠的地方，停下腳步問道。「你有看到真正的棘星嗎？還是有感應到什麼徵兆顯示他還活著？」

「一根鬍鬚也沒看到。」根掌擔憂地搖搖頭。

「我一直在想昨晚那場會議，」樹低聲喵嗚。「大家都在爭論要怎麼處理那個冒牌貨，要是無法聯繫上棘星的靈魂，我們就沒什麼選擇。我本來還以為他是跟在松鼠飛身邊，所以你才一直看不到他。」他的聲音起來很嚴肅。

「我原本也是這麼想，」根掌回答。「可是昨天開會前我和松鼠飛談過，棘星的靈魂不在她附近。」

「棘星會不會是愈來愈虛弱了？」樹若有所思地動抽動鬍鬚，對根掌說，也對自己說。「我們不知道貓離開身體這麼久會有什麼影響。」

「真希望我們能做點什麼。」根掌回答不了父親的問題，只能輕聲喵道。

「或許可以，」樹的聲音再度充滿希望。「我和葉星談過，說我有個辦法能聯繫上棘星。起先她猶豫不決，一直聽到我說假棘星疑似企圖殺害火花皮才同意一試。她說，如果能親眼看到棘星的靈魂，她或許就會改變主意，不支持假棘星。」

「什麼辦法？」根掌急切地問道。

「舉行喚靈儀式。你知道我出生的那個貓群嗎，姊妹幫？她們過去經常這樣召喚亡靈。如果棘星的靈魂在貓族地盤附近，說不定就能透過儀式接觸到他。根掌，要是你能加入，一定會大有幫助。」

根掌沉默了一會，樂觀的情緒從耳朵直竄到尾尖。長久以來，他都是唯一一隻能和棘星靈魂交流的貓，找不到他讓根掌覺得好孤獨、好無助。整個部族共同參與能大大減輕他肩上的重擔，排解他的煩憂。

「我當然會加入！」他回答。終於有點進展、能嘗試新方法的感覺真好。或許還是有一線希望。

「太好了！」樹高興地呼嚕，接著跑回巫醫窩探頭進去大喊，「斑顛、躁片，我們需要你們！」

兩隻巫醫跟在他身後，困惑地互看一眼。樹以迅雷不及掩耳的速度飛快越過營地，來到巨樹墩，呼喊族長葉星。

葉星隨即現身，跳到樹墩上。「所有大到能自己狩獵的貓都來巨樹墩參加部族會議！」她放聲大喊。

整件事發生得太快，讓根掌有點措手不及。「等等，現在就要舉行儀式嗎？」他走向父親低聲問道，其他族貓則紛紛抵達、聚集在他們周圍。根掌剛才心裡那股樂觀開始動搖了。雖然他的能力確實有用，但他知道，族裡依舊有些貓覺得他們父子倆很詭異。號召所有族貓參加喚靈儀式可能不是什麼好主意。「我沒料到會這麼急，」他緊張地喵聲說。「我本來還希望能先花點時間讓他們接受這個想法……」

「沒時間了，儀式一定要在日落時分舉行。」樹回答。

「樹要帶領我們舉行一個源自姊妹幫的儀式，」葉星對與會的族貓說。「我們希望這場儀式能把棘星的靈魂帶回來。」

貓群交頭接耳，發出質疑的低語。「姊妹幫？」沙鼻失聲驚呼。「我們幹嘛管那群奇怪的傢伙啊？」

跟我擔心的一樣，根掌覺得很難堪。姊妹幫是他和樹的血親，如果其他族貓覺得他們父子倆很奇怪，自然也會認為姊妹幫很奇怪。

「就是說嘛，」鼠尾草鼻附和道。「那些惡棍貓知道的事，部族貓全都知道！」

「例如棘星的靈魂是真的之類。」沙鼻補上一句。

「安靜！」葉星用命令的口氣大喊，嚴厲地看著那兩隻公貓。「這個辦法或許行不通，但我們至少要試一試。」

太陽逐漸沉到地平線下方，樹和根掌走進空地中央，其他族貓則繞著他們圍成一圈。躁片對根掌點點頭表示支持，但他還是能感受到許多貓很不情願；他有種感覺，好像自己從裡到外毫無保留地暴露在大家面前，比以往更加赤裸。

「今晚，我們高聲歌唱，指引棘星的靈魂回到我們身邊，」樹的聲音響徹整片營地。「我們知道他有很多話要說，我們會努力幫助他奪回自己的肉體。棘星，速速現身！」

樹的頭往後仰，發出一聲尖銳又怪誕的哀號。其他貓都嚇得愣在原地，陷入沉默。根掌注意到有幾隻貓帶著懷疑的眼神彼此互望。

紫羅蘭光走上前和樹一同嚎叫。一開始她很緊張，漸漸地，她的聲音跟上伴侶的聲音，音調更加和諧，她也變得更有自信。她的參與似乎改變了周遭的氣氛與情緒。族貓們可能認為樹和根掌很奇怪，但他們非常尊重紫羅蘭光。如果她認真看待這場儀式，或許其他貓也會跟進。根掌大受鼓舞，跟著父母一起嚎叫；鷹翅大步向前支持他們，接著是針爪和躁片。很快的，很多貓都在嚎叫。星星開始出現，他們的聲音不斷顫抖，愈來愈高亢。

根掌感受到他們的叫聲逐漸蔓延，縈繞整座湖區，呼喚棘星來到他們身邊。**會成功的**，他心想，體內燃起一股希望。**非成功不可。如果棘星在附近，他一定會來。**最後一縷陽光消逝之際，他們仍在高聲歌唱。其他的貓繼續嚎叫，根掌則轉頭尋視著周遭動靜。他很肯定如果棘星能來，他一定會來。然而不管怎麼等，就是等不到他的靈魂。

樹安靜下來，疑惑地望著根掌；根掌只能難過地搖頭，可是他還不想放棄。最後，根掌衝出儀式圈，拚命在營地邊緣和貓窩裡尋找棘星。**棘星，拜託，快點現身！**他默默催促，但雷族族長依舊不見蹤影。貓群的嚎叫聲愈來愈沙啞，逐漸沉寂，化為一片靜默。夜幕已然降臨，棘星還是沒有來。

根掌環顧四周，看見許多族貓臉上流露出失望的神情。葉星坐在那裡，雙肩下垂，凝視著自己的腳掌。

「對不起！」根掌顫抖著聲音說。他說服自己相信這個辦法行得通，現在他覺得自己比從前更失敗。「我盡力了，可是沒用。」

「不要自責，不是你的錯。」躁片對根掌拋了一個親切友善的眼神。樹伸出尾巴環繞著兒子的肩膀。「幽靈本來就難以捉摸，」他喵聲安慰。「棘星的靈魂或許更是如此，因為他的肉身還活著。我們可以再試一次。」

一陣恐懼湧上根掌心頭，讓他覺得好沉重。**如果這次沒用，那再試一次又有什麼意義？**

「我有個主意，」斑願突如其來地開口。與會的族貓紛紛解散，朝自己的窩走去，只剩樹、根掌、葉星和兩名巫醫留在空地中央。「我們何不再次舉行儀式，只是地點改到月池？」

「嗯，這樣應該會成功，」樹熱切地望了她一眼。「但巫醫不是只有月升時才會去那裡嗎？這個儀式必須在日落舉行。」

「可是這次日落好像失靈了，」斑願溫柔地說道。「或許月升的力量有效也說不定。」

「這我倒是無法反駁。」樹點點頭，環視空地，看起來還是有些疑慮。

「月池是我們與戰士祖靈交流的地方，」斑願說。「或許這樣棘星比較容易來到我們身邊。」

「嗯，值得一試，」葉星緩緩點頭喵聲道。「斑願，我知道只有巫醫能踏足月池，但若妳同意，我和樹就跟妳一起去。」

「沒問題，葉星，」斑願立刻回答。「我們過去幾個月就已經打破這個規則了。現在是非常時期，星族回來前……」斑願哀傷地望著遠方。「如果祂們願意回來……總之我們必須盡一切努力。歡迎妳和樹一起來。」

✦✦✦

五隻貓動身前往月池。狂風從荒原間呼嘯而過，根掌的眼睛被風吹到溢出淚水，鬆軟的毛也緊貼在身側；他咬緊牙關奮力邁步，好不容易爬上最後一道岩坡，抵達山谷頂端，累到只想蜷縮起來睡大頭覺。

月池一片漆黑，天族貓群穿過矮樹叢，沿著蜿蜒的小路前進。自岩間流瀉而下的清溪看起來近乎靜止，大地萬籟俱寂，隨處可見映射出來的閃爍星光；像爪子劃出來的月亮高掛天空，不時從飛快流動的雲縫中向外窺探。

「哦，星族，這次一定要成功！」根掌顫抖著喃喃低語。

斑願要大家站在月池畔，接著樹便將頭往後仰，朝靜謐的夜空發出詭異的哭號。根掌及其他貓隨後加入，一同嚎叫。

儀式的歌聲持續迴盪，根掌凝視著黑暗的水面，希望棘星的靈魂快點現身。**快，快啊！你一定要來！**

有那麼一瞬間，他覺得月池深處似乎有什麼東西閃著微光，而且不是黯淡短暫的星光。他的心為之一振，體內每個細胞都急切地追尋那簇光芒。

然而就在那一刻，樹停止歌唱，其他貓也跟著安靜下來；嚎叫聲逐漸淡去，池底的光也慢慢消失，彷彿再次沉入無盡的幽暗。

「我看到東西了！」根掌沮喪地猛甩尾巴大叫。「那裡有光——就在池子裡。」

「我什麼也沒看見呀。」斑願走到他身旁往下看，喵聲說道。

「已經不見了。」

「你確定有看到？」斑願抬起頭望著根掌的雙眼。

「確定！」根掌回答。「至少……我這麼認為。」

「可能是你想像出來的吧，」斑願輕鬆地說。「這是常有的事。在這種月光和星光搖曳的環境下很容易產生錯覺，認為自己看到內心期待的事物。」

其他貓低聲表示同意，根掌不得不順著大家接受這個解釋。他沒辦法拿出實質的證據證明自己所見的一切，也不想和這些經驗老到、資歷比他更豐富的貓爭論。他灰心地嘆了口氣。

他的同伴似乎也有一樣的心情。姊妹幫的喚靈儀式再度失敗讓他們備感挫折，尾巴和鬍鬚都頹喪地下垂。

「我相信棘星離開身體的時間越長，靈魂的能量也會越衰退，」樹喵聲道。「我以前從來沒見過有幽靈會這樣，但棘星的處境不能用常理來判斷。」

遺憾的是，根掌認為父親說得沒錯。「已經來不及救他了嗎？」他焦急地問。

「你覺得呢？」葉星詢問樹的看法。

「我們知道目前控制棘星身體的貓不是棘星，」樹緩緩開口。「不論還剩多少時間，想救雷族族長，就得對付那隻霸占他肉身的貓。」

「樹，你說得對。」斑願表示同意。

「或許吧，但我還沒準備好和雷族開戰，」葉星的語氣非常堅定。「特別是另外兩個部族支持他們的時候。我必須優先考慮天族的利益。」

「可是棘星怎麼辦？」族長的決定讓根掌好失望。「我們不能就這樣丟下他啊。」

樹向兒子點點頭以示讚許。「葉星，妳要知道，不管棘星體內這個……生物究竟是何方神聖，一定會毀滅所有貓族，只是時間早晚而已。」

「沒錯，」斑願的聲音很嚴厲，與她平常的溫柔舉止大不相同。「他已經成功讓影族陷入混亂，還唆使另外兩個部族流放一名副族長和一位巫醫。接下來呢？」

「我懂你們的意思，」葉星回答。「我不是要坐視不管，什麼也不做。我們必須謹慎觀察，耐心等候。我不得不說這件事雖然可怕，但我寧願犧牲棘星也不願犧牲天族。好了，根掌，」她在根掌打算張嘴反駁時命令道。「目前我們就還是一樣，一如既往地生活。」

五隻天族貓出發返回營地，根掌刻意拉開距離、落後其他貓一點，心裡忍不住覺得葉星犯了一個天大的錯誤。

要是我能具體描述剛才在池裡看到什麼就好了，他盯著腳掌難過地想。**要是樹沒有在那一刻停止唱歌就好了！為什麼事情就是這麼不順？**

其他族貓靜靜走著，幾乎沒有發出半點聲響。這時，葉星的嗓音竄進根掌耳裡，讓他嚇了一大跳。他抬起頭，只見葉星走到他身邊，一雙琥珀色眼睛同情地注視著他。

「別太擔心，根掌，」她用安慰的語調喵聲說道。「這不是結束。還不是時候。我們靜觀其變，等我們準備好了就會行動。」

根掌點點頭，不過他猜葉星應該看得出來他不太相信她的承諾。

「斑願和躁片都對你讚譽有加，說你很認真、很努力，」葉星繼續說。「可是他們也說你對當巫醫似乎不太感興趣，」葉星停頓了一下，深深望進根掌眼底。「根掌，一切取決於你。老實說，現在，如果你聽從自己的心，你真的想走巫醫這條路嗎？」

根掌思索了一下自己在巫醫窩的經驗與成就，很自豪能學會並掌握新的技能，但這些都比不上清晨巡邏邊界時在森林嗅聞新鮮空氣，或是跟著狩獵隊出巡捕獲獵物的喜悅。一想到永遠不能有伴侶和生養小貓，失落的痛楚瞬間刺上心頭。「不，我不想。」他深深嘆了一口氣，坦白承認。

他原以為葉星會生氣，但她只是點點頭表示理解。「我為你感到驕傲，因為你很認真思考自己的歸屬，」她說。「重新當戰士見習生吧，不過應該不會當太久。明天我會和露躍談談，評估你的戰士資格。」

返回天族領地的路上，根掌覺得身體輕飄飄的，好像踏著風前進一樣。

第九章

鬃霜打了一個大呵欠，拱起背，伸展了好一段時間。她覺得好冷、四肢僵硬，毛皮因為夜雨而潮溼不堪。天色仍暗，她只看得見遠方透出一點魚肚白，洞窟頂端的樹林在破曉前的天幕上勾勒出錯綜交織的輪廓。

「感謝星族，已經是早上了！」她對坐在營地入口對面的玫瑰瓣大喊。

玫瑰瓣點點頭，舉起一隻腳掌舔舐，再用腳掌擦擦臉。「棘星要加強守衛，大家都得輪兩班。」她的語氣流露出一絲抱怨。「他說他想保護營地的安全，但我們之前那樣就很好啦，也沒出什麼事。」

「對啊。」鬃霜眨眨眼睛想讓自己保持清醒。「我真想快點休息、大吃一頓，好好睡一覺。」

「我已經等不及了！」玫瑰瓣又舔舔腳掌，洗洗耳朵，嘆了一口氣，緊張地瞄了鬃霜一眼。「但我敢說棘星加強守衛一定有他的理由。」

鬃霜發出一聲嘆息。**真希望大家不要認為我會跑去打小報告，把他們說的每一句話轉達給棘星。**

這時，荊棘隧道裡傳來未知且沉緩的腳步聲，兩隻母貓焦急地挺起身子，過沒多久，棘星的身影就出現在入口處。鬃霜記得她有看到他在日落後離開營地。**他整個晚上到底跑哪去了？**

假棘星拖著腳步走進營地，似乎沒有注意到這兩名守衛。他垂著頭，尾巴擦過地面，看起來好像很累。鬃霜也注意到他變胖了不少。**這也難怪，畢竟他現在能第一個去獵物堆選獵物，也不再狩獵或巡邏，體力和活力都大不如前。**

「棘星，你好。」玫瑰瓣恭敬地低頭喵聲說，鬃霜也跟著附和，但棘星只是咕噥了一聲，完全沒看她們一眼。他越過營地，深棕色毛皮很快就消失在仍籠罩著石窟的黑暗裡。

鬃霜和玫瑰瓣又等了一會，希望族長已經走遠，回到自己的窩。晨曦曙光漸亮，她們跟著棘星的腳步踏入營地，守衛任務也隨著白晝降臨畫下句點。

鬃霜走向新鮮的獵物堆，正好看到棘星放下一隻吃了一半的松鼠，搖搖晃晃地走進巫醫窩。她和玫瑰瓣交換了一個憂慮的眼神。

棘星好像有點不對勁，鬃霜心想。她知道即便是最忠誠的雷族戰士也看得出來，但她還是不敢和玫瑰瓣分享自己的想法。兩名戰士不發一語，在冷峻的沉默中自行挑選獵物；鬃霜匆匆吞下一隻老鼠，朝戰士窩走去。

✦
✦
✦

鬃霜在臥鋪裡醒來，發現外面又下雨了。忙碌的貓群踩著沉重的腳步踏過泥濘、濺起水花，嘩啦嘩啦的聲響穿過樹枝間隙傳進她耳裡。玫瑰瓣已經離開了，除了鬃霜外，戰士窩裡空蕩一片。

鬃霜站起來抖掉身上的苔蘚和蕨葉碎屑，迅速梳洗了一下，接著走進營地。她的毛皮很快就被毛毛雨沾溼，亂糟糟地纏成一團。她發現戰士窩入口附近有一群年輕的戰士，弟弟翻爪也在裡面，於是便停下腳步想聽他們在說什麼。

「你們一定猜不到我昨晚做的夢有多奇怪，」翻爪喵聲說。「我夢到自己在獵鳥，結果鳥突然變成原來的三倍大，簡直就是巨鳥，而且看起來非常凶猛，接著牠們就轉過來追我！」

「哇，好恐怖喔！」梅石說。

「那還用說！我變成牠們的獵物，牠們的眼裡閃著詭異的光芒。不知怎的，我知道牠們一定會抓到我！我卯足全力，拚命跑啊跑，可是牠們飛得更快……」

鬃霜覺得這個故事好離奇、好有趣。她一邊聽，一邊注意到棘星不曉得從哪冒出來，瞇著眼睛細聽翻爪說話。他發現鬃霜的目光，對她點點頭，拖著腳走回巫醫窩。

他為什麼在巫醫窩待那麼久？鬃霜很疑惑。**他生病了嗎？**

「棘星，栗紋說——」莓鼻在巫醫窩入口處攔住族長。

「不管什麼事，處理好就對了。」棘星輕蔑地搖搖尾巴，厲聲打斷莓鼻。「你還是不是副族長啊？」

鬃霜本來還覺得弟弟的怪夢很好笑，現在這種笑意蕩然無存。她看著族長喜怒無常又難以捉摸的言行舉止，內心惴惴不安，肉墊也因為好奇而發癢。棘星走進巫醫窩後，她便悄悄靠近，蹲伏在遮蔽入口的荊刺簾幕外偷聽。

起先她只聽得見喃喃低語，後來棘星提高音量，從他的語調就能想像他的表情，壞脾氣展露無遺。

「我是你的族長！」他大聲咆哮。「戰士守則明確規定，你必須照我的話做！」

「可是我找不出你有什麼毛病。」赤楊心用理性的口吻回應，語調非常冷靜。

「我已經說了，我很痛苦！」

鬃霜覺得棘星的嗓音聽起來的確飽受痛楚，很意外自己心裡居然湧起一股同情。

「我很抱歉，」赤楊心說。「但我不能再給你罌粟籽了。這樣不安全。」

鬃霜眨眨眼睛，突然明白了什麼。罌粟籽的藥效很強，若棘星經常服用，就能解釋他為什麼變得這麼嗜睡、這麼沒精神了。

棘星發出一聲怒吼，走出巫醫窩。鬃霜及時往後跳，假裝清除卡在爪間的砂礫，看著假棘星氣沖沖地衝到空地中央。

「所有大到能自己狩獵的貓都過來這裡聽我說！」他放聲咆哮。

鬃霜加入其他族貓聚集在族長周圍。她從貓群抽動的尾巴和鬍鬚中感受到大家的焦慮，也留意到很多貓面面相覷，交換一個憂懼的眼神。他們再次於雨中集合，聆聽族長發言，彷彿每隻貓都在自問：**又怎麼了？**

赤楊心走出巫醫窩站在入口，雙眼緊盯著棘星，而且神情極度不安，讓鬃霜不寒而慄。

棘星靜靜看著族貓在他身邊坐下。「雷族真的很幸運，」他終於開口，語氣甜滋滋的，好像加了蜂蜜一樣；鬃霜的皮膚立刻一陣刺痛，直覺認為這個聲音不可信。「松鴉羽破壞戰士守則、逐出族外，我們又有了一位新的巫醫。」

鬃霜能從其他族貓眼中看見自己的困惑。**新的巫醫？為什麼赤楊心什麼也沒說？**她知道，只有領受異象或與星族有某種程度的交流才能當巫醫見習生。**可是星族現在沒有跟任何貓溝通啊。棘星到底在喵嚷什麼呢？**

一下心跳後，棘星再度開口，讓鬃霜更加疑惑。「翻爪即將成為新的巫醫見習生！」

「我？不可能！」翻爪脫口而出，與此同時，他們的母親藤池也難以置信地失聲驚呼：「翻爪？」

「你是懷疑自己的能力嗎？」棘星那對琥珀色眼眸轉向翻爪。「剛才我聽到你在講你做的預知夢。」

「預知？」翻爪一頭霧水地眨眨眼睛，其他貓則輕聲低語，似乎百思不得其解。

「我不知道那是不是預知夢，至少我希望不是！那個夢只是很怪而已……」

棘星大步走近，站在翻爪面前，凝視這隻年輕公貓的眼睛。「你確定嗎？」他呼嚕了一聲。「你記得自己被鳥獵食。生活在天上的鳥，眼裡閃爍著奇異的光芒。翻爪，快想想！還有什麼也是住在天上、閃閃發光？」

翻爪茫然地看著族長好一會。「星星……星族？」他終於努力擠出這幾個字。

這時，鬃霜用眼角餘光瞥見一些動靜，立刻轉頭，只見赤楊心從巫醫窩那裡走過來，驚訝地瞪大雙眼。

「我從來沒聽過這種異象，」他一邊喵聲說，一邊越過營地加入會議。「就連影望看到的都比這還要清楚！」

棘星發出惱怒的嘶嘶聲，尾尖來回抽動。「赤楊心，看樣子你沒注意到，星族現在不會降下傳統的異象給我們，我們必須更努力尋找指引和徵兆！在我看來，翻爪的夢意義深遠。」他厲聲說。

「那就指點我們一下吧。」赤楊心低語。

「這些鳥代表星族，」棘星回答。「祂們用自身的智慧哺育、滋養我們，歷季如此。可是現在不一樣了。祂們滿腔怒火，意欲降罰。除非我們順應星族的要求，否則五大貓族就會受苦，變成祂們的獵物！」

聽到假棘星如此詮釋這個愚蠢至極的夢，鬃霜覺得全身上下每根毛髮都陷入恐懼，刺癢難安。赤楊心張開嘴巴想說點什麼，又猛然打住。

翻爪驚恐地睜大眼睛，顯然和鬃霜有一樣的感覺。

「可是，棘星……我沒有感受到任何呼召要我當巫醫，」他緊張地喵聲說。「巫醫不是星族親自遴選的嗎？」

「星族現在不願意和貓族溝通，」棘星將尾巴往前彎，放在翻爪肩上。「只有我這個星族認可的雷族族長才知道祂們要什麼。翻爪，我要你成為新的巫醫見習生。畢竟，我們需要另外一位巫醫，」他抬起頭看著其他族貓。「要是赤楊心出了什麼事怎麼辦呢？」

赤楊心的表情瞬間轉為警戒，鬃霜看得出來他知道假棘星語帶威脅。**一旦翻爪有能力治療生病的貓，棘星就可以隨時除掉赤楊心。**

「這太荒謬了！」赤楊心喵聲大喊，語氣滿是憤恨。「棘星，這麼做符合你一直強力執行、嚴格遵循的戰士守則嗎？」

棘星轉過身走向赤楊心，健壯的體格逐步逼近那隻較為瘦弱的巫醫。「我是族長！」他怒聲咆哮。「由我作主！」

他氣得猛甩尾巴衝向亂石，朝族長窩奔去，半路上停下腳步回頭瞥了一眼。「鬃霜，跟我來！」他厲聲大喊。

鬃霜腦中警鈴大作，心撲通撲通狂跳。**他該不會知道我聽見他和赤楊心在巫醫窩裡說的話吧？我有麻煩了嗎？**

可是她除了服從假族長外沒有別的選擇，只能在其他族貓的注視下跟著棘星的腳步爬上亂石，來到族長窩入口。

「進來進來，」棘星不耐煩地喵聲說。「我需要跟妳談談。」

鬃霜很想快點擺脫溼冷的大雨，但為了逼自己踏進那個臭氣沖天的貓窩，她不得不抓緊機會呼吸最後一口新鮮空氣。她小心翼翼地走進去，盡量克制自己，不要因為髒兮兮的臥墊和腐壞獵物的惡臭而皺鼻。她恭敬地低下頭，來到離棘星大約一條尾巴遠的地方；棘星則攤開四肢躺在臥鋪裡。

「我去了兩腳獸地盤尋找松鼠飛，」他說。「可是沒聞到她的氣味。我搜索了一整夜，什麼也沒找到。我毫無頭緒，完全不知道她在哪裡。」

鬃霜的胃一陣翻攪，憂慮開始啃噬她的心。「你找她做什麼？」她問道。「松鼠飛照你的命令離開了雷族領地。所以，你不認為她該受更多懲罰？」

「老實說……」棘星難過地搖搖頭。「我以為松鼠飛會回家，要求重返雷族。可是她沒有。看樣子她真的生氣了，」他盯著貓窩牆壁，彷彿前副族長就站在那裡。「我知道她內心深處一定還愛著我，要是可以和她談談……」他聲音哽咽，閉上雙眼，將鼻子埋進掌心。

鬃霜愈來愈擔憂了。不理性的族長放逐據稱違反戰士守則的部族成員是一回事，這隻腦袋糊塗又胡言亂語、直說松鼠飛有多愛他的貓又是另外一回事，而且更糟。

他連把一隻小貓帶出育兒室都有困難，更別說領導整個部族了！

就在鬃霜思考該如何回應時，棘星猛然抬頭。

「我有一個新任務要給妳，」他啞著嗓子說。「妳得去找松鼠飛，一定要找到她，跟她說我撤回她的放逐令，然後帶她回雷族。」

「可是其他部族會怎麼想？」鬃霜問道。「你放逐了所有破壞戰士守則的貓，怎麼只讓一隻回來？這樣其他貓不會開始懷疑你的領導能力嗎？」

「哦，鬃霜……」棘星對她眨眨眼睛，露出關愛的表情，似乎覺得她的想法很有趣，讓鬃霜湧起一股寒意，從頭頂直竄至爪尖。「等妳年紀大、經歷更豐富，就會知道有種東西叫寬恕，就連星族也會饒恕犯錯的貓。我是祂們在雷族的代表，現在巫醫無法和祂們對話，如果松鼠飛願意改變，我就原諒她。松鼠飛比較……特別。」

「那我馬上去找她。」鬃霜不知道還能說什麼，只好喵聲答應。**要是我沒帶松鼠飛回來，他會怎麼做？**她緊張地想。說不定松鼠飛會答應回雷族，那就太好了！如果她真的回來，鬃霜就不必再獨自承擔「假裝同意棘星」的重擔；如果假棘星再次任命松鼠飛當副族長，或許她就能影響他的行為，保護雷族。鬃霜低著頭從族長窩裡退出來；一離開假棘星凶惡的目光，她立刻鬆一口氣，肚子也跟著顫抖。

其他雷族貓聚在營地，顯然是在討論棘星宣布的最新消息；翻爪則在巫醫窩附近，似乎和赤楊心起了爭執。鬃霜從竊竊私語的貓群旁邊經過，他們全都安靜下來，警戒地看著她。

鬃霜沒有停下來和別的貓說話，只是自顧自越過營地，直直進入森林。她先往兩腳獸地盤的方向走，以防有貓在盯著她，或者更可怕的是——棘星決定親自跟蹤她。確定情況安全後，她便改變路線，沿著天族領地上方的邊界走，穿越影族地盤，前往流亡貓的營地。

就在鬃霜快要抵達營地入口時，松鼠飛突然從蕨葉叢裡跳出來，後面還跟著嫩枝杈和鴿翅。她們三個都帶著獵物；看來這次狩獵非常成功。

「松鼠飛，我有事要跟妳說！」鬃霜一邊喊，一邊跑向她。

「好吧，到營地來。」松鼠飛驚訝地睜大雙眼，叼著田鼠含糊不清地說。

鬃霜跟著狩獵隊穿過蕨葉隧道，等松鼠飛把獵物放到新鮮的獵物堆上。

「妳要跟我們一起吃嗎？」松鼠飛問道。

鬃霜搖搖頭，肚子激烈翻騰，覺得自己一口也嚥不下。

「我看得出來妳很煩惱，」松鼠飛喵聲說，用尾尖拍拍鬃霜肩膀。「棘星又做了什麼？」她帶鬃霜來到溪邊一塊平坦的岩石上，她們可以在那裡曬曬太陽。「是棘星的事對吧？」

「應該說是他體內那個東西，」鬃霜回答。「他變了好多，感覺徹底失控。現在他自稱是星族唯一的代表，還說星族已經原諒妳了。他要妳回雷族。哦，松鼠飛，我好希望妳能回來！」

松鼠飛的綠色眼眸裡閃著渴望的光芒，鬃霜看得出來她真的很想再次成為雷族的一分子，可是她勉為其難地搖搖頭。「鬃霜，我不能回去。我對雷族還是很忠誠，但流亡貓裡有雷族的貓。我仍舊在保護我的部族。他們需要我。」

「那我該怎麼做？」鬃霜好失望。「棘星絕不會善罷甘休。他會一直找妳。要是他發現這個營地怎麼辦？」

松鼠飛低著頭靜靜坐在那裡，沉默了好一陣子。鬃霜心急如焚，焦躁地看著她，但她明白還是不要打斷前副族長的思緒比較好。

「我知道了，」松鼠飛終於抬起頭喵聲說。「妳必須告訴棘星我死了。」

鬃霜睜大雙眼直盯著松鼠飛。她以前從來沒撒過這麼大的謊，未來應該也不會。**棘星會相信嗎？**她默默自問。**感覺不會成功……**「我說了，」她喵嗚反駁。「棘星絕對不會放棄，除非有證據。」

「那我們就給他一些證據。」松鼠飛平靜地回答。

鬃霜還在思考這句話的含義，松鼠飛就站起來走向巫醫窩。現在這是松鴉羽和蛾翅共用的地方。「松鴉羽！」她站在入口處放聲大喊。

那隻失明的巫醫走出窩外，身上還沾染著艾菊的氣味。「喔，鬃霜，是妳啊，」他咕噥了幾句。「那個滿身疥癬的毛球又幹了什麼好事？」

松鼠飛連忙把事情的經過告訴松鴉羽，說棘星決定原諒她，希望她回雷族。「我當然不會回去，我們必須說服棘星我已經死了，」她說。「松鴉羽，你能不能用什麼方法來傷害我，讓我大量出血，但又能輕鬆痊癒，不會有生命危險？」

鬃霜驚愕地看著松鼠飛，差點忍不住倒抽一口氣。**太冒險了……棘星會相信嗎？**

「傷害妳？蜜蜂跑進妳腦袋裡了嗎？」松鴉羽瞠目結舌地望著前副族長。

「完全沒有！」松鼠飛反駁。「現在事態緊急，如果你有更好的主意，我洗耳恭聽。」

松鴉羽生氣地哼了一聲。「我不會也不想故意傷害妳，」他非常堅持，音量也愈來愈大。「我是巫醫，不是黃鼠狼！」

就在此時，蛾翅從巫醫窩探出頭來。「怎麼啦？喵喵叫的吵什麼呢？」她問道。

「松鼠飛失去理智啦，」松鴉羽厭惡地甩甩尾巴。「居然要我傷害她。」

「我和鬃霜必須假造證據證明我已經死了，」松鼠飛急忙解釋。「只有這樣才能阻止棘星繼續找我，可是松鴉羽不喜歡流血的點子。」

「對，我很不喜歡。這個主意太扯了！」松鴉羽大為光火，嘶嘶怒斥。「太過分了，居然叫巫醫傷害她，還要——」

「我知道棘星不會放棄，」松鼠飛用懇求的眼神看著蛾翅。「一旦決心要帶我回雷族營地，他就會一直找我，甚至派巡邏隊大舉搜索，最後總會有隻貓查出我的下落，這樣大家都會有危險。」

「讓我來吧，」蛾翅打斷她的話。「傷害貓比治癒貓簡單多了。但妳確定這是唯一的辦法？感覺很殘忍耶。」

「非常確定，」松鼠飛喵聲回答。「鬃霜說棘星一直在找我，從未間斷。很明顯，非到萬不得已，他絕不會放我走。」

蛾翅點點頭，仔細思考松鼠飛的話。「對我來說這個理由夠了，」她再度開口。「況且，若不趁現在做點什麼，棘星可能會再來找妳，我們不能冒險讓他發現我們的蹤跡。他一定會跟影族宣戰。松鴉羽，要是你不相信我和你有能力讓一隻貓流點血再把她治好，那失去理智的是你才對。」

「我不想跟這件事扯上任何關係！」松鴉羽用那雙失明的湛藍色眼睛瞪著蛾翅，放聲大吼，氣沖沖地走進巫醫窩。

「他會改變心意的。」蛾翅喵聲說，完全不在乎松鴉羽大發脾氣。**真想看看這兩個巫醫怎麼相處**，雖然氣氛很緊張，鬃霜還是覺得很好笑。**要是能偷聽窩裡的情況就好了，一定很好玩！**

「松鼠飛，事情結束後，我們兩個一定會好好照顧妳，」蛾翅繼續說。「不用擔心。」

「我一點也不擔心，」松鼠飛回答。「真是太感謝妳了，蛾翅。妳可以準備要用的東西嗎？然後我們就去兩腳獸地盤。」

希望這個辦法有效，鬃霜心想。**不然事情只會更糟！**

✦✦✦

「在這邊。」鬃霜喵聲道。

距離日升已經過了很長一段時間，雨也停了。鬃霜把棘星帶到一個靠近兩腳獸地盤的地方，昨天她和蛾翅就是在這裡協助松鼠飛安排「死亡」的證據。她走出樹林，在一條轟雷路旁停下來。路緣附近的草叢被鮮血浸透，堅硬的黑色路面上散落著幾簇深薑黃色貓毛和一根爪子，空氣中瀰漫著濃濃的血腥味。鬃霜突然覺得血聞起來好像太新鮮了點，掉落的毛也安排得太刻意、太仔細，可是已經來不及了。她不敢再編藉口推諉、拖延棘星，所以她們時間不多，只能匆匆布置場景。她很清楚，要是棘星發現真相，她必死無疑。

噢，求星族保佑，讓他相信我！鬃霜在心裡默默祈禱，竭力掩飾自己的恐懼，等著假棘星走過來。

看到血跡與殘毛的瞬間，棘星那雙琥珀色眼睛睜得好大，令鬃霜驚訝的是，他的臉扭曲成一團，看起來哀慟欲絕，似乎真的很傷心。他聳起肩膀，垂下頭，壓平耳朵，過了好幾下心跳都說不出話來。

「她死了……是我殺了她。」他終於哽咽地開口。

第十章

「一夜之間，風雲變色。」尖塔望說。

影望全身發抖，他以靈魂的形態蹲伏在地，低頭俯視自己攤開四肢躺在山谷深處、殘敗不堪的身軀。他看到毛皮撕裂的地方傷口紅腫，呼吸時，一陣感染的甜膩氣味竄過喉嚨，讓他差點窒息。不過他完全沒感覺。正常情況下，這算是不幸中的大幸，但此時此刻，感受到痛苦或許能幫助他探知問題所在，找出解決的辦法。

「其他族貓都以為我死了，」他低聲說。「說不定他們的猜測很快就會成真了。」他知道自己的傷口正在潰爛化膿，不可能光靠身體的修復力自動痊癒。

自從第一次醒來看見尖塔望後，影望就花了點時間觀察其他部族，試圖找出一些線索，想知道到底是誰攻擊他。造訪異族的營地很有趣，特別是雷族營地，那裡的緊張氣氛濃烈到他幾乎看得見它的存在。雖然一開始目睹他心心念念的貓群、偷聽別的貓談話很好玩，但他很快就因為無法跟任何一隻貓交流而感到沮喪。他不曉得尖塔望是怎麼熬過來的。大概真的死掉後，活貓的吸引力就不會那麼強烈了。話說回來，就算這股渴望的強度只有他現在感知到的一半，他也受不了，好想擺脫這種狀態。

除此之外，幽靈也有侷限。他不僅嚐不到空氣中的氣味，也感覺不到微風拂過毛皮、沙沙作響。他好迷惘。他和尖塔望付出了這麼多努力，依舊沒有突破。

「我們不能光是調查，」他告訴尖塔望。「我得清潔傷口，塗上對的藥膏，用蜘蛛絲止血。事實上這樣可能還不夠，無法治癒感染，但一個幽靈是連做都做不到！」

「我們能找誰呢？」尖塔望站在影望身邊，俯瞰著朋友動也不動的身體，眼神滿是痛苦。「我們不曉得哪隻貓能信任。」

「我們是不知道，但我知道影族貓絕對不會傷害我。我需要巫醫的幫助才能活下來。我們得去找水塘光才行。」

「水塘光不就是你被攻擊的那晚和你在一起的其中一隻貓兒嗎？」尖塔望看起來很懷疑。

影望點點頭。

「你去尋找受傷的貓時，水塘光沒有跟上，」尖塔望繼續說。「讓攻擊者有了行動的時機，後來他也去了月池，沒有繼續找你。」

「你想說什麼？」影望嘴上質問，心裡卻有了答案。

「你確定水塘光跟這件事無關？」

「當然確定！」影望忿忿反駁。「水塘光是我的導師，也是我認識最敬業的巫醫之一。他絕對不會傷害任何一隻貓，更別說我了。」

尖塔望朝影望走近一步，表情既同情又嚴肅。「這是你的看法，我懂。我敢說你在這件事發生前一定認為沒有部族貓會傷害你，但事實證明有隻部族貓攻擊你，所以別天真了，仔細想想、好好想想究竟誰有機會下手。水塘光當時是不是在現場？有沒有讓你落單？」

「是沒錯，可是我……」影望話說到一半突然打住，看著尖塔望。他無法想像水塘光會傷害任何一隻貓，但他不得不承認那天晚上水塘光確實在那裡，他們倆也確實分開了。**我不相信他會參與這場陰謀，打算殺我！**影族內部的確存在大大小小的衝突和麻煩，但無論發生什麼事，都無法動搖他對族貓和導師的信心。他覺得好愧疚，自己居然萌生這種想法。「水塘光絕對不會傷害我。」影望再三強調，這一次，他的語氣非常篤定，沒有一絲懷疑。

「好吧，既然你這麼說，我也只能相信，」尖塔望嘆了口氣。「不過還有一個問題。」

「什麼問題？」影望問道。

「我只能和特定的部族貓交流，」尖塔望回答。「所以我們的選擇不多。有隻年輕的天族貓好像能看到我。我沒跟他講過話，但值得一試。他的名字叫——」

「根掌？」一想到那隻年輕的公貓，影望就覺得有股暖意流過全身。他和根掌不太熟，但他一直都很友善，看見棘星的靈魂時也表現出非凡的勇氣和絕佳的判斷力。**他似乎是一隻值得信賴的貓。**

「太好了，」他對尖塔望喵聲說。「我們需要的就是根掌這樣的貓。我們走吧。」

「你哪裡都不能去，」尖塔望猝然制止，讓影望大受打擊。「要讓一隻活貓看到我得花點時間，就算是極度敏感、有靈異體質的貓也一樣。至於你，沒那麼多時間，你和你的身體已經分開太久了。」

「可是——」影望張嘴打算爭辯。

「相信我。我現在就出發，回來時會帶一隻貓來幫忙。」尖塔望看似集中精神、專注了一會，然後就消失了。

影望望著尖塔望剛才所在的地方。雖然他想再次回到身體裡，但他思考了一下，覺得當幽靈也有好處。**可是我還沒準備好邁向死亡**，他心想。**你最好快點，尖塔望。**

第十一章

根掌放輕腳步，在兩塊巨岩間緩緩潛行，同時收攏爪子，以免刮到堅硬的岩石表面。他瞥見前方有隻灰色的貓，對方似乎沒有察覺到他的存在。根掌直起後腿，向前猛撲，發出一聲令貓膽寒的嚎叫。

他直直跳到那隻灰貓背上，灰貓歪向一邊想把他甩掉，但根掌的爪子牢牢嵌進他的皮膚，抓得緊緊。最後灰貓終於開口。

「好了，你可以放開了，」可是根掌動也不動，於是他又補上一句。「讓我起來，你這個蠢毛球！」

根掌立刻跳起來，全身上下每根毛髮都閃耀著勝利的光芒。他的導師露躍匆匆起身，抖掉毛皮上的碎屑。「不錯嘛。」他對根掌點點頭表示讚許。

不錯？是很厲害吧！根掌完全沒想到再度成為戰士見習生的感覺這麼棒。那天早上，他和露躍一起去狩獵，抓到兩隻田鼠，戰鬥技巧也大有進步。**這比認識艾菊和紫草間的差異有趣多了！**

「好啦，」露躍繼續說。「目前為止你做得很好，但我剛才還是有聽到你慢慢靠近。你的呼吸跟獾一樣大聲！這一次，我要你無聲無息地撲過來，別讓我聽見半點雜音。」

露躍走了幾步，背對根掌坐下，假裝忙著清潔爪間的塵土和汙垢。根掌仔細檢視自己和導師之間的地面，只見到處都是枯葉、殘枝和奇形怪狀的鵝卵石。他知道，要是踩上去一定會發出窸窣聲、劈啪聲或石頭在地上滾動的聲音。

我得放聰明點。

他環顧四周，看見有棵倒下的樹斜卡在山坡上，角度非常陡峭，心想，如果能踏上那棵樹，就可以悄悄走到另一端，從上面跳下來給露躍一個驚喜，讓他措手不及。

他揚起頭用鬍鬚測風向，開心地發現風正往另一邊吹，導師就算聞到他的氣味也來不及了。他要做的就是奮力一跳，一聲不響地落在樹幹上。

只有一次機會，千萬不能搞砸。

根掌集中心力，將每一寸肌肉都聚焦在跳躍的動作，接著蹲低身體，蜷縮成球狀，躍向那棵樹。他越過半空中，抓緊時間調整腳掌，這樣就能像飄落的雪花一樣安靜地著陸了。

哇，成功了！根掌觸到樹皮後得意地想。他小心翼翼地沿著樹幹走到一個可以俯視導師的地方。**這次我的呼吸可不像獾！**

露躍正全神貫注地拔除一根卡在肉墊間的小細枝，似乎忘了自己只是假裝清理腳爪。根掌逮到機會，從棲木一躍而下，重重壓在露躍肩上，讓他應聲倒地。

「非常好！」露躍從根掌身下滾到一旁大口喘息，喵聲稱讚。「我完全沒聽見你靠近。你是怎麼辦到的？」

「我是從那邊來的，」根掌搖搖尾巴指著那棵倒下的樹。「我知道如果踩上那些枯枝落葉，一定會發出噪音。」

「你一直都是很棒的見習生，」露躍點點頭，顯然對根掌的表現印象深刻。「不過你從巫醫窩回來後似乎變得更敏銳，技巧也更厲害了。」

聽到導師的讚賞，根掌好高興，他覺得自己之所以進步神速，大概是因為沒有焦慮的幽靈跟著他，持續渴求他的注意吧。

少了不安的靈魂干擾，我就能專心完成很多不可思議的事！

然而思緒一轉，根掌心裡立刻湧起一股內疚。他知道棘星的靈魂跟著他並不是要煩他或擾亂他的訓練，而是真的需要幫忙，但根掌不曉得該怎麼幫他，或是讓他回來。**所以我何必毀掉自己成為優秀戰士的機會呢？**

「根掌，你應該知道我和葉星近日會評估你的戰士資格。」露躍說。

根掌心跳加速，肉墊也因為期待而出現刺麻感。露躍好像能聽見我的想法！「是的……」他不曉得接下來會發生什麼事。突如其來的恐懼如電流般竄過背脊，讓他打了一個冷顫。他們應該沒有改變主意吧？

「嗯，你今天所展現的技能讓我大為驚豔，」露躍再度開口。「我想沒有理由再推遲你的評估了。回到營地後，我會和葉星確認一下，應該明天就會進行。」

「明天？真的嗎？」根掌興奮地倒抽一口氣。

「真的，」露躍咧嘴一笑。「你顯然已經準備好了，再等下去也沒意義。」

根掌發出一聲愉悅的嚎叫，開心地跳了起來。前不久他還屏氣凝神、一心一意地保持安靜，現在卻踏著落葉和青草歡快嬉鬧，準備和導師露躍一起去拿他稍早之前所抓到的田鼠。

「你吵到能把所有獵物趕到地底深處啦。」露躍開玩笑地說，根掌知道導師一點都不生氣。

回到營地時，根掌已經冷靜了一點，沒有先前那麼激動，但興奮的感覺依舊在他體內奔流。他將田鼠放到獵物堆後便蹦蹦跳跳地跑向樹和紫羅蘭光，他們正在幾條尾巴外的地方共享一隻松鼠。

「我要成為戰士了！」他大聲宣布。「露躍說明天要評估我的資格。」

「真是天大的好消息！」紫羅蘭光高興地呼嚕，俯身舔舔根掌的耳朵。

樹的眼裡同樣閃著嘉許的光芒；可是當他瞥視兒子，臉上卻流露出一絲擔憂。「你確定這是你要的嗎？」他問道。

根掌看得出來父親的眼神有所保留。不久前，樹還反對留在貓族，若根掌正式成為一名貓戰士，與天族的關係就會更緊密、更難切割。

「確定，」根掌非常肯定。「我只想成為天族的戰士。」

「很好，」樹點點頭。「既然這樣，我很為你開心。」

根掌感受到父親的真誠，內心踏實不少。或許離開或留在貓族的問題終於有了定論，永遠解決了。

「恭喜你！」根掌連忙轉頭，看見妹妹針爪朝他衝過來。「露躍剛才告訴我了。我好想趕快知道你的戰士名字喔。」

她撲通一聲坐在根掌旁邊，用鼻子碰碰他的肩膀；樹和紫羅蘭光也來到他們身旁，一家開心地聚在一起。根掌覺得這是他這一生最快樂的時刻。

✦✦✦

那天晚上，根掌蜷縮在見習生窩裡，他的心情已經很久沒這麼好了。雖然他聽見外面風聲呼嘯，對棘星的擔憂依舊縈繞心頭，但這一刻，他只在乎明天的戰士評估測驗，思考要怎麼做才能發揮實力，拿出最佳表現。

他想著想著，終於迷迷糊糊地睡著，瞬間進入夢鄉。他夢到自己和露躍在森林裡，露躍正放聲大喊，指示他做出各種戰鬥姿勢。「往後跳！前爪攻擊！蹲伏躲！」根掌一一完成，動作堪稱完美。

後來露躍開始對根掌放聲嚎叫，要他起床。根掌醒了過來，雙眼直盯著露躍，不明白他的意思。

「我不懂，」他喵聲說。「這是另一種測驗嗎？」

露躍沒有解釋，只是步步走近，不停喊著根掌的名字，灰色毛皮逐漸透出銀光。根掌驚訝地張大嘴巴，銀色光芒變得燦爛眩目、愈來愈亮，亮到他什麼也看不見。根掌發出一聲恐怖的尖叫，激動地從臥鋪中驚醒。

夢境的記憶讓他的胸口猛烈起伏，過了好幾下心跳才確定自己不在森林裡。鷗掌蜷縮在一旁睡得好沉；根掌抬起頭，認出用來搭建貓窩屋頂的拱形蕨葉。強風已然平息，黎明悄悄升起，晨曦染亮了天際，但根掌意識到那不是唯一的光。一道溫暖的光線灑落在他身後，將影子投射到前方。他轉過去，發現有東西站在那裡。

不對，不是東西……是一隻貓。

隨著光芒逐漸褪去，根掌慢慢辨識出那隻貓的特徵。那是一隻瘦小的公貓，有一身光滑的黑色毛皮和一雙鮮黃色眼睛。根掌有種奇怪的感覺，好像之前在哪裡看過他；不過有件事他很確定。這隻貓已經死了。

「你是誰？」根掌問道。

「沒時間解釋了，」幽靈貓回答。「你得跟我來。現在就走。」

「什麼？」根掌忍不住放聲大叫，擔心自己吵醒鷦掌，但那隻年輕的見習生睡得很熟，一動也不動。「不行！日出時我要進行戰士評估測驗，絕對不能錯過。」

幽靈貓走向貓窩入口，回頭瞄了根掌一眼。「連救你朋友的命都不行？」

聽到他的話，根掌立刻起身走出貓窩，越過營地，進入幽暗的森林，彷彿被一根看不見的捲曲藤蔓拉著走。**不曉得他說的是誰**，他心想，**會不會是影望？他還活著嗎？**

晨光愈來愈亮，幽靈貓帶著根掌來到雷族邊界，直直跨過去，完全無視氣味的記號。根掌緊張地吞吞口水，緊跟在後。

拜託千萬不要遇到雷族的黎明巡邏隊。

他嗅聞空氣，發現雷族的氣味很汙濁、很陳舊，不像剛留下的味道，但他仍保持警覺，謹慎走過敵對部族的領地，同時留意蛛絲馬跡、看看有沒有雷族貓靠近，準備隨時跳到最近的樹上藏匿。

這個幽靈真的要帶我去找影望嗎？根掌暗暗自問。**幽靈貓說他有生命危險是真的嗎？**他從沒聽說過有貓敢錯過戰士評估測驗。**唉，希望是真的，不然我就麻煩大了，過去的努力也全都白費了！**

太陽終於升起，在林地上映出長長的金色光芒。根掌胸口一緊，知道露躍這時會去見習生窩告訴他，評估的時間到了。**但他會發現我的窩是空的。**根掌只希望回到營地後露躍會聽他解釋、原諒他，再給他一次機會。

「還很遠嗎？」根掌對前方的幽靈貓大喊，腳掌隱隱作痛。

「不，快到了。」幽靈貓回答，沒有回頭看他。

幾下心跳後，根掌開始嗅到一些腐敗的氣味，聞起來很像在陽光下曝曬太久的獵物。「什麼味道啊？」他皺起鼻子喃喃自語。

與此同時，尖塔望來到狹窄的深谷邊緣，停下腳步。根掌急忙走上前，終於明白幽靈貓為什麼要帶他來這裡。他的胃緊揪在一起；影望的身體軟趴趴地躺在谷底的小溪河畔，就在荊棘叢旁邊。

他恍然大悟，原來剛才那股難聞的味道就是影望，但他沒嗅到死亡的氣息。影望似乎完全失去意識，身上有一道道又深又腫的傷口，毛皮上也沾滿乾涸的血漬，看起來非常虛弱，好像好幾天沒吃東西了。

根掌沿著懸崖邊來回踱步，急著尋出一條能爬下去找影望的路。最後他發現一座往下延伸的岩架，只是看起來很窄。他的腳掌太大了。

不管怎樣都要試試看。

根掌小心翼翼踏上岩架，身體緊貼著岩壁，盡量不去想旁邊的山淵有多陡多深。他往前走了幾步，發現岩架愈來愈窄，消失在另一端。

現在怎麼辦？我連安全轉身都沒辦法。星族啊，別讓我困在這裡！

根掌左顧右盼，注意到下方有棵老灌木從山壁上伸出來，可是樹枝看起來太纖細，無法支撐他的體重，但他別無選擇，只能繃起肌肉，往那棵樹奮力一跳——樹枝瘋狂搖晃，不過他可以從那裡跳上突出的岩石，再跳到小溪上方扭曲的樹根上。

根掌終於來到距離谷底只有一條尾巴遠的地方，他縱身一躍，衝到影望跟前，將耳朵貼在他的身體上細聽。檢測到微弱心跳的瞬間，他大大鬆了一口氣，影望的胸口確實隨著淺淺的呼吸而起伏。

「他還活著！」他高興地大喊。

「他當然還活著，」那隻幽靈貓來到他身邊，輕蔑地怒哼一聲。「不然我帶你來這裡幹嘛？你應該有聞到他的傷口感染吧，情況愈來愈嚴重了。」

「我去找貓來幫忙，」根掌說。「我很快就回來。影望，你一定要撐下去！」

根掌顧不得像剛才下來那樣小心，用最快的速度爬回深谷頂端，接著穿過森林回到天族營地。**我去找躁片。他一定知道該怎麼做。**

他還沒跑到巫醫窩，露躍就從前方走來。根掌急著救影望，完全沒注意到他，只能猛然滑行減速、停下腳步，以免撞上導師。

「你終於出現了！」露躍氣得大聲咆哮。「我整個早上都在找你。我還以為你想成為一名戰士。」

「我想啊！」根掌上氣不接下氣。「可是——」

「你想？所以跳過戰士評估？這種表現方式倒是很有意思，」露躍勃然大怒，瞇起眼睛。「所有訓練都是在浪費時間嗎？」

「對不起，」根掌喵聲道歉。「我知道你一定很生氣。可是我有很好的理由，真的。我找到影望了，他傷得很重！」

「影望？」露躍的怒火轉為困惑。「他在天族領地做什麼？」

「不是在天族領地，」根掌回答。「是在雷族邊界的森林裡。」

「你大老遠跑去雷族的地盤幹嘛？」露躍狠狠瞪了根掌一眼。

「我晚點再解釋！」他急得喵聲說，意識到要是再拖下去可能連找躁片的時間都沒有。「影望受了重傷。我們得馬上帶他回營地！」

露躍猶豫了一下，飛快點頭。「帶我去找影望。如果他像你說的那樣傷勢嚴重，我們必須立刻行動！」

根掌飛也似地越過森林，循著自己的氣味回到峽谷，露躍則緊隨在後。他沿著先前那條路來到影望身邊，露躍也跟著爬下深谷。幽靈貓已經消失了；根掌猜他現身只是為了呼救，要他們來幫忙。

根掌回營地帶露躍來的這段時間，影望似乎變得更虛弱。他發出細微的喘息與咯咯聲，胸口不時劇烈痙攣，好像要非常努力才有辦法呼吸。

「我們要怎麼帶他上去？」露躍仰望著深谷頂端。「我們不可能背著他走剛才下來那條路。」

「我們得想出辦法才行，」根掌回答。「你在這裡陪他，我去找別的路。」

他立刻動身，朝反方向出發，但峽谷兩側都像峭壁一樣高聳，如果只有他自己，還能踩著支撐點爬上去，可是他們必須帶著影望，所以這個方法行不通。

就在根掌快要放棄，打算往另一個方向走時，他發現有個地方矗立著幾塊滾落深谷的大岩石，形成一條幾乎延伸到谷頂的小徑。

根掌心裡萌生一線希望，立刻奔回露躍身邊。「我找到路了，」他氣喘吁吁地說。「你能背著影望嗎？」

露躍點點頭，蹲伏下來，用肘部輕推影望軟綿綿的身體；根掌用力把影望往上拖，讓他攤開四肢躺在露躍背上，前爪則懸掛在他肩上。影望的傷口散發出陣陣惡臭，距離一拉近，味道就更濃烈，幾乎讓貓難以忍受。

露躍放慢動作、小心翼翼地站起來，努力不讓影望滑下他的背。「好了，我們走吧。」他喵聲說。「你走在我旁邊，穩住他的身體。」

背著影望在平坦的谷底前進還算容易，但爬上落石完全是另外一回事。「喔，星族啊……」露躍仰起頭眨眨眼睛，低聲咕噥，接著叮囑根掌。「抓好，免得他掉下去。我可不想加重他的傷勢。」

他爬上岩石，盡量讓背部保持水平。根掌伸出一隻前掌，用爪子牢牢勾住影望的毛皮，這樣要是他的身體滑落，他就能及時抓住他。露躍爬過陡峭的岩坡，差點失去平衡；三隻貓就這樣在岩石邊緣跌跌撞撞、蹣跚前行。根掌腦海中突然閃過一個可怕的畫面：他們從陡坡上摔下來，撞上石頭，一路墜落至深深的溪谷。

可憐的影望一定會被我們壓扁……

露躍奮力起身，根掌再次把影望的身體穩穩放在他背上，繼續往上爬。落石構成的小徑猛然中斷，來到了盡頭。現在距離深谷頂端大約還有一隻狐狸遠。一塊巨岩無情地隔在他們與平地之間。「現在怎麼辦？」根掌沮喪地問道。

「你跳得上去嗎？」露躍反問他。

「我是一隻天族貓，當然跳得上去！」根掌回答。

「那就跳吧。」

根掌打起精神，努力振作起來，接著蹲低身體、繃緊肌肉，使盡全力一跳；他拚命掙扎，爪子掠過深谷頂端的鬆軟土壤、不停亂抓，終於成功把自己撐上懸崖邊緣。

「然後呢？」他低頭望著露躍大喊。

「抓住他的後頸，」露躍一邊指揮，一邊拉長身體向上伸展，盡可能靠近根掌。「不要試著拉他上懸崖，抓緊就好。我很快就上去。」

根掌不確定這樣可不可行，但他也不打算爭辯。他俯身向前，使勁伸長脖子，一口咬住影望的後頸。「抓好了。」他從齒縫中擠出幾個字。

露躍立刻從影望身下溜出來。雖然影望體型很小、很虛弱，但根掌叼著他時一直覺得自己會被拖下懸崖，墜入峽谷。他伸出所有爪子，深深插進鬆軟的泥土裡，專心緊咬著影望不放。

轉瞬間，露躍就跳上懸崖，和根掌一起俯身叼住受傷的影望。「拉！」他滿嘴貓毛地喵聲大喊。

他們倆慢慢往後退，努力把影望拉上來；費了好一番工夫，影望軟趴趴的身體終於安全躺在深谷頂端。根掌焦急地檢查他的情況。「他還在呼吸，感謝星族！」

「太好了！」露躍長嘆了一口氣。「我先休息一下，然後我們就回去。」

雷族巡邏隊不會剛好在這個時候出現吧，根掌警戒地掃視周圍的樹林，突然意識到雷族的貓看見影望一定會很震驚，說不定根本沒想到要問這兩隻天族貓為什麼擅闖他們的領地。

但巡邏隊沒有出現。露躍再度背起影望；經過那段生死攸關的深谷冒險後，回家的路變得格外輕鬆，好像才一眨眼就到了天族的領地。

他們一踏進營地，立刻引起守衛的梅子柳注意。「你背的是誰？」她嚇得跳起來，睜大眼睛問道。

「是影望，那隻失蹤的影族貓，」露躍解釋。「我們得帶他去找巫醫。」

他和根掌打算去找斑願；愈來愈多天族貓從自己的窩或獵物堆那裡跑過來，將他們團團包圍，不停追問到底發生了什麼事。

「讓我們過去！」根掌放聲嚎叫，可是沒有貓聽他的話。

過沒多久，他看到躁片奮力擠開貓群朝他們走來，讓他鬆了一口氣。「讓開！這裡有隻受傷的貓，」巫醫對戰士們嘶嘶咆哮。「馬上帶他來巫醫窩。」他揮揮尾巴，示意根掌和露躍跟著他。

躁片帶著他們回到巫醫窩，紫羅蘭光也跑過來幫忙。她走到露躍身旁，站在根掌對面，和他一起撐住影望軟綿無力的身體。

「根掌，你沒事吧？」她心急地問道。「你錯過了戰士評估，我很擔心，猜想你一定出了什麼事。你怎麼滿身是血！」

根掌低頭一看，發現身上沾滿影望的血。「這不是我的血，」他安慰母親。「我沒有受傷。」

躁片用爪子抓了一個鋪滿苔蘚和蕨葉的窩，露躍壓低身體，輕輕把影望放進去，發出一聲滿足的嘆息，同時聳聳肩膀活動筋骨。

「我們應該派一隻貓去找虎星和鴿翅，」躁片喵聲說。「他們一定會想陪在兒子身邊……無論情況如何。」

躁片的話有種不祥的暗示；根掌忍不住反胃，肚子激烈翻騰。**影望不能死！我們費了那麼大的勁才找到他。他不能死！**「我去。」他立刻表示。

「你還是見習生，不能獨自去另一個部族的領地遊蕩。」露躍說。

我剛才不就是這樣嗎！根掌心想，但他知道這種話還是別說出口比較好。

「我跟他去，」紫羅蘭光喵聲提議。「影望應該和他的親族在一起。」

根掌離開巫醫窩，他的母親則跟在他身邊；葉星正好從獵物堆旁走來，越過營地。

「怎麼回事？」她問道。

根掌急忙把事情的經過告訴她，說影望奄奄一息地躺在雷族領地的深谷裡，他和露躍又是怎麼把他帶回來。「他沒有逃跑，」根掌用這句話作結。「有隻貓想殺了他，」他大膽地補上一句。「現在妳覺得值不值得冒這個險，挑戰棘星？」

葉星瞪大眼睛，這個消息顯然讓她震驚不已，完全忘了要問根掌跑到雷族領地做什麼，也沒有罵他一個見習生憑什麼告訴族長該怎麼做。她站在原地，看著根掌和紫羅蘭光離去的背影，說不出話來。

第十二章

鬃霜站在擎天架上的族長窩入口，低頭望著躺在窩裡、無精打采的假棘星。太陽高高懸掛在石窟頂端的樹梢上，而這個冒牌貨從黎明破曉後就一直懶在這裡，幾乎沒動過。

「也許你該起床了，」鬃霜建議。「有支狩獵隊在等你的命令，還有幾個戰士想和你談談邊界記號標示的問題，然後——」

「妳到底在喵什麼？」棘星低聲抱怨，一臉茫然地看著她，接著舉起一隻疲憊的腳掌揮揮，要她離開。「交給莓鼻處理。我一點都不在乎。我哪有心情在乎？松鼠飛死了，都是我的錯。要是我沒有放逐她……」

鬃霜心裡燃起一點希望的火花，想知道假棘星有沒有可能改變主意。「如果你想讓流亡貓回來，」她試探性地開口。「想找到其他貓，應該還來得及。」

棘星只是發出一陣痛苦的呻吟，別開目光，閉上眼睛，鬍鬚也沮喪地下垂。鬃霜甚至不曉得他有沒有聽到她說的話。他可憐兮兮地嗚咽一聲，把臉埋進臥鋪的蕨葉裡。

棘星看起來實在太慘，鬃霜忍不住湧起一股同情。有那麼一刻，她很想說出真相，告訴他松鼠飛其實沒死，只是不想被發現而已。**可是那樣我們的努力就會白費，松鼠飛和其他流亡貓也會陷入危險**，她仔細思考。**還有我，因為我騙了他。**她甩甩頭，將誘惑逐出腦袋，繼續保持沉默。

她站在原地動也不動，低頭看著這個可憐的傢伙，看了好幾下心跳。他本該是她的族長才對。她的腦海中悄悄浮現一個念頭。

「與其把松鼠飛的死視為一種懲罰，不如讓她死得有價值。」她對棘星說。

「妳這話是什麼意思？」棘星抬起頭，懷疑地瞥了她一眼，厲聲喝道。

「你知道松鼠飛是一隻好貓，」鬃霜回答。「就算她被點名違反戰士守則也無損這個事實。現在扭轉局勢、改正錯誤還不算晚。為了紀念松鼠飛，你可以重新振作，為部族奉獻心力，讓雷族成為最強大、最繁盛的貓族。要達到這個目標，就要相信你底下那些忠誠的戰士。」

「忠誠的戰士。」棘星瞇起雙眼，重複鬃霜的話。鬃霜覺得他那雙琥珀色眼睛深處似乎閃著微弱的光芒。她的心跳得好快，差點喘不過氣，生怕他會因為她大膽建言而嚴懲她。**我越界了，我不該為族長出謀劃策！**

棘星還來不及多說，擎天架就傳來一陣腳步聲，赤楊心的身影隨即出現在族長窩裡。鬃霜打了一個冷顫，好慶幸來者是巫醫，原本那種可怕的威脅感瞬間消散殆盡。

「你找我？」赤楊心一邊問，一邊好奇地看看棘星，又瞄瞄鬃霜。

「你也真慢，」棘星抱怨道。「你跑哪去了？」

「我在外面採藥草，」赤楊心恭敬地低下頭解釋。「剛剛才收到你的口信。你受傷了嗎？」

「當然啊！」棘星氣得大吼。「不然我叫你來幹嘛？」

「那告訴我你哪裡不舒服。」面對族長暴躁的語氣，赤楊心似乎不以為意，平靜地喵聲說。

「我胸口很痛，皮膚很癢。」

赤楊心走到棘星跟前，伸出腳掌仔細觸摸他的身體，接著使勁嗅聞毛皮，撥開毛檢查一下，再聞聞他的口鼻、眼睛和耳朵四周。

「我還是找不出你有什麼毛病。」他終於開口。

「因為你沒用！」棘星嘶嘶怒吼，在窩裡半坐起身、劇烈顫抖。「只是一隻二流的巫醫！或許我該放逐的是你，不是松鴉羽。就連一隻瞎貓都看得出來我有什麼不對勁。」他咧嘴咆哮，接著再度開口。「去弄點東西來幫我，不然我就把你逐出雷族，跟松鴉羽一樣！」

棘星撇過頭，鑽進臥鋪，用苔蘚和蕨葉蓋住身體。

鬃霜的耳朵微微抽動了一下，示意赤楊心跟著她走出族長窩。他們來到擎天架，赤楊心停下腳步，面對著她。

「他又沒事，我要怎麼幫他！」他惱怒地抱怨，尾尖不斷來回擺動。

「我知道，」鬃霜低聲說。「或許你可以給他一點安眠的東西，讓他休息一下，說不定他就會恢復正常了。」

「希望如此，」赤楊心接受鬃霜的建議。「我不知道自己還能承受多少。一些對我來說非常重要的族貓都走了，留下來的貓也很痛苦。」鬃霜看得出來，赤楊心指的是他自己。他的眼裡滿是痛楚，讓她想起真正的棘星不僅是赤楊心的父親，也是他的族長。這場磨難對每隻貓而言都很嚴峻，但赤楊心顯然比大多數的貓更煎熬，一直把苦往肚子裡吞。

「我想他是在為松鼠飛哀悼。」鬃霜輕聲低語，希望至少能給赤楊心一個解釋，安撫他的心。

赤楊心點點頭。鬃霜把松鼠飛詐死的事一五一十告訴他。「看來他還是有感情的，」他回答。「但我還是相信有個可怕又黑暗的東西占據了棘星的身體。」他的尾尖沮喪地抽動。「如果可以，我會毫不猶豫加入流亡貓的行列，但我不能離開雷族，因為族裡只剩下我一個巫醫。」

「哦，拜託不要！」鬃霜失聲驚叫，心猛然一跳。「別把我們丟給翻爪！」

「翻爪！」赤楊心大翻白眼，低聲咆哮。「只能求星族保佑啦！」

說完他又朝族長窩瞥了一眼，接著便匆匆跳下亂石，離開擎天架。

鬃霜留在原地眺望石窟另一邊。過沒多久，她注意到點毛站在營地邊緣。她們四目相交，緊盯著對方好一陣子；點毛動動耳朵，指向荊棘隧道，顯然是要鬃霜跟她出去。

一定是有一場反抗軍會議，鬃霜感到一陣刺癢，雜揉著興奮與憂懼。**我該走了。**

她轉過身，伸長脖子往窩裡看，只見棘星蜷縮在臥鋪裡，發出一聲淒慘的哀號。鬃霜知道赤楊心很快就會帶藥草來幫助他入睡；這是她悄悄溜走的大好機會。

鬃霜放輕腳步，安靜地踏上營地，跟點毛一起穿過隧道，進入森林。這隻帶斑點的虎斑母貓領著她穿過矮灌木，來到冬青樹叢旁和躲在這裡等待的莖葉會合。點毛轉身朝大湖走去，莖葉也站起來加入她們的行列。

他們三個不發一語，直直穿過樹林，順著碧草如茵的堤岸走到湖邊狹長的鵝卵石灘。這是鬃霜第一次這麼確定沒有貓在追他們。

「怎麼了？」她問道。

「妳等等就知道了。」點毛簡短回答，不想多說。

她邁著輕快的步伐沿著湖畔前進，穿越天族領地。抵達影族邊界時，點毛調轉方向，離開湖區，帶著他們走進松樹林。天空再度颳起陣陣強風，樹枝在他們上方嘎吱作響；地面覆蓋著一層厚厚的針葉，鬃霜踩著落葉前進，幾乎聽不到自己的腳步聲。

最後，她開始辨識出前方的動靜，聞到許多貓混雜在一起的氣味。她跟在點毛身後疾馳而去，繞過蔓生的荊刺灌木叢，一大群貓瞬間映入眼簾，讓她詫異萬分。

棘星不但放逐了許多貓，更鼓勵其他部族流放自己的族貓。鬃霜的目光掠過松鴉羽、松鼠飛、鴉羽、獅焰和蛾翅，旁邊還有不少影族貓。他們現在與反抗軍結盟，貓數眾多，都快要能自成一個部族了。

可是我們不希望這樣啊，鬃霜不安地想。

她注意到嫩枝杈獨自坐在貓群邊緣，便朝她走去。「妳好，」她喵喵地打招呼，在她身旁坐下。「妳沒事吧？」

「應該吧……」嫩枝杈緊張地聳聳肩，喵聲回應。「老實說，鬃霜，我覺得自己格格不入，完全不屬於這裡。真希望半月快點升起，這樣我就能回家了。」

「知道關於棘星的真相後，妳還想回去？」鬃霜吃驚地望著她。

「雷族裡不是只有棘星這隻貓，」嫩枝杈回答。「我愛我的部族，也自認是一隻雷族貓。贖罪時間一到，我就會立刻回去。」

「可是妳留在這裡能幫我們很多忙。」鬃霜說。

「我在那裡也能幫忙，」嫩枝杈喵聲道。「我不能背棄雷族，我能做的就是發自內心抵制假棘星。鬃霜，妳不也是這樣嗎？」

好吧，我最好就此打住，免得讓自己難堪，鬃霜懊悔地想。或許嫩枝杈說得對，她們兩個其實沒什麼不同。多一隻貓在雷族內部臥底也不錯，可以協助他們密切監視棘星，盡量降低他想造成的傷害。

鬃霜和嫩枝杈談話的時候，兔光和冰翅這兩隻河族戰士從灌木叢裡跑出來，加入貓群。顯然反抗軍一直在等他們。大家都就定位，坐在樹叢的陰影下，虎星則命令兩隻年輕的影族戰士繼續站崗守衛。鬃霜走到莖葉和點毛旁邊坐下，期待的感覺在她的胃裡不斷顫動。

松鼠飛第一個發言。「我有件事要告訴大家，」她走到貓群中間說。「我、蛾翅和鬃霜已經讓假棘星相信我死了，只有這樣才能阻止他繼續找我。」

鬃霜看到貓群驚訝地豎起耳朵。「妳用的是什麼方法？」松果足大喊。

「別擔心，這不重要，」松鼠飛回答。「重點是，看在星族的份上，假如遇見那個冒牌貨，拜託，請替我保密。要是他發現我還活著，後續一定會有很多麻煩，沒完沒了。」

鬃霜努力克制自己，不要渾身發抖。她感覺到莖葉用尾尖拍拍她的肩膀。**如果棘星發現我騙他，會怎麼對付我……我連想都不敢想。**

「我不是很喜歡對族長撒謊這個主意，」鴉羽若有所思地喵聲說。「尤其是你自己的族長。」他瞥了雷族的貓群一眼。

「我們可以騙他，沒問題。」點毛反駁。

「對，因為他不是我們的族長。」莖葉補充說。

「有道理。」鴉羽聳聳肩。

「那大家都同意嗎？」虎星從松鼠飛身旁站起來，掃視與會的貓群。「不對棘星提起松鼠飛，如果他問，就說她已經死了，好嗎？」

貓群紛紛低語表示贊同。「謝謝大家。」松鼠飛低頭喵聲道謝，走回原來的位置坐下來。

「接下來還有更多消息，」虎星繼續主持會議；令鬃霜訝異的是，他眼裡閃爍著幸福的光芒。「斑願，交給妳了。」

「對，我也有事情要宣布，」天族的巫醫起身發言。「這次是好消息。我們找到影望了。他還活著，可是昏迷不醒，目前在天族的巫醫窩裡療傷，躁片在照顧他。」

聽到斑願的話，有些貓驚訝地倒抽一口氣，有些則發出輕柔又高興的呼嚕聲。「感謝星族。」一隻貓喃喃細語，溫和地喵聲說。

「影族貓怎麼會進了天族的巫醫窩？」貓群中傳來松鴉羽粗啞的嗓音。

鬃霜注意到根掌尷尬地東張西望，彷彿期待某隻年長的貓跳出來講述這段故事。可是沒有貓開口。

「來吧，根掌，換你說。」斑願在一片靜默中喵聲鼓勵。

「是我找到影望的，」根掌開始解釋，面對這麼多貓似乎讓他有點難為情。「說來話長，有些細節還不確定，但我看得出來是貓攻擊他，讓他受了重傷。」

「誰攻擊他？是棘星嗎？」松鴉羽問道。

「我不知道，」根掌聳聳肩。「我找到他時他就失去意識了，所以無法告訴我們當晚的情況。無論凶手是誰，都差點殺了影望。」

「若根掌再晚一步的話，」斑願插話，對根掌點點頭表示肯定。「影望現在可能已經死了。」

樹站起來往前走，來到兒子身邊。「目前天族立場搖擺，不確定該拿棘星怎麼辦。」他喵聲道。

「那是什麼意思？」鬃霜發問。

「最好的情況是，棘星只就影望逃跑這件事說謊，」那隻黃色公貓回答。「反正也沒有貓相信他。最壞的情況是，這場攻擊和他有關。」樹停頓一下，環顧眼前的貓群。「根掌找到影望之前，葉星拒絕採取任何行動支持反抗軍，可是現在……她很認真考慮這個選擇。」

一股顫慄湧上鬃霜心頭。儘管那晚看到棘星的胸口沾滿鮮血，她全身上下每一根毛都還是不願相信棘星——應該說不管他到底是誰——會做出這麼邪惡的事。攻擊火花皮已經夠糟了，攻擊巫醫更是惡劣至極，所有貓皆然。他為什麼要這麼做？**但我不得不承認，事實或許就是如此。**

與會的貓群分成幾個小圈圈，焦慮地討論剛才聽到的一切。

「棘星絕對不會攻擊別的部族貓！」

「他不會，可是他體內那個東西會。」

「太離譜了，」鴉羽扯開嗓門壓過貓群，深灰色毛髮昂然聳立。「我真的不想這樣，但事情很明顯，我們必須殺死棘星。」

他周圍的貓忿忿抗議，其中夾雜著一些同意的低語。

「真沒想到會變成這樣，」一隻河族貓難過地喵嗚道。「之前大家都很欣賞棘星。」

「可是在他身體裡的不是棘星。」風皮說。「看來要除掉他只有一個方法。」

鬃霜的心猛然一震，感覺好像在森林裡飛奔，腳下的地面卻驟然塌陷。

「一定還有別的辦法！」她高聲反對。「我們不是冷血殺手，只是希望貓族能恢復往日的生活。如果這麼做，我們不就跟他一樣嗎？」

「可是他想殺了影望耶！」鳶撓用充滿敵意的眼神瞪著鬃霜。「我們得在他傷害其他貓之前殺了他。如果妳真的站在我們這邊，就會同意這個做法。」

鬃霜沉默了幾下心跳，不曉得該怎麼回應才好。她望著周圍的貓群，看見他們眼神閃爍，有種含糊又不確定的感覺。想法的力量很強，大家很容易就會相信她聽命於假棘星，這點讓她極為不安，至於現在是不是還有貓質疑她的立場，她持保留態度。她知道鳶撓這麼說只是為了平息她的異議，但他其實不需要這樣。她承認鴉羽和鳶撓的話很有道理，也看得出來很多貓兒都同意他們的觀點，就連表情充滿疑慮的莖葉和點毛都點頭贊成。

最後松鼠飛率先開口，打破沉默。「你們都忘了一件事，」她大聲喵道。「我們已經有好幾個月沒和星族聯繫了。事實上，即便是巫醫也不知道若現在有族長死亡會怎麼樣。」

「真的嗎？」根掌驚訝地眨眨眼睛，將目光轉向松鴉羽。

「無法採知，」松鴉羽搖搖頭。「但我認為在星族消失的情況下，族長可能沒辦法續命，進入來世。」

松鼠飛望著那隻失明的巫醫，一想到會失去伴侶，她的綠色眼眸就盈滿了恐懼。「所以我們要耐心等候，」她用懇求的語氣說。「至少先確定影望到底發生了什麼事。當然，我們也可以等他清醒，看看他知道什麼。目前還有太多未解的謎團，我們不能貿然採取行動。」

「妳說得對，松鼠飛，」莖葉喵聲附和，但鬃霜覺得他聽起來似乎不太想承認這一點。「我們應該等影望醒來再做決定。」

儘管莖葉嘴上這麼說，但從他猶豫不決的口吻和不願直視松鼠飛雙眼的行為來看，鬃霜知道他其實根本不想這麼做。

年輕的影族戰士們開始激烈爭辯。

「我恨不得現在就殺了他！我要撕開他的喉嚨！」

「看在星族的份上，你沒把松鼠飛的話聽進去嗎？」

反抗軍明顯分成兩派：願意等待的貓，以及想立刻殺死棘星的貓。

鬃霜不太確定自己的想法。她知道假棘星很危險，如果他死了，大家都會更安全。**但真正的棘星怎麼辦？就算我們能帶他回家，他也需要一具軀體呀。我真的好敬慕他，**她難過地想。**好想讓他留下深刻的印象，可是現在……除了棘星，還有誰能領導雷族呢？**

「大家達成共識了嗎？」虎星跳出來掌控會議，詢問眾貓。「不要輕舉妄動，等影望醒來、和他談過後再說。」他用琥珀色的目光掃視全場。「你們都答應堅守這個計畫嗎？」

貓兒們一隻接一隻做出承諾，但還是有很多貓露出氣憤或不滿的神情。看到這種情況，鬃霜忍不住想，**希望這樣不會造成反抗軍分裂。**

「為什麼虎星握有決定權？」她聽見風皮低聲抱怨。「他是族長，但不是我的族長。」

「我也覺得這樣不對。」鳶撓同意。

「一開始虎星說要等大家達成共識再決定，現在又要等影望醒來再決定。再這樣下去，我看永遠都不會有計畫囉。」鴉羽輕甩尾巴說。

鬃霜忐忑不安，肉墊陣陣刺痛。**看樣子棘星可能需要保護了。**

「我是瞎了，但還沒聾，」松鴉羽惡狠狠地說，顯然是聽見一些耳語。「如果有話要說，就應該大聲說出來，這樣我們才聽得到。」

細碎的私語戛然而止，貓群一片沉寂，就這樣過了好幾下心跳。最後風皮站了起來，不耐煩地抖抖身子。

「我們不殺假棘星唯一的原因，」他厲聲喝道。「就是真正的棘星總有一天需要他的身體。不過，棘星的靈魂已經消失了半個月，」他帶著歉意瞄了松鼠飛一眼。「表示他可能已經離開這個世界。既然這樣，我們還等什麼呢？」

「你那邊有什麼消息嗎？」虎星轉向根掌問道。

「我是很久沒見到棘星的靈魂沒錯，」根掌不情願地搖頭回答。「但這不代表他永遠離開，不會再回來了。」

「他沒有離開，」松鼠飛生氣地猛甩尾巴，堅持自己的看法。「我還是能感受到他的存在。他是我的伴侶，任何想殺害他肉身的貓，都要先過我這一關。」

看到松鼠飛露出利爪，眼裡燃著憤怒的火光，鬃霜覺得無論對哪隻貓來說，她都不是好惹的對手。風皮和其他貓顯然也這麼認為。有那麼幾下心跳，他們似乎想再多說些什麼，但風皮只是往後退，喃喃咕噥了幾句。

「我們還有一件事能做，」緊張氣氛逐漸緩解，斑願趁機開口。「隼翔和柳光不在這裡。我們應該跟他們談談，看他們是否願意加入反抗軍。」

「那可不容易，」鴉羽回答。「兔星和霧星相信這場強風豪雨是星族降下的懲罰，而棘星是唯一知道如何安撫星族的貓。巫醫們也不想違逆族長，至少目前沒有正當的理由。如果我們在沒拉攏他們的情況下對付棘星，就等於是跟雷族、風族與河族宣戰。」

「那就給他們一個理由，告訴他們棘星企圖傷害影望。」莖葉對斑願說。「他們應該不會聽從一個殺貓凶手吧？」

「我們還不能證明是他想殺了影望。」樹理性表示，但沒有貓注意他說什麼。

「希望隼翔聽得進去，」斑願長嘆了一口氣。「影望身為巫醫，各族中至少有一隻貓和他有來往。這場攻擊應該足以促使他們採取行動了。」

斑願說完，會議也畫下句點，大家各自解散。正當鬃霜準備和族貓一起返回領地時，松鼠飛將尾巴擱在她肩上攔住她，把她拉到一旁。

「拜託妳，鬃霜，看著棘星，」她苦苦央求。「我知道這個要求很過分，畢竟假棘星可能很危險，但妳是他少數信任的貓之一，妳知道該留意哪些貓。」她用銳利的目光瞥了風皮及其他堅持殺死棘星的貓一眼。

「別擔心，我不會讓棘星出事的。」鬃霜向她保證。

我盡量，她在心裡默默補上一句。**希望我不必為了保護這隻陌生的貓而跟熟識的貓搏鬥。**

第十三章

影望站在天族的巫醫窩裡，望著母親鴿翅伏在他動也不動的身軀上。「求你醒醒……拜託。」她輕聲低語，伸出一隻前掌溫柔撫摸他的毛皮。

看到母親這麼悲傷、這麼焦急，影望好捨不得，極欲感受她那聊慰心靈的撫觸；他好想醒來，哪怕只是為了她，不過他還沒準備好回到身體裡。**鴿翅，我很快就會回來了**，他想，**但我要先查清楚到底是誰攻擊我**。他知道，唯有找到凶手，才能保護自己和他的部族，而要完成這項任務，他就得再當一下幽靈。

與此同時，他的父親虎星在巫醫窩裡來回踱步，琥珀色眼睛流露出一絲不快，毛髮也因為憤怒豎了起來。「我知道一定是棘星在背後搞鬼！」他低聲咆哮。「他不喜歡影望反對他的做法，只好用盡全力讓他閉嘴。」

「我們沒有證據證明棘星是幕後主使。」躁片搖搖頭說。

虎星飛快轉身，狠狠瞪他一眼。「你知道攻擊他的是貓吧？」他質問躁片。

「對……這我很清楚，」躁片承認。「根據他的傷口大小和深度判斷，攻擊他的確實是貓，一隻知道如何造成嚴重傷害的貓。」

「那不就結了！」虎星厲聲喝道。

「事情不總像表面上看起來那樣，」守在影望身旁的鴿翅抬起頭對她的伴侶說。

「還記得我們懷疑有異族貓在我們的獵物堆下毒，最後發現是刺柏爪嗎？事關重大，我們不能在沒有證據的情況下隨便指控一隻貓，特別是一位族長。」

「看看棘星的行為！」虎星放聲大吼，尾巴快速甩動。「妳還需要多少證明？再說，我們要怎麼拿到真正的證據？之前妳打算假裝贖罪，實則監視雷族，但執行起來比我們想的更困難。」他又開始不耐煩地踱步。「棘星，不管他真正的身分是誰，都跟瘋貓沒兩樣，我很擔心那些暗中蒐集情報的貓，要是被抓到，後果不堪設想。」

「我不知道要怎麼取得證據，」鴿翅點頭同意。「但真相總有一天會水落石出。」

「好吧，」虎星哼了一聲。「不過我先說，若棘星敢再伸出一隻爪子傷害我的親族，他就死定了。我會親自收拾他。」

影望可以理解父親的挫敗感，但這一次，他能做點什麼。身為幽靈，他可以潛入雷族竊聽，就像他現在做的那樣，像他在被帶回天族前那樣。

影望走出巫醫窩，越過營地，朝雷族領地的方向前進。他開始想像自己會在雷族營地發現什麼，才一眨眼，他就瞬間移動到石窟邊坡半腰處，在一座狹窄的岩架上試著保持平衡。

當幽靈的另一個好處，他滿意地想。

影望眺望營地另一端，發現有幾個見習生拖著一堆髒臥墊走向荊棘隧道。他們經過由葉蔭帶頭的狩獵隊，每隻貓都叼著獵物，將獵物扔到新鮮的獵物堆上；黛西在育兒室入口曬太陽；赤楊心則銜著一束葉子踏出巫醫窩，朝長老們走去。

看起來一切平靜，影望心想。然而空氣中瀰漫著一股就各族來看都不太尋常的緊張氣氛，他很清楚是哪隻貓的問題。**棘星……我得查查他在做什麼。**

就在這個時候，影望看見暴雲走出長老窩東張西望、快速觀察四周，接著跳上獵物堆叼起一隻田鼠，沿著原路回去。可是才走沒幾步，棘星就從戰士窩後方現身，擋住暴雲的路。

「我已經挑好我想吃的獵物了嗎？」他緩緩開口。

「還沒，」暴雲驚恐地睜大眼睛，將田鼠丟在腳邊。「但蕨毛說他餓了，我只是想幫他——」

「你知道規矩，」棘星硬生生打斷他的話。「族長先吃，沒有例外！」

暴雲用滿懷懊悔的目光瞥了長老窩一眼，心不甘情不願地叼起田鼠走向獵物堆。「對不起。」他把田鼠扔下去低聲咕噥。影望覺得他聽起來一點也不抱歉。

「如果你這麼喜歡獵物，」棘星瞇起眼睛繼續說。「今晚可以到森林和牠們一起睡。等你準備好像真正的戰士一樣遵循守則再回來。」

暴雲盯著族長看了一會，接著快速轉身、揚起尾巴，昂首闊步地走向荊棘隧道。棘星惡狠狠地瞪著他的背影，直到他消失為止。

這時，影望才注意到附近有隻顯然是見習生的玳瑁母貓，全程目睹一切。她開始後退，緊張地盯著族長，只可惜動作不夠敏捷、腳步不夠安靜，還沒溜走就被發現了。

「妳！」棘星大聲咆哮，轉身朝那隻見習生走去。「去拿些老鼠膽汁，清掉長老身上的蝨子。全都要清乾淨。」

「我又沒有偷獵物！」見習生抗議。

「是沒有，」棘星低沉的嗓音從胸口深處傳來。「但妳冷眼旁觀，任其發生。快去！」

見習生匆匆離開。影望望著她和其他貓跑進石窟，覺得他們看起來好慘。每隻貓都帶著警戒的表情，像是擔心有狐狸從陰影中跳出來撲向他們一樣。大家都不想引起棘星的注意；棘星則大搖大擺地從他們身旁經過，走回族長窩。

父親說得沒錯，影望心想。**攻擊我的就是這隻貓，只差沒聽他親口承認了。**

他開始找路想從岩架上下來，可是下方的岩壁非常陡峭。他試著將腳掌塞進石縫，結果不小心滑了一下，腦海中瞬間閃過自己筆直墜落營地的畫面，忍不住失聲驚叫。就在這時，神奇的事發生了；他不但沒摔下去，反而還站在距離岩壁一條尾巴遠的地方，於半空中穩穩飄浮。

哇！真沒想到！他默默驚嘆。

影望如落葉般輕輕降落，跟在棘星身後，赫然發覺自己根本不必努力保持安靜。事實上，他連腳掌有沒有接觸到地面都不知道；他爬上亂石前往擎天架時，同樣感受不到岩石邊緣鋒利的稜角。

「這些忘恩負義的貓！」棘星邊發牢騷邊走進族長窩，影望也跟著溜進去。「他們需要嚴格的紀律，需要學點教訓，知道不准偷竊、不准質問族長、不准擅闖他族領地……」他回頭瞄了一眼。「影望，你說對嗎？」

影望目瞪口呆地愣在那裡，下巴差點掉在地上。假棘星直直注視著他。一陣恐慌湧上心頭；他得用盡所有勇氣才能站在原地，而非逃往天族地盤，回到自己的身體裡。

「沒錯……我看得見你，」雷族族長露齒一笑，低聲喵道。「你一闖入雷族營地，我就知道了。」

影望不曉得該怎麼回應。「你是怎麼知道的？」最後他終於開口。

「可能是因為我去過星族的世界，所以回來後我的力量比之前更強，超乎你的想像，」棘星聳聳肩。「也可能是因為我和我殺害的貓之間有某種連結。」

影望倒抽一口氣。**他承認了！是他攻擊我！**

「或者，」棘星繼續說，臉上依舊帶著那種讓貓心裡發寒的笑容。「是因為靈魂總能認出別的靈魂。」

影望緊盯著他看，眼神雜揉著恐懼與懷疑。他覺得棘星的身體輪廓越變越模糊，有如陣陣薄霧從他的皮膚裡透散出來。才一眨眼，另一隻貓就像濃煙從熊熊烈火中竄出般瞬間現身，站在影望面前，棘星的身體則猛然一癱，倒在貓窩地板上。

那隻貓周圍籠罩著一抹光圈，不斷閃動，影望很難辨識出他的毛色，只知道他有一雙深藍色眼睛，與棘星溫暖的琥珀色眼眸大不相同。他靜靜凝視著影望，眼底盡是惡意與威脅。

恐懼朝影望襲來，讓他寒毛直豎，僵在原地動彈不得。**我不認識這隻貓，但我知道他絕對不是棘星。**

「你對棘星做了什麼？」影望問道。儘管他努力保持鎮定，聲音依舊流露出顫抖。

發光的貓朝棘星軟綿綿的身體瞥了一眼，那具軀殼攤開四肢躺在地上，好像睡著一樣。「我只是利用一個機會，」他喵聲說，影望覺得他的嗓音聽起來有點耳熟。「棘星應該要感謝我才對。我把他的生活過得好多了。」他輕蔑地甩甩尾巴。「但他只是一直呻吟，想要回自己的身體。」

「你的意思是你有看到棘星？」影望簡直不敢相信自己的耳朵。「你有跟他說話嗎？」

「我不想洩露自己的祕密，讓部族貓知道我能跟死者溝通，」那隻貓嗤之以鼻地說。「所以我直接無視棘星和他痛苦又怨懟的碎語。」他停頓了一下，補上一句。「嗯，我以前就常常這樣。在棘星……」

他開始呼嚕呼嚕地大笑起來。影望從來沒聽過這麼邪惡的笑聲，背上的毛全都豎起來了。

「你對他做了什麼？」他再度質問。「棘星到底在哪裡？」

那隻貓步步進逼，朝他走去。這一刻，影望才發現對方的藍眼睛寒若冰霜，充滿冷酷與威懾，比剛才的笑聲更可怕。他伸出一隻腳掌擋在前面，努力克制想後退的衝動。

「你還是不要知道比較好，」他用嘶啞的聲音回答。「除非你希望落得跟他一樣的下場。那隻貓不會再毀掉我的計畫了……當然，你也不會。」

影望躲不了那雙邪惡的深藍色眼睛；他不顧一切鼓起勇氣，決心不讓這隻陌生貓恐嚇他。「你不能這樣奪走他的生活。」他的語氣堅定。「世界上只有一隻棘星！」

「對，」陌生的貓靈緩緩點頭，喵聲回答。「就是我。如果棘星想要回他的身體，就得和我決鬥。」

他直起後腳，提高音量嘶嘶威嚇。影望繃緊神經，以為假棘星打算撲向他，沒想到他只是放下前腳，拱起發光的背抖抖毛皮，呼吸也逐漸減緩。過了一下心跳，他再度開口說道。

「我就知道你是個不夠可靠的巫醫，無法正確傳達關於違反戰士守則者的異象。你就跟其他貓一樣，破壞了戰士守則！」

影望宛如跳進冰冷的池塘般全身顫慄，大為震懾；他想起之前在哪裡聽過這隻貓的聲音了。記憶洶湧而至，讓他不知所措。「是你！」他放聲嚎叫。「我在月池聽見的聲音是你，是你告訴我關於違反戰士守則者的事！跟我說話的不是星族，是你。棘星死在山丘上那晚，你就占據了他的身體。」

陌生的貓點點頭，似乎很高興自己的詭計被識破了。

「你偷了棘星的身體，」影望生氣地指責。「不只騙我，還想殺我。難道你的邪惡沒有盡頭嗎？」

那隻貓只是舔舔前掌，再用手掌摩挲耳朵，完全無視他的怒火。

「你是怎麼做到的？」影望繼續追問。「如果你跟我一樣是幽靈，又這麼了解貓族……那你早該加入星族或進入黑暗森林才對。」

「如果夠聰明，」假棘星咧嘴回答，尖牙閃閃發光。「就能找到方法，遊走在兩個世界之間。」

恐懼再度來襲，影望赫然發覺自己無意間成了這隻貓的幫凶。要是他沒有聽從自認來自星族的命令，棘星或許還活著，而非死在覆滿皚皚白雪的山丘上。他渾身發抖，內疚啃噬著他的心。**我懷疑那些異象是對的。一切都是謊言。**

「棘星的靈魂怎麼了？」影望鼓起勇氣往前踏一步，質問假棘星。「你連他的靈魂也毀了嗎？」

發光的貓呼嚕呼嚕地笑了起來。**他樂在其中**，影望心想。然而等待對方回應的時候，他感覺到胃裡一陣拉扯，力道比之前更強、更堅持，似乎要他盡快回天族。

我的身體……我離開多久了？他不知道，只知道時間所剩不多。他想立刻離開，要是不馬上走，可能就永遠回不去了。

「這件事還沒完。」他警告假棘星，接著匆匆跑出族長窩，飛也似地奔向黑夜，同時集中精神想著自己的身體。

過了一下心跳，影望就回到天族的巫醫窩；他的母親鴿翅蜷起身子，睡在昏迷的他身邊。

「你差點就死了。」尖塔望站在一旁，搖頭看著影望喵聲道。「你跑去哪裡？跟誰在一起？」

影望不曉得該怎麼回答這個問題。

第十四章

狂風呼嘯著掃過天族營地，帶來綿綿細雨，把根掌的毛都弄皺了。他忽略冰冷的雨滴，抬頭挺胸地站在那裡望著周圍的天族貓。他的父母樹和紫羅蘭光就在附近；看到他們眼裡的驕傲，他覺得好溫暖。他的妹妹針爪和導師露躍也在。針爪啪嗒啪嗒地跑向哥哥，蹭蹭他的身體。

斑願和幾位天族戰士從遠處走來加入他們，就連虎星也出現了。他和鴿翅來巫醫窩探望影望，正在入口處向外窺探。虎星不停移動腳掌、坐立難安；根掌看得出來他心急如焚，很想回到窩裡，畢竟他兒子仍躺在那邊昏迷不醒。根掌知道現在移動影望會很危險，因此他會一直待在天族的巫醫窩裡直到醒來，或是……。

不，根掌努力提醒自己。**絕對不能這麼想。**

虎星是基於尊重而出席，但他的心顯然不在這裡。他不停轉頭，好像非得看看他兒子不可。根掌不怪他。**大家似乎都魂不守舍……現在這種情勢，誰還有心情呢？**

葉星坐在巨樹墩上等待族貓集合。她輕輕跳下來，走到圓圈中央。「我們聚在這裡，歡慶部族最重要的時刻之一，」她大聲宣布。「也就是新戰士的誕生。」

「奇怪，」根掌小聲對針爪說。「我還沒進行戰士評估耶。」

「因為不用評估也知道你夠格，」針爪小聲說。「現在閉嘴，專心聽。」

「根掌救了影望，」葉星繼續說道。「就是前些日子失蹤的那名年輕巫醫。根掌的作為讓天族和影族雙方建立了非常緊密的關係。雖然我們過去有衝突，但根掌撫平了這些歧異。他不僅在危難時刻表露出勇氣、力量與清晰的思緒，更在需要協助時展現出非凡的智慧。因此，我認為他無須進行正式的戰士評估。他的行動不言自明。有貓反對嗎？」

族長的讚揚讓根掌漲紅了臉，雙眼直盯著自己的腳。他不曉得會不會有族貓提出異議，皮膚因為憂懼出現陣陣刺麻。

但開口的只有他的導師露躍。「葉星，妳就繼續吧。」他笑著說。

根掌抬起頭，看見葉星用尾巴示意他過去。他走進圓圈，站在她面前，一顆心撲通撲通狂跳，等待葉星進行戰士宣誓和命名儀式。

「我，葉星，天族族長，懇請戰士祖靈庇佑這名見習生，」她說。「他受過嚴格的訓練，領略崇高的戰士守則，我在此鄭重推薦他晉升為戰士。」她低頭凝視根掌。「根掌，你願意恪遵戰士守則，不惜犧牲生命保衛、保護你的部族嗎？」

根掌知道，在這個任何貓都可能被指控違反戰士守則的混亂時代，他要做出的承諾格外沉重。「我願意。」他堅定地回答。

「那我就憑星族賦予的權力賜你戰士的名號，」葉星宣布。「根掌，從這一刻起，你就更名為根躍。星族將以你的力量與韌性為榮。歡迎你成為真正的天族戰士。」

葉星走上前，俯身將口鼻放在根躍頭上。根躍舔舐她的肩膀做為回應，接著往後退一步。

「根躍！根躍！」天族的貓兒們熱情歡呼。

聽到族貓的祝賀，根躍心裡湧起一股溫熱，覺得好驕傲；看到副族長鷹翅和幾名資深戰士對他點頭表示讚許時，他忍不住挺起胸膛，洋溢著滿滿的自豪感。

等待喧嘩聲平息的同時，根躍在腦海中默念自己的新名字。他終於成為真正的戰士了。長久以來，他一直很擔心自己的通靈能力會成為他與部族間的隔閡，不同於其他戰士也讓他覺得很困窘，然而這種不同到頭來卻讓他救了影望，晉升為戰士。

根躍終於接受自己看得見幽靈的事實。他想相信葉星說的是真的，他的靈魂擁有強大的韌性和力量。他不太確定；好希望內在能感受到那種堅強與堅韌，但影望的事讓他心神不寧。他沒有告訴別的貓當時有個幽靈帶他去找影望，而且那隻貓還在營地附近徘徊，他看到他好幾次了。

他在這裡做什麼？根躍不禁自問。**他是在等影望死掉嗎？**他搖搖頭。**不！我不相信。影望一定要活下去。**

此時貓群已經解散、分成幾個小團體，有些返回貓窩，有些去了獵物堆，有些則離開營地巡邏。

「來吧，我幫你找一隻又大又多汁的獵物，」針爪用肘部推推根躍催他。「這是你應得的。」

根躍好想去，一想到肥美的田鼠和松鼠，口水就不停冒出來。可是他搖搖頭。「我晚點再去找妳，我想先做一件事。」他回答。

「好吧。」針爪用尾巴輕輕拂過他的耳朵。「我留點好吃的給你。」

說完她便蹦蹦跳跳地奔向獵物堆。根躍看到葉星和樹朝巫醫窩走去，和虎星一同踏進窩裡。他也跟了過去。

躁片在巫醫窩裡替影望挑揀藥草，鴿翅則蹲伏在兒子身旁用舌頭仔細舔舐、梳理他潮溼的毛皮。「快回到我們身邊，」她在他耳邊細語，聲音滿是慈愛。「我們都很需要你。」

這時，根躍和其他貓走了進來，鴿翅抬起頭，眼中洋溢著溫暖，顯然很歡迎他們。「根掌，見到你真好。」她輕聲喵道。

「現在是根躍了。」葉星溫柔地糾正她。

「對不起！」鴿翅失聲驚呼，倒抽了一口氣。「我忘了今天是你的戰士命名儀式。恭喜你，根躍。」

「謝謝。」根躍謙虛地低下頭表示感激。

「有什麼變化嗎？」虎星走向躁片問道，聲音聽起來非常焦慮。

「他的傷口已經清理乾淨了，」躁片回答。「狀況也有改善。是好事。」儘管他語帶鼓勵，表情還是很憂鬱。「我沒辦法告訴你們他什麼時候會醒。只能耐心等待。」他看著影望微微搖頭。

根躍坐在靠近影望頭部的地方，其他貓兒都忙著擔心影望，沒有再問他什麼問題，讓他鬆了一口氣。他理解他們的恐懼與擔憂，但若問他是怎麼找到影望……他真的很難解釋。

我只會讓自己聽起來像鼠腦袋。他們現在或許會相信有隻死掉的貓協助他找到影望，但他們肯定會質疑他的做法，在沒有告知其他部族成員的情況下就跟著陌生的貓走實在稱不上什麼明智之舉。根躍忍住不噴鼻息。**嗯，這大概不是我做過最聰明的事。**

過沒多久，根躍注意到影望的耳朵微微抽搐，思緒立刻飄回來。影望動了一下，緩緩睜開雙眼。

「你們看！」鴿翅大叫，眼裡的憂慮頓時轉為喜悅。「他醒了！」

虎星俯身貼近兒子，什麼也沒說。他的呼嚕聲大到根躍覺得他的胸口說不定會爆開。

初醒之際，影望一臉茫然；他看看根躍，又看看父母，不停打量他們，眼神滿是困惑。「我回來了嗎？」他太久沒說話，聲音變得很沙啞。「我真的回來了嗎？」

「回來？」根躍不太確定影望的意思，重複了一遍。「我找到你之後，你就一直待在這裡呀。」

影望虛弱地搖搖頭，掙扎著想站起來，卻發現腿沒什麼力，無法支撐他的身體。他再度躺回窩裡。「不，你不懂。我不在這裡。應該說，我在，但同時也在別的地方，沒有貓看得到我——」

「噓，」鴿翅試著安撫他，無助地看著躁片。「他好像在胡言亂語……你確定他沒有發燒嗎？」

躁片走上前伸出腳掌摸摸影望的皮膚，但影望只是出掌推開他。

「拜託，聽我說！」影望著急地大喊。他深吸一口氣，閉上眼睛，然後再次睜開雙眼，發現大家的目光都聚焦在他身上，空氣中瀰漫著一股緊迫感。「我離開了我的身體。我剛才去了雷族的營地。」他解釋。

「你去那裡幹嘛？」根躍問道。

影望如釋重負地長嘆一口氣；終於有隻貓認真聽他說話了。「我和棘星談了一下……」他結結巴巴地回答。「他承認是他攻擊我。」

影望開始描述事情的經過，告訴大家有隻陌生的貓靈從棘星的軀體裡現身，洋洋得意地炫耀自己是如何趕走真正的棘星，還打算繼續占據他的身體，過他的生活。根躍愈聽愈覺得可怕。

說完時，影望早已筋疲力盡、全身發抖，喘不過氣來。「你還太虛弱了，不能這樣，」鴿翅伸出腳掌觸碰他的肩膀喵聲叮嚀。「先休息吧。」

「不行，」影望雖然疲憊，聲音卻很堅決。「我擔心棘星體內的貓傷害了棘星的靈魂。我們必須設法找到真正的棘星，不然他可能永遠回不來了。」

「你確定還來得及？」虎星問道。

「確定，」影望斷然地說。「我可以證明。根掌，你能試著聯繫棘星的靈魂嗎？我知道你之前做過一次。」

根躍很清楚現在不是向影望解釋他改名、換成戰士名號的時候。巫醫窩裡每隻貓都將注意力轉向他，急切的目光讓他緊張到肚子一陣翻攪，不停顫動。

「不曉得耶，」他終於開口。「先前我們想盡辦法要找他，可是都沒成功。假如他還在附近，表示他沒有回應我。」

影望的表情不起一絲波瀾，顯然對根躍抱著極大的信念，不因他的失敗而有所改變，令他深受感動。「你可以再試最後一次嗎？」他認真地問。「我有種感覺，若有誰能找到棘星，一定是你。」

根躍深深嘆了口氣。影望對他這麼有信心，他怎能說不呢？「我試試看。」他輕聲喵道，接著閉上眼睛，全神貫注地用意念召喚棘星。有那麼一瞬間，他感受到一陣疾風，皮膚有如被閃電擊中般刺痛。他睜開雙眼，看見一道柔和的光照亮了巫醫窩，但那縷光芒就像微風中的小火苗閃爍不定，旋即熄滅。「對不起。」根躍失望地發出一聲長嘆，喃喃低語。

「不必道歉，」樹喵聲安慰。「你肯定有聯繫上什麼。我感覺得出來。」接著他轉向葉星。「妳還需要多少證據？影望和根躍不是騙子。他們說有個靈魂占據了棘星的身體，還企圖殺死影望，那就是有。無庸置疑。」

葉星沉默了幾下心跳，看起來好像不知道該相信什麼。「影望才剛醒，」她終於開口。「而且身受重傷，他說的話聽起來……呃，難以置信。」她瞥了虎星一眼。「我不是說他是騙子，但若他描述的只是一個因發高燒而產生的夢魘，不是真實的經歷呢？這可能是嚴重感染所引發的症狀，我不能因為這樣就散布謠言，指控他族族長。」

「我知道聽起來很誇張，」虎星搖搖頭回答，讓根躍大吃一驚。「可是妳看，他的眼神很澄澈，他分得清楚夢境與現實的差異。根躍說服了我，我也不認為妳是真的相信影望在做夢。」

「我相信什麼並不重要，」葉星反駁。「重要的是，我不想光憑一點捕風捉影的事就罷黜另一位族長，但這不表示我們不會採取行動，」她看到虎星張嘴打算提出異議，立刻補上一句。「我很清楚我們談的不只是棘星，貓族的命運同樣岌岌可危。」

虎星點點頭坐下，顯然相信天族族長明白當前的情況有多嚴重。「我想跟雷族的戰士合作，」葉星繼續說。「斑願告訴我今晚有一場祕密會議，有幾個戰士會出席，雷族的巫醫也會到。我們會一起決定要如何處置棘星。」

「即便如此，」虎星勉強點點頭，低聲咆哮。「我還是會讓影族的戰士做好戰鬥準備。如果我想得沒錯，要是拿已知的情報去和棘星——或應該說假棘星對質，一定會引發爭鬥。目前還是有戰士效忠於他，他們會不惜一切代價保護自己的族長。」

「真的要走到這一步嗎？」鴿翅抬起頭，憂心忡忡地望著他。

「希望不會，」虎星一臉陰鬱，嚴肅地回答。「但如果真的發生，我們必須做好準備。」

虎星說完，躁片就走上前，在影望面前放了一片蒲公英葉。「吃吧，」他喵聲說道。「它有助眠和退燒的效果。至於你們，」他看看葉星、樹和根躍。「你們該走了。影望耗了太多力氣，需要好好休息。」

葉星立刻對躁片點個頭，走出巫醫窩。

「我們走吧。」樹用尾巴捲住根躍的肩膀說。

離開時，根躍回頭望了一眼。只見影望舔食著藥草，虎星和鴿翅則在陪在他身邊。他鬆了一口氣。**至少影望沒事了。**

樹走去找紫羅蘭光；根躍還來不及跑到獵物堆和針爪碰面，就被一些族貓團團包圍。

「太厲害了！」龜爬大叫。「影望的靈魂真的去了雷族營地嗎？」

「妳該不會一直在偷聽吧？」根躍問道。「幸好沒被葉星抓到！」

「誰在乎啊？」龜爬聳聳肩。「總之，葉星錯了。我們得做點什麼才行！」

「對，我們相信你和影望，」鳶撓果斷地說。「我們打算今晚潛入雷族，找出一些關於假棘星的證據！」

龜爬、礫石鼻和鴿足紛紛嚎叫表示同意。

「怎麼樣，根躍？你要來嗎？」鳶撓問道。

根躍看著他們熱切的臉龐和閃閃發亮的眼睛。有一部分的他很想立刻答應，希望能藉此證明自己不是懦夫，與此同時，腦中比較理智的那部分不斷告訴他，這不是一個好主意。

「今晚我哪都不去，」他喵聲回答。「你忘了嗎？我才剛成為戰士，必須坐著守夜。你們也不應該去，」他補充道。「你們真以為自己有辦法對付整個雷族啊？」

他的朋友們窘迫地彼此互望，看起來很不好意思，剛才的激動和興奮也逐漸淡去。

根躍希望他的話足以讓他們打消這個念頭。

他很慶幸有守夜這個藉口，但他知道，他不想參與這個計畫還有別的理由。他好不容易成為真正的天族戰士，一心只想對部族與族長效忠；這種強烈的忠誠感在他體內湧動，讓他全身陣陣刺麻。若葉星最後決定跟隨雷族，他就相信這是正確的選擇。

我只希望棘星還有時間，能等那麼久……

第十五章

營地外傳來一陣喧鬧，吵醒了在戰士窩小睡的鬚霜。她睡眼惺忪、踉踉蹌蹌地站起來探出頭去，想看看到底發生了什麼事。稍早的強風已經減弱，但天空中依舊飄著毛毛細雨。鬚霜輕輕彈動耳朵，甩掉冰冷的雨珠。

過沒多久，她睜大雙眼，把下雨的事全都拋在腦後。玫瑰瓣和蜂紋率領的邊界巡邏隊正返回營地，他們中間有隻舉步維艱、疲憊不堪，頭卻揚得高高的貓。嫩枝杈回來了。

好幾隻族貓發出歡迎的嚎叫聲，衝過營地朝她奔去。鬚霜也加入他們，很高興能看到這隻灰色母貓贖罪結束，回到雷族。

嫩枝杈看起來瘦了不少，毛髮也需要好好梳理一下，但她目光炯炯，眼神非常堅定。鬚霜猜她邋遢的外表至少有部分是裝出來的，以免有貓會問她尷尬的問題，像是這段時間住在哪裡之類。

嫩枝杈對族貓點頭示意，接著猛然停下腳步。只見莓鼻穿過貓群走來，皺著鼻子上下打量她，好像眼前是塊鴉食一樣。

「妳好。」他用不屑的語氣喵聲道。

嫩枝杈簡單點了一下頭，沒有理他。「我要見棘星。」她的尾尖不耐煩地抽動。

莓鼻東看西看，最後目光落在鬚霜身上。「去找他。」他命令道。

鬚霜跑過營地，爬上亂石，來到擎天架往族長窩裡看，只見假棘星蜷縮在貓窩中睡得好熟。

「他最近整天都在睡。」鬃霜喃喃自語。

她走進族長窩，努力避開散落各處的腐壞獵物，不要被可怕的氣味嗆到。「醒醒，」她搖搖假棘星的肩膀喵聲叫。「嫩枝杈回來了。」

「什麼？」棘星抬起頭，眨著惺忪的睡眼咕噥道。

看到他一臉困惑，鬃霜費了好大的勁才壓住脾氣，免得後頸的毛豎起來。「嫩枝杈回來了，」她再次重複。「記得嗎？你要她離開部族贖罪半個月，還要她帶二十隻獵物才能回來。」

棘星驚訝地張大嘴巴，跳起來邁步走出族長窩。剛才的茫然瞬間消逝；現在的他看起來非常專注，似乎很清楚自己要做什麼。

「所有大到能自己狩獵的貓都來我這裡參加部族會議！」棘星來到營地中央，仰起頭放聲大吼。

事實上他的傳喚沒什麼必要，因為很多貓早就聚集在外面歡迎嫩枝杈回家。其餘幾隻貓三三兩兩地跑過來集合，嫩枝杈則走上前面對族長，恭敬地低下頭。

「好了，我交代給妳的任務完成了嗎？」棘星問道。

「完成了，」嫩枝杈的眼裡閃耀著驕傲的光芒。「我把獵物藏在外面的灌木叢裡，需要幾隻貓幫我把牠們帶回營地。」

「鰭躍、竹耳，去幫她。」棘星動動耳朵，指向離他最近的兩名戰士。

鬃霜看著嫩枝杈帶鰭躍和竹耳走出營地，過沒多久，三隻貓就叼著獵物回來，放在棘星腳邊。他們跑了兩趟才把獵物全運回來；數隻老鼠、田鼠、松鼠和幾隻小鳥就這樣整齊地擺放在族長面前。

哇！鬃霜忍不住讚嘆。她知道其他流亡貓有協助嫩枝杈，但她仍堅持親自捕捉大部分獵物。**她真是個厲害的獵手！**

棘星慢慢走過那排獵物，邊嗅邊數。數完後，他便轉過來對嫩枝杈點點頭。「好，嫩枝杈，妳在贖罪的過程中學到了什麼？」他問道。

嫩枝杈直起身子，與鬃霜迅速交換一個眼神，看起來似乎急著了結這件事。

「我了解到我的部族有多重要，」她回答。「我是雷族的貓，不該質疑自己的身分。現在我明白了，我是徹頭徹尾的雷族貓！」她低下頭致上深切的敬意。「以在場每一隻貓為證，我發誓永遠效忠雷族，效忠於你，我的族長棘星。」

「妳永遠不會質疑我的權威？」棘星問道。

「永遠不會，我保證。」嫩枝杈回答。她的鬍鬚不斷抽動，但她毫無怨言。

「嗯……」棘星在那排獵物前來回踱步。「現在大家應該都知道忠於部族有多重要，」他開口。「這是戰士守則中非常關鍵的一條，如今很多貓似乎都忘了這一點。」

他到底在胡說些什麼啊？鬃霜輕輕抖掉耳朵上的雨滴，心裡好疑惑。**為什麼不歡迎嫩枝杈回來就好？這樣大家就能回到乾燥的地方不用淋雨了。**她猜嫩枝杈一定等著安頓下來好好休息一下，還有鰭躍，他凝視著闊別多日的伴侶，雙眼閃閃發光，顯然迫不及待想和她分享舌頭，聽聽她的冒險生活。

「我想，你們之間應該沒有貓像嫩枝杈一樣經歷過這種忠誠度考驗。」棘星說。

嫩枝杈點點頭表示同意，看起來放鬆了不少。

「這就是為什麼我不能讓妳回雷族的原因。可惜了。」棘星停下腳步看著她，眼中盡是冷酷與無情。

「什麼？」好幾個戰士驚訝地大聲嚎叫。鰭躍不發一語，只是將目光轉到棘星身上，又看看嫩枝杈；他的表情極度震驚，夾雜著深沉的失望，讓鬃霜看了好擔心。嫩枝杈愣在原地盯著族長，顯然不相信自己剛才聽到的話。

「嫩枝杈，妳愛怎麼贖罪就怎麼贖罪，」棘星繼續說。「但這不能改變妳破壞戰士守則的事實。影望的異象直接提到妳的名字，我不可能讓妳回雷族。考量到松鼠飛的遭遇……」他突然閉口，眼裡閃過一陣痛苦。「還有翻爪的預知夢，我很確定星族不希望我們以仁慈與寬容來對待違反戰士守則的貓。」

「可是……可是我已經贖罪了！」嫩枝杈結結巴巴地說，困惑地瞥了翻爪一眼。「如果你想把我踢出去，為什麼還要我贖罪？」

「堅持要贖罪的是妳，」棘星冷笑道。「我從來沒說過結果會有什麼不同。」

他還沒說完，許多族貓就激烈抗議，替嫩枝杈說話。

「不公平！」

「你明明答應過她了！」

「嫩枝杈是個忠誠的戰士！」

棘星目光嚴峻，狠瞪了貓群一眼，肩膀的毛昂然聳立。「你們想不想住在安全的地方？」他大聲反問。「想不想有足夠的獵物可捕食，晚上又有溫暖的營地可睡？如果想，你們就應該求我放逐嫩枝杈！星族已經降下強風豪雨來懲罰我們，其他部族也歷經了不少苦難，目前唯有雷族不受影響……你們難道沒想過箇中原因嗎？」

鬃霜環顧四周看看其他族貓。**他們會相信嗎？**新葉季經常颳風下雨，雷族之所以能擁有豐沛的食物和天然屏障保護，是因為他們的營地位於森林，不過棘星當然會想辦法說成是自己的功勞。

他的話術似乎奏效了。戰士的抗議聲逐漸消退，轉為慍怒的低語，但鰭躍的聲音很快就壓過大家。「如果嫩枝杈要走，我也要走。」他緊貼著伴侶喵聲說。

「你以為我會留你啊？」棘星嘖嘖鼻息嘲諷，似乎覺得鰭躍的話很好笑。「我要的是忠誠的戰士，不會質疑族長、確實遵循命令的戰士！不是那些只會跟著伴侶從一個部族跑到另一個部族的貓！」

整個部族就這樣僵在原地，沉默了好幾下心跳；一方面對棘星錯待嫩枝杈感到氣憤，一方面又怕嫩枝杈留下不曉得會怎麼樣。這時，巫醫窩那裡傳來一個平靜的嗓音，赤楊心走上前，站在嫩枝杈和鰭躍旁邊。鬃霜驚訝地發現，素來溫和的赤楊心眼裡燃著怒火，就連聲音也流露出一絲壓抑和忿恨。

「我與星族共享夢境這麼多年，」赤楊心開口。「戰士祖靈從來沒有要求貓群必須唯命是從、不准質疑族長。有時質疑是對的！若當初暗尾的追隨者沒有質疑他，豈不是會造成更大的破壞和傷害？」

鬃霜想起年長戰士們曾講過暗尾的故事，差點打起冷顫。當時暗尾將一群惡棍貓帶進湖區，幾乎摧毀了所有貓族，不過他後來被殺，追隨者也四處逃竄。**赤楊心說得對！我們應該適切質疑，而非無條件服從族長。**

棘星飛快轉頭瞪著赤楊心。看到族長對自己的兒子充滿敵意，鬃霜還是很震驚；她不斷提醒自己這隻貓不是真的棘星，也不是赤楊心的父親。

「戰士守則說要服從你的族長！」棘星嘶嘶怒吼。「不過，既然你明確表示你做不到，那你也可以離開。雷族不需要不忠誠的巫醫！」

赤楊心沒有退縮，反而毫不畏懼地面對棘星。他耳朵平壓，尾尖來回擺動，顯然已經忍無可忍了。「那不忠誠的族長呢？」他厲聲反駁。

「滾出去！」棘星露出尖牙放聲咆哮。

與會的貓群立刻掀起一陣抱怨的低語，從豎起的毛髮和充滿焦慮的眼睛看得出來，他們非常擔憂。**不會吧！**鬃霜全身上下每根毛髮都因恐懼而刺痛。**看樣子赤楊心已經受不了了。**

「假如赤楊心離開，那雷族就沒有巫醫了。棘星，你真的想這樣嗎？」鬃霜的母親藤池說出了在場所有貓的想法。

棘星動動耳朵指向站在前方的翻爪；翻爪嚇得瞪大眼睛，似乎意識到接下來會發生什麼事。

「我們還有一個巫醫見習生，」棘星喵聲回答。「翻爪做了預知夢，也跟著赤楊心研讀藥草很長一段時間，具備足夠的知識和技能，對一個貓族來說夠了。」

大家紛紛看向翻爪，眼中滿是懷疑與憂慮。翻爪難受地低下頭，盯著自己的腳。

「對不起，翻爪，」赤楊心對那隻年輕公貓拋了一個同情的眼神。「這個職務不該由你來承擔，但我沒辦法留下來眼睜睜看著雷族自取其辱。」

他尾巴一揮，示意鰭躍和目瞪口呆的嫩枝杈跟著他，三隻貓就這樣踏出雷族營地。鬃霜看著他們消失在荊棘隧道裡，好希望這只是一場可怕的惡夢。她咬咬嘴唇，疼痛就是最好的證明。他們真的離開了。

至少嫩枝杈知道影族那裡有流亡貓的營地，她心想著。**赤楊心也可以和他的母親團聚了……**

三隻貓被放逐，會議也宣告結束。貓群分成幾個小團體聚在一起交頭接耳、低聲討論，似乎不敢相信會發生這種事。鬃霜與母親藤池互望一眼，不曉得該不該告訴她真相。關於反抗軍，關於一切。

或許棘星已經失控了，她絕望地想著。**或許我應該帶著我的家族一起逃到流亡貓營地……**

鬃霜躊躇了一下，可是才剛往母親的方向踏出一步，棘星就邁著大步朝她走來。

「鬃霜，我要和妳談談，」他說。「妳是我唯一能信任的貓。跟我來。」

棘星說完便前往荊棘隧道，鬃霜別無選擇，只能聽從他的命令。他們進入森林時，棘星的步伐非常謹慎，看起來很不安，不但緊張地東張西望，有時還迅速轉身，彷彿面臨某種想像出來的威脅。

「我聽到傳言說有些貓打算跟我作對，」他領著鬃霜來到隱密的榛樹叢裡。「鬃霜，我想知道妳的看法。」

一陣惡寒從鬃霜的耳朵竄至尾尖。**他知道我就是那些貓之一嗎？**她默默自問。最近棘星變得很古怪、難以捉摸，就算他毫無根據地懷疑每一隻貓，她也不意外。

她發現棘星帶她走進幽暗的森林深處，心瞬間涼了半截。若他打算像攻擊影望那樣除掉她，這個地點再好不過了。

「我有點懷疑莓鼻，」棘星繼續說。「忠誠度應該用行動來表示，妳不覺得嗎？」

聽到他這麼說，鬃霜稍稍鬆了一口氣。棘星好像真的不知道發生了什麼事，很想聽聽她的意見。

「嗯，」她開口。「我不太清楚——」

就在這個時候，一群貓從灌木叢裡溜出來，像跟蹤老鼠一樣悄悄走向棘星，外露的利爪和眼神在在閃爍著死亡的光芒。鬃霜嚇了一跳，忍不住倒抽一口氣。

莖葉和點毛……噢，還有松果足、鳶撓跟斑紋叢！他們在做什麼？他們答應過虎星不會殺了棘星！

她的喘息聲驚動了棘星。反抗軍還來不及靠近，他就立刻轉身撲向他們，發出一聲怒吼。反抗軍飛快跳上前，露出利牙和銳爪步步進逼，圍著棘星尖聲嚎叫。

鬚霜盯著繞圈的貓群，僵在原地動彈不得。她迎上莖葉的目光，知道他希望她跳出來和他並肩作戰。就在這一刻，棘星大喊她的名字。

「鬚霜，快去求救！附近一定有巡邏隊！」

鬚霜的心怦怦狂跳；她飛也似地越過樹林，跑回營地。**我該幫誰？**她著急地想。她不希望棘星被殺，要是他的身體毀了，真正的棘星就回不來了。**更何況我答應松鼠飛會保護他。**與此同時，她也不希望莖葉和其他反抗軍在戰鬥中受傷。**怎麼做都不對！**震驚與惶恐淹沒了鬚霜，讓她無心細聽或嗅聞空氣，尋找巡邏隊的蹤跡。快到營地時，她才撞見莓鼻從荊棘隧道裡跳出來，眼中滿是驚恐。

「妳有聽到什麼嗎？」莓鼻奔向她問道。「我好像聽到棘星的叫聲。」

鬚霜突然明白自己該怎麼做了。「對，有些貓偷襲棘星，」她回答。「可能還會有更多攻擊者。我們得快點救他，帶他離開那裡，免得到時應付不來。」

或許我可以讓莓鼻專注於拯救棘星和他的身體，而非對付反抗軍。

莓鼻愣了一下，驚愕地看著鬚霜，接著迅速轉身穿過荊棘隧道，衝回營地。鬚霜聽見他高聲嚎叫，傳喚更多戰士。

過沒多久，莓鼻就帶著露鼻、栗紋和拍齒回來。「帶路！」他對鬚霜厲聲喝道。

鬚霜急忙跑過森林，戰鬥的尖叫與咆哮在她耳邊迴盪，聲音愈來愈響。她衝進空地，發現殼毛和葉蔭已經趕到，與棘星並肩作戰。

想必他們就是棘星要我找的巡邏隊。

除此之外，她還發現反抗軍的數量比她一開始想的更少。她、莓鼻及其他貓一出現，點毛和鳶撓就像洩了氣的皮球般往後退，轉身逃得無影無蹤。

棘星轉頭看著前來救援的族貓，胸口激烈起伏，口鼻也沾滿鮮血。莓鼻與其他戰士圍在他四周，鬃霜注意到草地上血跡斑斑，窪坑裡積著汙血，濃烈的血腥味嗆得她咳嗽連連。三具癱軟無力的毛茸軀體就躺在她眼前，一動也不動。

松果足……斑紋叢……還有……哦，不，莖葉！

鬃霜跑到那隻橘白相間的公貓身邊，伸出腳掌想叫醒他，但還沒碰到他的身體，她的腳就放了下來。「不……」她輕聲低語，俯視著莖葉那雙睜開又毫無生氣的眼睛。

她還記得自己當見習生時，腦海中總是充斥著各式各樣的畫面，想著要是莖葉能成為她的伴侶，他們倆的生活會是什麼模樣。如果他也愛她，如果棘星沒有死、順利回到雷族，無論他現在的身分為何，一切都會大不相同……

鬃霜隱約意識到棘星在跟她說話，但她除了腦袋裡的嗡嗡聲外什麼也聽不見，好像把自己塞進一個巨大的蜂窩一樣。她的腿再也撐不住了；她感受到身體往下墜，柔和的黑暗如潮水般洶湧而至，徹底吞沒了她。

✦✦✦

「哦，感謝星族，妳終於醒了！」

鬃霜眨眨眼睛，熟悉的輪廓在她周圍浮動，逐漸聚焦。是巫醫窩。翻爪俯身看著她，露出如釋重負的表情。

「我很確定我給妳的是百里香葉，不是雛菊葉，」他喋喋不休地說。「我老是把它們搞混。不過現在妳從休克狀態中醒來，所以我一定是做對了。話說回來，就算是雛菊葉也能舒緩妳的關節疼痛，不會造成什麼傷害……」

他一說完，亮心剛好從陰影處走出來。「別擔心，鬃霜，」她喵聲安撫，善良的獨眼裡閃著同情的光芒。「還有，翻爪，別忘了我有檢查過那些樹葉。鬃霜會沒事的。」

「我都不知道妳是巫醫。」鬃霜抬起頭，茫然地望著她。

「我不是，」亮心解釋。「只是很久以前跟煤皮學過基本的治療方法。我絕不會讓翻爪傷害任何一隻貓。」

「感謝星族，」鬃霜虛弱地輕聲說。「還有妳，亮心，謝謝妳。」接著她伸出一隻腳掌想找翻爪。「發生什麼事了？」

亮心往後退，眼神瞬間黯淡下來，翻爪則臉色一沉，突然變得很陰鬱。「妳還記得多少？」他問姊姊。

鬃霜努力撥散腦中的迷霧，仔細回想；記憶的片段慢慢浮現，打鬥結束後的慘況變得愈來愈清晰、愈來愈可怕。她的胃一陣痙攣，不斷乾嘔，嘔吐物直湧上喉嚨。「我想……我想莖葉死了。」她好不容易才能開口輕聲回答。

「對，他死了，」翻爪悲傷地點點頭。「影族的松果足與河族的斑紋叢也死了。而且——」

棘星突然穿過荊刺簾幕走進巫醫窩，翻爪立刻噤聲。「很好，妳終於醒了，」他說。「我得跟妳單獨談談。」

鬃霜發現，除了口鼻部有道擦傷和幾處毛皮脫落外，假棘星似乎沒有受傷。她忍不住想，**不管他是誰，都是一名強大又可畏的戰士。**

「翻爪，你做得很好，」棘星繼續說。「你一定會成為很優秀的巫醫。」

翻爪露出懷疑的眼神，但什麼也沒說，只是對族長點點頭，轉身走出巫醫窩。

他離開後，棘星才發現亮心站在巫醫窩後方的藥草儲藏室陰影處。「妳在這裡幹什麼？」他嚇了一大跳。

「我是來幫翻爪的。」亮心解釋。

「不，這可不行，」假棘星搖搖頭，肩膀的毛紛紛豎起。「妳是長老，不是巫醫！你們長老一下要求特殊待遇，一下又想接掌年輕族貓的職責！我是族長，我要妳現在立刻出去！妳待在這裡，翻爪要怎麼學習？」

「可是如果沒有貓教他，他怎麼學呢？」亮心提出異議。「我懂得不多，不過——」

「妳是在跟我爭論嗎？」棘星大聲咆哮。「我要妳離開，妳就離開！」

亮心嘆了口氣，滿懷歉意地看了鬃霜一眼，接著穿過荊刺簾幕走進營地。

她一走，棘星就步向鬃霜，肩膀的毛再度恢復平滑。「妳真是一個勇敢忠貞的戰士！」他喵聲讚許。「我承認先前曾質疑過妳的忠誠，」他的鬍鬚不安地抽動。「一個聰明的族長必須對所有追隨者保持疑心，就算是那些最優秀的菁英也一樣。事實證明，妳是我在雷族中最強大、最忠實的支持者。」

聽到他的讚揚，鬃霜覺得很不自在，張嘴打算反駁，但假棘星只是滔滔不絕地繼續說，完全無視她的反應。

「我就知道有貓在跟我作對，我的懷疑確實沒錯。我們必須前往其他部族，讓他們知道族裡有叛徒。有妳當我的副族長，我們就能——」

「等等——什麼？」鬃霜失聲驚呼，急急忙忙坐起來。她覺得自己一定是聽錯了。「莓鼻怎麼了？他是個很好的副族長。要是沒有他，你可能已經死了！」

棘星緩緩靠近，胸膛裡呼嚕作響。「鬃霜，妳這麼說真的很大度，但事實很清楚，莓鼻增援的速度太慢了。他應該要比巡邏隊快、要奮力殺戮，不是讓對方逃走！」

「莓鼻已經盡力了，」鬃霜開始爭辯。「他全速衝——」

「冷靜點，鬃霜，」棘星喵聲道。「現在我知道誰可以信任，這才是最重要的。這就是為什麼我要流放莓鼻，讓妳擔任新的副族長。」

我沒聽錯，他真的這麼說！

「但我還沒指導過見習生，」鬃霜說道。「所以不能當副族長，這樣會違反戰士守則！」

聽到鬃霜暗示他可能會破壞戰士守則，假棘星似乎一點也不煩惱。「其實我自己就是在未指導過見習生的情況下被任命為副族長，不過這是早在妳出生之前的事，所以妳才沒印象，」他喵聲說道。「星族給了葉池一個異象，說應該選我當副族長。我對妳也有同樣的感覺，很確定這個位置該由妳來坐。」

可是星族並沒有向你顯現異象，不是嗎？鬃霜不禁心生疑慮。一想到要試著展現權威、掌管那麼多閱歷比她更豐富的資深戰士，她就嚇得全身發抖，皮膚一陣刺麻。

「現在妳醒了，我們可以向整個部族宣布妳的新職務。」棘星眼中閃爍著滿意。

鬃霜難以置信地看著他。「可是我——」

「沒有可是！」假棘星非常堅持。「族長必須在月升前任命副族長，記得嗎？快起來，我們現在就告訴大家。」

鬃霜沒辦法拒絕，只能慢慢站起來。她跟在棘星身後，感覺自己的腿不停顫抖，腦袋也昏昏沉沉，一切就像一場可怕的夢。

他們來到營地，雨已經停了，空氣中依舊有股潮溼的味道。寒氣滲進鬃霜的毛皮，讓她冷得直打顫。日光逐漸消褪，厚厚的雲層遮蔽了天幕，她猜自己大概躺在巫醫窩裡昏迷了很久。

「所有大到能自己狩獵的貓都過來參加部族會議！」棘星高聲咆哮。

戰士們紛紛集合，在族長四周圍成一圈，大多數的貓都一頭霧水，困惑地彼此互望。鬃霜聽到刺爪對鼠鬚低聲咕噥：「看在星族的份上，又怎麼了？」

翻爪再度現身，站在巫醫窩外，雲尾則領著其他長老站在貓群後方，就連黛西也從育兒室出來查看情況。

「今天，我的性命危在旦夕，」族貓集結完畢後，棘星便開始發言。「有些戰士奮勇應戰，有些卻沒有。莓鼻，過來。」

那隻奶油色公貓踩著急切的腳步上前，驕傲地昂起頭站在族長身邊。鬃霜忍不住為他感到難過；他盡心盡力扮演好副族長的角色，卻對即將發生的事一無所知。

「你今天的表現讓我很失望，」棘星的口氣非常嚴酷。「我對你的信任蕩然無存。從現在起，你不再是雷族的副族長。」

莓鼻瞪大雙眼驚愕地望著他，下巴差點掉下來。「可、可是，棘星，」他支支吾吾地說。「我盡力——」

「可見你的『盡力』還不夠好，」假棘星打斷他的辯解。「你不再是副族長，也不再是雷族的成員。馬上離開。」

莓鼻愣在原地看著族長。鬃霜聽見貓群中傳來一聲細細的哭號。是莓鼻的伴侶罌粟霜。莓鼻轉過頭凝望她好一陣子，然後拖著尾巴踏過泥濘的營地，走向荊棘隧道。

貓兒們看著被放逐的副族長離開，震驚地低聲私語。莓鼻向來不受歡迎，但他一直是個很盡責又很有效率的副族長，鬃霜看得出來不少族貓都覺得棘星的懲處很不公平。

「現在，我要任命新的副族長，」棘星在莓鼻的身影消失後驕傲地宣布。「以星族為見證，願祖靈聆聽、認同我的選擇。鬃霜將晉升為雷族的副族長。」

貓群立刻爆出抗議與擔憂的嚎叫，鬃霜瑟縮了一下，好幾隻族貓豎起毛髮，怒目瞪視著她。她好希望自己能像老鼠一樣鑽進樹根底下的縫隙消逝無蹤，可是她不得不留在現場，聽戰士們為族長的決定爭論不休。

「鬃霜？」

「她連當戰士都很勉強！」

「她還沒指導過見習生耶！」

「夠了！」棘星猛甩一下尾巴，喝止那些反對的聲浪。「誰才是族長？擋在你們與星族譴罰之間的是誰？」他厲聲問道。「還記得星族殺了松鼠飛嗎？還是你們已經忘了？」

戰士們陷入沉默，目瞪口呆地望著族長。鬃霜的皮膚因憤懣而刺痛；看來棘星最初的自責與內疚已經消失了，居然暗示松鼠飛的死是星族的懲罰。他有哪一次不扭曲事實、顛倒是非，為了達成目的不擇手段？

「棘星，我們當然效忠於你，」過了一會兒，錢鼠鬚終於猶豫地開口。「只是……呃，我們這麼謹慎遵從戰士守則，選一隻沒指導過見習生的貓當副族長不是打破了守則嗎？」

鬃霜以為棘星會勃然大怒，沒想到他似乎比先前更冷靜。他瞪著錢鼠鬚，琥珀色雙眼閃閃發光；鬃霜看著他，肉墊泛起陣陣刺麻，內心混雜著恐懼與困惑。

有那麼一瞬間，我覺得他的眼睛好像是藍色的。

棘星緩緩開口，語氣雖然平靜，卻滿帶威脅。「我是族長，我的話就是戰士守則。」

第十六章

影望醒來，看見淡淡的拂曉晨光悄悄灑進天族的巫醫窩。他打了個大呵欠，環顧四周，只見斑願和躁片走向巫醫窩後方，鳶撓仍在他旁邊的窩裡酣睡。

昨天這名年輕的天族戰士身上帶著多處爪痕回到營地，腹側還有一道深深的傷口。他跟巫醫說他在和貓頭鷹搏鬥時受傷了，但影望覺得事情不單純。

鳶撓體型太大，貓頭鷹根本不會攻擊他；如果是他想獵貓頭鷹，他腦袋裡肯定有蜜蜂鑽進去了。

這時，巫醫窩外傳來說話聲和腳步聲，分散了影望的注意力，讓他把鳶撓離奇的傷口拋諸腦後。聽起來似乎有貓到訪，若是他族的巡邏隊，現在這個時間未免也太早了。

他凝神細聽，認出是父親的聲音，瞬間放鬆下來。他知道虎星很擔心他，所以只要天一亮、有足夠的光線，他就會來探望。

「虎星，你好。」葉星的嗓音從族長窩的方向傳來。「歡迎你和你的戰士。有什麼我能幫忙的嗎？」

「妳已經幫我們太多了，」虎星親切地回答。「我非常感激。我想帶我兒子回影族。我是來帶他回家的。」

影望一聽立刻掙扎著起身，踉踉蹌蹌地朝巫醫窩入口走去。他父親就站在外面，左右兩側還站著褐皮與爆發石。影望恭敬地對他們點點頭。

「你好，影望，該回家了。」一看到兒子，虎星的雙眼瞬間亮起來。

「當然，虎星，決定在你，」葉星喵聲說道。「但我得先和我的巫醫確認一下情況。躁片？」那隻黑白相間的公貓來到巫醫窩入口。

「影望可以長途跋涉嗎？」葉星問道。

躁片看了影望一眼，點點頭。「他還是有點虛弱，但一天比一天強壯。只要有貓從旁協助，他絕對能走回影族營地，只是要慢慢來，」他對著虎星說。「至少停下來休息一次。」

「影望的健康狀況的確日漸好轉，」斑願自巫醫窩裡現身，帶著嚴肅的表情走向葉星。「但是，若有天族以外的貓發現他還活著，他就有危險了。有隻貓想殺了他，而且很可能是棘星。如果他們發現刺殺未遂，一定會再試一次。」

影望還記得他回到身體前最後一次以靈魂的形態潛入雷族領地的情景，還有發現棘星看得到他時那種震驚。**他甚至還大剌剌地承認是他攻擊我！要是他發現我還活著，會不會追殺到底？**影望堅定地搖搖頭。**就算是這樣也沒關係，我一定會想辦法打敗他。**

影望努力理清思緒時，斑願仍在說話。「虎星，考量到這一點，你不想讓你兒子在這裡多待一陣子嗎？」她問道。「我保證我們會把他當天族貓看待，好好照顧他。」

「我知道，」虎星對斑願說。「我真的很感謝你們挽救他的生命，我永遠欠你們一份情。但我相信影望在影族領地上很安全。我們的戰士已經在做戰鬥準備了。」

「真的會那麼嚴重嗎？」葉星的聲音流露出一絲焦慮。

「我認為會。棘星不能再這樣肆無忌憚地支配五大部族。我敢說傷害影望這件事一定跟他有關。」

只是那不是真的棘星，影望瞥了父親一眼，心想。

「可是，假如真的開戰……」葉星的眼神和鬍鬚看起來都不太情願。

「這幾個月，五大部族都相安無事，」虎星打斷了她的話。「但和平很快就會結束。我們就像活在用細枝築成的窩裡，棘星——或不管他真正的身分是誰都打算砸毀一切。現在幾隻愚勇的貓已經行動、企圖攻擊棘星，我想結局也不遠了。」

「我了解影望遇襲的事讓你很生氣，」葉星看著虎星喵聲道，似乎難以接受未來會如他預言的那樣黯淡又了無希望。「但我希望你錯了。再說棘星絕不會攻擊巫醫，不是嗎？」

虎星從她旁邊擦身而過，輕甩尾巴，示意褐皮與爆發石過來。「去幫影望，我們回影族。」他命令道，接著往營地入口的方向踏一步，轉身看著葉星。「棘星是不會，」他補上一句。「葉星、躁片、斑願，多謝你們的好意。」

影望沒時間好好道別，只能匆匆致意，跟著父親離開天族營地。

✦✦✦

他們好不容易抵達環繞在影族營地周圍的灌木叢；影望覺得好疲憊，體力大幅下滑，四條腿也不停發抖，只能奮力穿過眼前的枝葉，蹣跚地踏進山谷。

回家的路上，他父親告訴他有一群反抗軍企圖偷襲棘星。「他們很勇敢，也很愚蠢，」虎星喵聲說。「太早行動了，現在我們得收拾殘局。棘星在這次攻擊中倖存，一定會變得更大膽、更放肆。」

許多影族貓蹦蹦跳跳地跑向影望，將他團團包圍，同時大聲嚎叫、磨蹭他的身體，歡迎他回家。看到大家見到他這麼高興，影望的心情為之一振。**我真的好想念他們，好想念影族營地。回家真好！**

他的母親鴿翅走出貓窩，飛也似地奔過營地，用鼻子緊挨著他。「太好了，你沒事，我終於放心了，」她呼嚕著說。「來吧，我們去找水塘光。」

影望一走進巫醫窩，水塘光立刻出來迎接。

「見到你真好！」水塘光放聲大叫，用前掌撥撥影望的窩。「快過來躺下，我幫你多鋪了一些苔蘚。」

影望鑽進又深又鬆軟的臥鋪，發出一聲感激的嘆息。「好舒服，」他低聲說。「回家真好。」

水塘光垂下鬍鬚站在旁邊，流露出痛苦的眼神。「影望，對不起，」他喵聲說。「我應該要更努力找你才對。如果我知道你還活著，在某個地方受苦……」

影望猛然想起自己曾一時失去理智，懷疑水塘光可能涉及這場攻擊。眼前這名巫醫顯然非常自責，內心滿是悔恨。

「要是你找到我，我可能就沒機會發現棘星幹了什麼好事。」影望說。

「他做了什麼？」水塘光問道。

虎星發出一聲低吼，他從攙扶兒子過來後就一直站在巫醫窩入口。「乍聽之下可能很難相信，因為我就是這樣。但我現在相信了。」

影望開始向水塘光解釋，說他以靈體的形態前往雷族營地，看見另一隻貓的靈魂從棘星體內現身。「我聽到的其實是他的聲音，是他警告部族要注意違反破壞守則的貓，不是星族。」他畫下句點。

水塘光瞪大眼睛專注聆聽，露出驚恐的表情。「太可怕了！」他嘆了口氣。「根躍讓我們看見棘星的靈魂，沒想到控制他身體的貓靈居然這麼邪惡，謀劃了這麼久？」

「而且他打算掌控所有貓族，」虎星放聲咆哮。「我們別無選擇，只能準備開戰。我們沒時間等別族加入了。解決這個問題的唯一辦法，就是殺了棘星體內的東西。」

影望半坐起身，父親的果斷與決絕讓他皮膚發麻。「不行！」他大聲抗議。「拜託聽我說！你不能攻擊棘星，我要先查清楚棘星的靈魂究竟出了什麼事！」

第十七章

根躍蹲伏在流亡貓營地的溪畔。天空中厚雲密布，遮住了月亮與星辰，他腳邊的溪水一片黑暗，幾乎沒有半點波光。他聽見潺潺的流水聲與貓兒穿過草地和蕨葉叢前來集會的輕柔腳步聲。貓群坐了下來，根躍瞥見他們閃閃發光的眼睛，聞到五大部族雜揉在一起的氣味。虎星還沒有出現。

「根躍，你好。」他身後傳來一個熟悉的聲音。

根躍迅速轉身，只見松鼠飛身旁站著點毛，一步遠的地方還有另一隻貓，淺色的毛皮在昏暗的光線下泛著微光。

「你們好，松鼠飛、點毛，還有……」根躍仔細打量第三隻貓。「星族啊！那是莓鼻嗎？」

「你好。」奶油色公貓尷尬地點點頭低聲說。

根躍還處於驚訝狀態，另一隻貓就大步走來。是虎星。他停在莓鼻面前，全身上下散發出憤怒與不信任的氛圍，和狐狸的氣味一樣明顯。

「你來這裡做什麼？你不是棘星的副族長嗎？」他厲聲質問。

「再也不是了，」松鼠飛連忙將尾尖放在虎星肩上要他冷靜。「今天稍早，鴉羽發現他在森林中遊蕩。棘星似乎認為他速度不夠快、無法在那些年輕戰士偷襲之際即時增援，所以將他逐出雷族。」

「不夠快！」虎星不斷猛甩尾巴。「我們才剛埋葬了松果足。在我看來，棘星的護衛倒是戰力超群。」

「這我很清楚，」松鼠飛平靜地回答。「顯然棘星有不同的看法。他指派鬃霜擔任新的副族長。」

根躍大為震驚，忍不住倒抽一口氣。

「鬃霜！」虎星提高音量放聲嚎叫。「那隻一直有來參加反抗軍會議的年輕母貓？我以為她還沒指導過見習生咧。」

「她是還沒，」松鼠飛回答。「她是一隻優秀的貓，但確實很年輕。」

「她不該當副族長，」莓鼻嘶嘶怒吼，很氣自己的地位被取代。「這樣違反戰士守則！」

「沒錯，」松鼠飛附和。「這件事再度證明了棘星與現實脫節。」

「鬃霜不但警告棘星有貓突襲，」點毛說。「還跑去求助。看來她是個叛徒。」

根躍覺得好像有隻獾狠狠扯開他的胸口，撕碎他的心。**怎麼可能？鬃霜才不會背叛我們。**可是他想不透她為什麼會警告棘星，畢竟她很清楚棘星的真面目，知道他是冒牌貨啊。

許多貓紛紛圍過來聽他們討論，根躍四周響起震懾與憂懼的低語。這時，松鼠飛高聲發言，壓過了其他雜音。

「鬃霜不是叛徒，」她喵聲說。「是我要她保護棘星的肉身，以防真正的棘星有朝一日需要他的身體。」

根躍發現松鼠飛的目光落在他身上；他低下頭盯著腳掌，覺得自己一定是露出放心的表情，不禁有點難堪。**鬃霜是個好戰士，當然會盡力服從前副族長的命令。**

「妳怎麼知道她這麼做究竟是出於什麼理由？」點毛輕蔑地哼了一聲。「鬃霜會不會重視棘星的生命勝過莖葉及其他反抗軍？要不是她站在我們這邊，我倒是很懷疑。別忘了，假如鬃霜效忠棘星，她可是知道我們所有祕密。從現在起，我們必須假設棘星知道我們打算對抗他。這是唯一安全的選擇，這樣我們才不會……對他的所作所為感到意外。」

根躍看著點毛，不願相信她的話，但他就是擺脫不了這些想法。**鬃霜絕不會這麼做！她會嗎？**他再度問自己。

「你怎麼看？」虎星轉向莓鼻問道。「你能提供一些情報，幫助我們打敗棘星嗎？」

「不——我——」莓鼻驚愕地瞪大眼睛，結結巴巴地說。「我很肯定這些都是誤會。棘星是隻好貓。我絕對不會——」

「看樣子要是開戰，你應該不會支持我們。」虎星冷笑道。

莓鼻看看虎星，又看看松鼠飛。「我不知道，」他絕望地喵嗚說。「我不知道我相信什麼，但我無法想像和你們一起對抗棘星。看在星族的份上，他是我的族長啊！」

「那就給我滾出去！」虎星怒聲咆哮。「我不會讓那些忠於棘星的貓入住我的地盤！」

莓鼻愣在原地望著他。他還來不及遵從命令離開，松鼠飛就伸出一隻腳掌阻擋，提醒虎星。

「眼光放遠一點，」她柔聲勸道。「要是我們讓莓鼻走，他就能跑回去通報棘星。交給我，我會把他軟禁在流亡貓營地，直到他決定要對哪一方忠誠。」接著她看向莓鼻。「你說得沒錯，一個好戰士理當支持他的族長，可是那個棘星不是棘星。如果你了解更多，說不定就會接受事實的真相。」

虎星哼了一聲，顯然對這個想法不以為然，心不甘情不願地點點頭。

「感謝星族，你總算做了一個決定，」點毛尖酸刻薄地說。「好像莓鼻是森林裡最重要的貓似的。他才不是！別忘了，我們在那場戰鬥中失去了忠實的夥伴。莖葉、松果足和斑紋叢都死了。」

周圍的貓群一陣騷動，用充滿愛意的溫柔嗓音悼念死者。「莖葉……松果足……斑紋叢……」根躍和其他貓低頭站著，直到聲音消失。

「我們會永遠記得他們，」虎星喵聲道。「但他們的行為明顯違反了命令。我們都同意暫時不殺棘星。」

「我們到底在等什麼？」點毛氣沖沖地問道。「棘星——或他體內那隻貓此時此刻正在大肆挑撥，故意激起貓族間的對立。你還要讓他胡作非為到什麼時候？」

「點毛……」松鼠飛用鼻子輕觸那隻年輕母貓的耳朵，但點毛只是猛地把頭撇開。

「我受夠這些爭執了！」她大聲咆哮。「我不想讓莖葉白白犧牲！」

點毛的聲音滿是悲傷，根躍聽了好心痛，不過他發現點毛並沒有因為失去伴侶而不知所措，反倒一如往常地堅強，決意復仇。

「有隻貓必須為這一切付出代價，」她鄭重宣告。「我要棘星體內那隻貓血債血償。」

就在這時，根躍的眼角瞥見一絲微光。他轉過頭，發現莖葉的靈魂正望著點毛，眼神充滿愛意與哀傷。他在她身邊站了一下，轉身消失在蕨葉叢裡。

「妳說得對，點毛，」虎星喵聲同意。「我們已經有證據證明目前領導雷族的貓不是真正的棘星。」

根躍聽著虎星解釋，憂懼再度湧上心頭。虎星告訴其他貓，影望以靈體的形態潛入雷族調查棘星，親眼看見另一隻貓靈從棘星體內現身。他一說完，可怕的無聲立刻降臨，籠罩與會的貓群。

「這就是我一直在擔心的，」獅焰率先打破沉默。「現在終於確定了。可是這能幫助我們決定下一步該怎麼走嗎？」

「我們必須擊敗棘星體內的貓。」松鼠飛回答。

「那要怎麼做？」獅焰的耳朵抽動了幾下。

「那得看那隻貓是誰了，」松鼠飛對他說。「是哪隻貓，或是什麼東西奪走了棘星的生活？」

「這妳應該最清楚，」虎星表示。「他是妳的伴侶，沒有貓比妳更了解真正的棘星。」

松鼠飛眨眨眼睛，沉思了好一陣子。「目前在他體內的那隻貓很懶，」她終於開口。「只貪戀領導部族的榮耀，不想做事。還有，他顯然想破壞五大部族之間的和平。」

「是虎星？」獅焰脫口而出，隨即一臉愧疚地看著影族族長。「我是說最初那隻虎星。」他急忙補充。虎星尷尬地對他點個頭。

「虎星可能有很多缺點，」鴉羽喵聲說。「但他一點也不懶。此外，黑暗森林戰役中落敗的貓也永不復返，我們這些當時有參與戰鬥的貓親眼目睹他們徹底滅亡。」

「我相信這是真的，」松鼠飛同意。「我和葉池待在星族那段時間得知黑暗森林幾乎一片空蕩。」

「難道是暗尾？」蛾翅問道。「他生前一直想破壞貓族間的和平。他最會挑撥離間了！」

一陣顫慄自松鼠飛的耳朵竄至尾尖，讓她全身上下每根毛都豎了起來。「我和假棘星在一起時，他的行為不太像我記憶中的暗尾，」她回答。「暗尾不僅渴望權力，更嚴格掌控他的親族。可是這個棘星大概有一半時間都漠不關心，對雷族成員不聞不問。」

聽見資深戰士們的談話，根躍的心情愈來愈沮喪。當初他滿懷希望加入反抗軍，可是現在一切都變了調。虎星看起來很生氣……而且貓群性命垂危！更糟糕的是，**不，也許不是這樣**，根躍不得不承認，鬃霜很可能背叛他們，與棘星體內那個貓靈勾結。

這怎麼可能呢？

根躍環視周遭的林木，發現有個幽靈從黑暗中現身。又是莖葉。根躍對他點點頭，莖葉也點頭示意，接著貼近點毛，緊挨在她身邊。

我又看到幽靈了，根躍心想著。**但不是我真正想看到的那個。**棘星的靈魂依舊不見蹤影。

站在根躍旁邊的樹用鼻子碰碰兒子的肩膀，將耳朵指向莖葉。這隻死去的雷族公貓再度消失在幽深的暗影裡。

他也看到了。

與此同時，會議的氣氛越加火爆，貓兒們你一言我一語，爭論不休。

「大家安靜，聽我說！」松鼠飛用充滿挑戰性的語氣放聲嚎叫，劃破吵嚷的喧囂。「我們必須承認，目前有個問題比其他事更重要。假如鬃霜真的背叛我們，我們的行蹤和計畫就曝光了。我仍舊相信她只是照我的要求去做，但我們不能冒這個險。」

「妳說得對，」獅焰挺直身子，帶著如族長般的威嚴氣場環顧四周。「想生存下去，我們就必須放下歧異，團結起來。」

「那我們什麼時候行動？」虎星問道。「我聽說棘星打算派他所謂的副族長前往各族，要求他們放逐那些參與攻擊的貓。」

「兔星聽從了他的建議，」風皮點點頭。「還想鼓勵其他族長跟進。他真的相信這樣星族就會回來，獵物也會重返荒原。」

「棘星已經流放所有破壞戰士守則的雷族貓，更別提那些惹他生氣的貓了，」點毛補充。「兩個巫醫都被他踢出雷族。我們難道要讓假棘星顛覆所有部族嗎？誰知道他究竟存什麼心？」

「想弄清楚，就要先查出他的身分，」松鼠飛回答。「而要做到這點，就需要一隻跟他親近的貓成為我們的盟友。」

「鬃霜？」虎星提議。

「現在不能相信鬃霜。」點毛搖搖頭。

不！根躍痛苦地想。**若鬃霜真的背叛我們，表示我從來不了解真正的她。**想到這裡，他就覺得好心痛。

「我認為翻爪愈來愈厭倦當巫醫，不想被困在那個位置，」點毛繼續說。「或許他願意協助蒐集情報。」

「講到翻爪，我們得在下一次半月會議上討論影望回來的事，」水塘光喵聲道。「我敢說，聽到赤楊心被放逐、翻爪在幾乎沒受過訓練的情況下被迫接掌他的職務，其他貓一定會很不高興。在假棘星打破戰士守則的眾多行為中，就屬這件事最嚴重！一個未經訓練的巫醫獨自承擔這些工作，全族的貓都會有生命危險。」

「你們說得都沒錯，」獅焰表示。「但根據我最近聽到的風聲，隼翔和柳光還沒把棘星靈魂的事告訴他們的族長。」

「對啊。」幾個聲音從風族與河族貓群中傳來。

「如果族長們知道真相，」鴉羽補充道，「他們一定會支持除掉假棘星，更別說影望前陣子看到的那些事了。」

「話別說得太早，」虎星反駁。「霧星和兔星已經把聯繫星族、與祂們重建關係的希望寄託在棘星及其所謂的領導能力上。這個消息可能不足以改變他們的想法。」

「我們非試不可。」斑願很堅持。

「那我們就等著看巫醫怎麼決定吧，」虎星用威嚴的目光掃視大家，再次掌控會議。「如果能說服霧星和兔星相信這個棘星是假的，要除掉他就容易多了。」

與會的貓群紛紛低語表示同意，根躍卻覺得有些貓聽起來不太甘願。不過在襲擊假棘星失敗、死了三名反抗軍後，他想應該沒有貓願意冒險，釀成另一場不幸。

根躍隨著樹和斑願返回天族營地，一路上反覆思忖貓族的未來，可是他的心緒飄忽、無法專注，老是想著雷族。鬃霜可能是叛徒的想法對他造成很大的打擊，彷彿一棵樹倒下來壓在他身上，砸碎了他的生命。

我知道我這麼喜歡她很笨。難道我真的錯看她了嗎？

第十八章

夜風拂過樹木，湖面掀起陣陣白色水波；鬃霜跟著棘星和其他遴選出來的雷族戰士前往大集會。滿月如落葉般飄浮在空中，雲朵不時交疊推擠，飛快掠過皎潔的月暈。

鬃霜拖著沉重的腳步走過水邊。平常她都很期待見到其他部族貓，但今晚她寧願去別的地方，也不想去小島上參與大集會。

她心裡有種不祥的預感，煩惱揮之不去，結果一時出神，在巨石轉彎處撞上妹妹竹耳。竹耳往後一跳，誇張地低下頭對鬃霜表示敬意。

「哦，真對不起！」她故意大喊。「我不該擋到副族長的路。妳先請吧。」她揮了一下尾巴說。

鬃霜原想解釋是她的錯，她不想走前面，可是她仰起頭還來不及開口，就注意到棘星回頭望著她，所以她沒有跟竹耳說話，只是莊重地點點頭，繼續往前走。

我最好習慣被貓討厭，她想。**就算是同胎出生的兄弟姊妹也一樣。聽到我成為新的副族長，大集會上所有貓一定會很不高興。**

即便是在雷族，鬃霜也很清楚族貓完全不像對松鼠飛甚或是莓鼻那樣給她尊重。

鬃霜害怕的時刻終於到了，她和族貓們穿過環繞著集會區的灌木叢，在大橡樹附近找位置坐下。身為雷族副族長，她不得不越過空地，與其他副族長一起坐在樹根上。看到他們蔑視的神情，鬃霜忍不住瑟縮一下，覺得好難堪。天族的鷹翅只是簡單點頭問候；影族的苜蓿足則轉頭在河族副族長蘆葦鬚耳邊低語了幾句。

聚集在空地上的戰士們開始竊竊私語，有的大感震驚，有的語帶不屑。

「那是副族長？」

「她在那裡幹嘛？莓鼻呢？」

「雷族肯定很缺貓！」

鬃霜坐在那裡默默盯著自己的腳，與此同時，五位族長跳上大橡樹枝椏，棘星邁步向前，會議正式開始。

「五大部族的貓們，」他大聲宣布。「今晚，我可說是勇敢出席，因為前幾天我才歷經了一場殘暴攻擊。莖葉、點毛、松果足和斑紋叢在我的領地上出其不意地偷襲，想要殺我。沒錯，就連我自家的族貓也牽涉在內！幸好我忠誠的戰士鬃霜反應敏捷，若沒有她的保護，我早就死了！」

「那莓鼻呢？」虎星問道。

鬃霜發現，從虎星的言行舉止來看，似乎不清楚這位前副族長的情況。**不曉得莓鼻有沒有找到流亡貓營地，希望有。**雖然莓鼻是森林裡最討厭的貓，卻也是被放逐的貓，不應該在外面流浪、自力謀生。

「莓鼻讓我非常失望，」棘星回答。「他不是我的副族長，也不是雷族的戰士。我把他逐出族外了。現在雷族的副族長是鬃霜。」

鬃霜覺得好困窘。通常在大集會上介紹新的副族長時，所有部族都會呼喊該位副族長的名字、熱烈歡呼，然而這一刻，周遭靜默無聲。她不敢直視身邊的貓群，深怕迎上他們充滿敵意的目光。

「你把莓鼻逐出雷族？」虎星聽起來很訝異，爪子狠狠刺進腳下的樹枝。「可是他並沒有違反戰士守則。你要知道，赤楊心也沒有，我聽說你也放逐他了。再這樣下去，在森林裡遊蕩的雷族貓會比在營地裡的還多。」

「雷族的事歸雷族管，」棘星厲聲喝道，琥珀色目光惡狠狠地盯著影族族長。「新的見習生翻爪已經取代了赤楊心，他做得很好，為雷族與星族盡心盡力，就像我們應該做的那樣。他領受了至少一個預知夢，五大貓族中只有他收到來自星族的訊息。」

「什麼夢？說來聽聽！」虎星嗤之以鼻，覺得很好笑。

「細節我就不多談，但夢境要傳達的意思很清楚。」棘星反駁。

與此同時，鬃霜注意到有些雷族成員交換了一個懷疑的眼神。她也覺得很可疑，完全不相信弟弟收到來自星族的訊息，也不認為他有當巫醫的天賦。

「無論如何，」棘星繼續說。「我是雷族族長，由星族親自遴選授命，我用我認為適切的方式來管理我的部族。記住，殺害他族族長等於嚴重褻瀆星族！」他環視一下空地，再度開口。「因此，我要求所有部族放逐那些倖存的攻擊者。」

霧星坐在大橡樹枝椏間俯視空地，一雙湛藍色眼睛在若隱若現的月光下閃爍著悲傷的光芒。「斑紋叢在襲擊行動中喪命，」她喵嗚說。「然而聽聞此事，我非常震驚、非常沮喪，她的行為令部族蒙羞。任何以這種方式褻瀆星族的貓都不能成為河族的一員。我們沒有為她守夜，只埋葬了她，就像埋一隻惡棍貓一樣，對她隻字不提。」

鬃霜看到斑紋叢的親族互相依偎，聚在貓群後面，每隻貓兒都露出羞愧與痛苦的表情。她很心疼他們。**斑紋叢一定知道自己冒著什麼樣的風險，可是死後還要被逐出部族……**

葉星動來動去、坐立難安，爪子深深刺進腳下的樹枝。「棘星，我想知道那些年輕戰士為什麼要冒這麼大的險去攻擊你。」她用挑戰的語氣喵聲說。

「一個像我這樣嚴遵戰士守則的族長註定會樹敵，」棘星圓滑帶過，似乎對葉星的詰問無動於衷。「畢竟，做對的事並不容易，痛楚難免。季復一季，星族不斷提點、看顧五大部族，我們當然要思考該如何讓他們回來。」

葉星張嘴想要回應，卻被棘星硬生生打斷。

「這就是我接下來要談的事，」他繼續說。「我從前的伴侶和副族長松鼠飛……」他停頓了一下，哽咽地開口。「……死了。」他的聲音情感豐沛；鬃霜發覺他至今仍哀痛不已。「她是在兩腳獸地盤附近被怪獸殺死的。」

與會的貓群發出驚訝和難過的低語。鬃霜注意到虎星看起來特別震驚。**他明知道內幕。裝得可真像！**

「當然，起先我傷心欲絕，」棘星接著說。「我愛松鼠飛，到現在還愛著她，但後來我意識到，即便是我們所愛的貓也無法逃離悖逆戰士守則的懲罰。星族堅持維護戰士守則。所以我們必須拋開自身的痛苦，全心全力遵循星族的旨意！」

他清晰嘹亮的嗓音在空地上迴盪，貓群高聲嚎叫、大呼贊同。鬃霜察覺到只有虎星、反抗軍及少數戰士露出懷疑的神情。

「現在，我要問問其他族長，」棘星繼續說。「我是否能指望他們協助，恪遵戰士守則，盡我們所能為星族效力。」

假棘星說完，旋即陷入一片靜默。過了幾下心跳，霧星終於點頭表示同意。「棘星，我支持你，河族也支持你，」她喵聲道。「你說得對，放逐違反戰士守則的貓確實很痛心，」鬃霜察覺到她的眼神流露出一絲內疚。**她一定是想到蛾翅吧。**「可是河族至今仍因這些豪雨飽受苦楚。我希望遵循星族的命令能讓祂們息怒，再次降福。」

「我也希望，」兔星附和道。「我失去了一位優秀的戰士和副族長，但我們依舊食糧匱乏。我相信，只要星族再次顯靈，我們的苦難就會有所回報，祂們一定會助我們度過難關。棘星，我一直很尊重你，我會照你說的去做。」

沉默再度降臨，其餘兩位族長似乎不願發言。棘星轉過頭，狠狠瞪著葉星。

「天族向來為星族盡心竭力，也一直嚴謹遵循戰士守則，」她自信滿滿地迎上假棘星的目光。「往後也不例外。」

棘星簡單點了一下頭，轉向虎星。虎星蹲踞在枝幹上，用威嚇的眼神緊盯著雷族族長。

「影族會永遠遵從戰士守則，無須勞煩你照看。」他厲聲喝斥。

「影族遵從戰士守則？」棘星冷笑著說。「你根本沒放逐族裡破壞戰士守則的貓，你怎麼能——」

「鴿翅已經贖罪了！」虎星提高音量打斷他的話，怒聲大吼。「不用你來告訴我該怎麼管理部族、維持紀律。影族會嚴格遵守戰士守則。」他惡狠狠地講出最後幾個字。「可以了嗎？這就是你想聽的嗎？」

「重點不在言語，」假棘星的態度平靜到令貓不安。「在於行動。也許那場突襲只是第一次，往後還會有更多攻擊。這是一場漫長的爭戰。嚴遵戰士守則會讓我們樹敵眾多，但各族都要了解，這是我們必須共同面對的問題。」

其他族長與底下集結的戰士紛紛低語，支持棘星的看法。鬃霜看著周圍的貓群，發覺許多深受喜愛、地位重要的貓都不在現場。

松鼠飛、鴉羽、蛾翅、兩名雷族巫醫……不過他們一定會回來，鬃霜向自己喊話。**反抗軍或許輸掉第一場戰鬥，但我得相信他們會贏得這場戰役。不過，我還是他們的一分子嗎？**要是他們認為我背叛他們呢？自從被任命為副族長後，鬃霜就一直沒機會溜出去找反抗軍，她很擔心他們會責怪她保護棘星。

鬃霜腦海中不斷閃過這些想法，就在這時，她注意到根躍走過空地。他們四目相交，凝望著對方。根躍看起來好難過；他眨了一下眼睛，別過頭去。

他覺得我是叛徒嗎？鬃霜忍不住疑惑，喉嚨一緊。**他們全都這麼想嗎？**

✦✦✦

大集會隔天，鬃霜把一隻烏鶇扔到新鮮獵物堆上，這時，巫醫窩裡突然傳來一聲痛苦的哀號，讓她嚇了一大跳。她飛快轉身衝過營地，穿過荊刺簾幕跑進巫醫窩。

翻爪正努力幫殼毛的腳掌敷藥，但殼毛一直閃躲，樹葉和蜘蛛絲散落一地。

「對不起！對不起！」翻爪瘋狂地喵聲說。「如果你不要動——」

「你根本不曉得自己在幹嘛！」殼毛絕望地尖叫。「愈來愈嚴重了啦！」

翻爪轉過身，鬃霜從弟弟頹喪的表情可以看出他知道殼毛說得對。

就在這時，鬃霜身後傳來一陣腳步聲。她立刻轉頭，只見火花皮推開荊刺簾幕走進來。「我的星族啊！發生什麼事啦？」那隻橘色虎斑母貓厲聲質問。

鬃霜的皮膚因憂慮而刺痛。果然是火花皮。我明白她在為松鼠飛哀悼，心情不好，但她也不必氣成這樣，好像要把所有貓的耳朵都扯下來似的！

「殼毛的腳掌在保護棘星時受傷了，」翻爪急忙解釋。「結果引發感染。我一直在敷蜘蛛絲和橡樹葉藥膏，可是情況沒有好轉！殼毛現在發燒了。」

「橡樹葉？」火花皮一臉疑惑。「那是預防感染的吧？我記得赤楊心有一次用橡樹葉治療我的傷口，感染後就改用金盞花。」

「我不曉得金盞花的功用，」翻爪呆望著她，小聲地說。「我以為橡樹葉是用來治療感染的。」

火花皮狂甩尾巴，毛全都蓬起來，身形整整大了一倍。「你根本沒受過訓練！」她大聲咆哮，怒目瞪視翻爪。「你連感染的小傷都治不好，怎麼救貓的命？」

鬃霜畏縮了一下，心裡很同情弟弟，特別是連他都不想為自己辯解的時候。翻爪垂下頭，可憐兮兮地舔了幾下胸毛。

「這樣說不公平！」鬃霜站出來為弟弟說話，氣到鬍鬚都豎直了。「翻爪是被逼的，他沒受過訓練不是他的錯。」

「抱歉，」火花皮嘆了口氣，毛髮再度恢復平滑。「妳說得對，鬃霜，這不是他的錯。」她透過荊刺簾幕看了營地一眼。「翻爪，這完全不是你的問題。跟我來。」

火花皮大步走向空地，翻爪則跟在她身後。「棘星！」她在擎天架下方停下腳步放聲大喊。「下來！我有話要跟你說。」

鬃霜從巫醫窩走出來，站在離他們幾條尾巴以外的地方，皮膚一陣刺麻，很擔心棘星的反應。翻爪看起來似乎被火花皮無禮的語氣嚇壞了。

相反的，棘星帶著近乎愉快的表情懶洋洋地跳下亂石，悠哉地走到火花皮面前。「怎麼啦？」他低聲問道。

「棘星，我們不能再這樣下去了，」火花皮喵聲說。「無論翻爪做過什麼奇怪的夢，他都沒有受過正式的巫醫訓練，少了受過訓的巫醫，部族一定會出問題。你知不知道殼毛腳掌上一個簡單的小傷口現在變成嚴重感染？翻爪缺乏經驗，族貓的生命也備受威脅！」

然而棘星只是眨眨眼睛做為回應。鬃霜猜他不清楚，也不在意。

「我知道你和赤楊心與松鴉羽意見不合，」火花皮繼續說。「但想必你一定能理解，為了雷族好，我們需要一隻真正的巫醫。至少讓亮心幫他，直到他掌握訣竅為止！你一直都是個很關心族貓的族長，」她補上一句，聲音柔和了不少。「拜託請你重新考慮一下？我以女兒的身分，而非戰士的身分懇求你。」

可是妳不是他女兒，鬃霜努力克制自己的顫抖。

「妳的看法很有意思，」棘星聽起來超然物外，絲毫不受火花皮訴諸親情的影響。「鬃霜，妳覺得呢？」

鬃霜硬著頭皮走上前；愈來愈多戰士群聚圍觀，想知道他們在吵什麼。鬃霜有種感覺，好像他們是在刻意考驗她，等著看她這個副族長犯錯。

「我懂火花皮的意思。你要我去找赤楊心還是松鴉羽？」她回答。

「時候未到。」棘星揮了一下尾巴。「沒錯，每個強大的部族背後都有一位優秀的巫醫，但還有一個因素比好醫術更重要，那就是忠誠。」

鬃霜的心猛然一沉，她知道假棘星這番言論是怎麼來的。她想起自己在他哀悼松鼠飛時告訴他的話，要他仰仗忠誠的戰士。

我指的是那些被放逐的貓，顯然他誤會我的意思了。

棘星轉身面對火花皮；火花皮警戒地看著他，似乎意識到她的呼籲有百害而無一利。「一隻尊重戰士守則的貓會永遠服從她的族長，」他用一種假裝親切、實則充滿優越感的態度對她說。「絕對不會質疑他——」

「戰士守則是星族制定的，」火花皮打斷他，頸上的毛豎了起來。「可是現在星族不見蹤影！若你放逐所有巫醫，要怎麼跟祂們聯繫？」

鬃霜看到棘星全身毛髮氣沖沖地蓬起來，琥珀色雙眼悶燃著怒火。「就是因為有妳這種貓，星族才會離棄我們！」他對著火花皮嘶吼。「不信任族長的貓！不過再也不會了。火花皮，從現在起，妳不再是雷族貓。妳被放逐了！」

火花皮驚愕地睜大眼睛，可是還來不及反應，後方就傳來一個沙啞的嗓音。「一個好戰士不會跟著族長跳下懸崖！」

鬃霜轉過身，只見灰紋從圍繞著棘星與火花皮的貓群中走出來。「一個好族長也不會要求戰士盲目愚忠，」他繼續說下去。「火星的領導方式從來不是這樣，棘星，你也不是，至少在你失去一條命之前不是。只有軟弱的族長才會不計代價要求絕對服從。只有——」

棘星伸出利爪劃過灰紋的鼻子，打斷他的話。周遭的戰士驚訝地倒抽一口氣。

灰紋立刻恢復鎮靜，挺起身子走近棘星。鬃霜完全可以想見他過去一定是個驍勇善戰的戰士。「棘星永遠不會傷害自家戰士，」他低聲喵道。「我不知道你是誰……但你絕對不是我們的族長！」

鬃霜非常訝異，這名長老居然這麼接近真相。**他果然很有智慧！**

「如果你這麼認為，」棘星厲聲喝道。「那你可以跟火花皮一起離開。」他看著周圍的貓群，補上一句。「其他不懂何謂忠誠的貓也一樣。」

花落遲疑了一下，接著走上前站在她父親灰紋旁邊，她的哥哥蜂紋立刻跟進，煤心和她的見習生雀掌也隨即加入他們。火花皮看著她的親族，默默點頭。鬃霜看到她自己的父母藤池與蕨歌互望一眼，簡單交談了幾句；藤池的腳掌動了一下，有那麼一瞬間，她好像就要踏出去了，可是又立刻打住，對鬃霜和翻爪拋了一個掛心的眼神。

我們不走，他們也不走，鬃霜明白父母的意思。**就算翻爪想走也走不了，現在族裡需要他。**

令鬃霜驚訝的是，她的妹妹竹耳走到父母面前，用鼻子蹭他們一下，加入即將離開的貓群。竹耳飛快瞥了鬃霜一眼，旋即別開目光。

這群被放逐的貓越過營地，朝荊棘隧道前進，沒有再跟棘星多說半個字。鬃霜想起虎星在大集會上說的話。再這樣下去，在森林裡遊蕩的雷族貓會比在營地裡的還多。

「走，你們這些骯髒的癬皮！」假棘星怒聲嚎叫。「全都給我滾出去，最好不要爬著回來！」他轉身看著留下來的戰士。「記住，我要求絕對忠誠，若誰知道哪隻族貓不忠……就來找我。」

他用力甩動尾巴，大搖大擺地走向亂石，爬上族長窩。

被放逐的貓群消失後，鬃霜仍望著荊棘隧道出神，看了好一陣子。剛才發生的事讓她震驚到愣在原地，她還以為自己再也不會移動了。最後，她強迫自己環顧四周，看看其他族貓，他們似乎和她一樣驚愕與惶恐。她能聞到他們的恐懼，像毒霧一樣瀰漫至整片營地。

「我去跟他談談。」她打起精神喵聲說。

鬃霜爬上擎天架，她能感覺到族貓的敵意，聽見他們嘲笑的聲音。她沒有一絲動搖，也沒有回頭看，只是直直朝族長窩入口走去。正要踏進去時，她聽到棘星正在跟某隻貓說話。

不是說話……是爭執。

「你竟敢質疑我？」他大聲咆哮。「你等著瞧！我一定會讓他們好看！我會讓他們後悔當初那樣對我……」

鬃霜放輕腳步，像在跟蹤一隻老鼠似地慢慢往前走，探頭窺視入口。只見棘星背對她站著，尾巴不停顫動，頸上的毛昂然聳立，耳朵也壓得好平。

可是裡面除了他以外沒有別的貓。

鬃霜連忙退後，忍不住全身發抖。

第十九章

影望悄悄溜進流亡貓營地邊緣的灌木叢，躲在隱蔽處。自大集會後幾乎日日風雨交加，每天都好陰暗、好沉鬱。此刻隨著夜幕降臨，雲層似乎很快就會消散，但逐漸虧缺的圓月依舊微弱蒼白，空地上幾近漆黑，沒有一絲月光。

營地裡聚集著許多貓，包含大多數影族貓、所有被放逐的貓，還有倖存下來的反抗軍。影望嗅聞貓群混雜的氣味，除了黑黑的輪廓與不時閃爍的眼睛外什麼也看不見。

虎星站在清溪邊一塊平坦的岩石上，昂起頭對貓群喊話。「我跟水塘光談過了，」他說。「也知道昨晚半月會議發生的事。水塘光，我想大家都應該聽這些消息。」

真希望當時我也在場，影望愁悶地想。他知道自己還沒復原、狀況不夠好，無法走那麼遠到月池參加巫醫會議。

「我想翻爪應該根本不知道要來開會，」水塘光坐在虎星站的那塊岩石底部，舉起腳掌說。「但隼翔和柳光都答應會告訴他們的族長，根躍不僅親眼目睹棘星的靈魂，還在各族巫醫面前召喚出一個疑似棘星幽靈的模糊形體，以及影望遊走於生死之間所見的一切。」

「那赤楊心被流放、翻爪被迫接掌巫醫職務這件事呢？」斑願問道。

「啊，對，他們也會轉達那件事，」水塘光喵聲說。「今天稍早他們來找我，告訴我他們的族長有什麼看法。」

「那很好啊，」鴉羽說。「結果呢？」

「根據隼翔與柳光的說法，」水塘光回答。「霧星和兔星都有……跟他們的副族長及最信任的戰士進行熱烈討論。」

「熱烈？」鴉羽苦笑著哼了一聲。「那有多少毛在空中飛來飛去呀？」

虎星朝鴉羽揮了一下尾巴想拍他，可是距離太遠沒有打到。「講這些廢話沒幫助。」虎星低吼。

「虎星，我來解釋吧，」水塘光立刻插話喵聲說。「霧星認為提供證據的貓都是她不太熟、無法全然信任的貓，而且沒有星族的指引，她不能無故攻擊、批評其他族長。她還是相信棘星最了解該如何喚回星族。」

「兔星呢？」鴉羽問道。

「他說根躍和影望向來都有點怪——」

「這倒是真的。」有隻貓在黑暗中低聲說。

影望不曉得該不該笑，因為兔星說的話確實有其道理；同時他也不曉得該不該對此生氣，因為他所經歷的痛苦與危險就像盤旋在新鮮獵物上的蒼蠅一樣被揮到一旁，慘遭無視。

「然後兔星說，他非常信任棘星，很少有貓能與之相比，」水塘光繼續說。「他極需星族的恩賜與協助，讓獵物重返荒原。他和霧星都會支持棘星。」

「那赤楊心和翻爪呢？」松鼠飛問道。「難道隼翔和柳光都不覺得有問題嗎？」

「他們聽到的當下極為震驚，」水塘光回答。「我認為這就是他們決定把消息告知族長的原因。只是這件事並沒有讓兔星和霧星改變主意。」

「星族在上，他們究竟要到什麼時候才能看清現實啊？」鴉羽低聲咆哮，其他貓也紛紛低語，口氣盡是沮喪和厭惡。

「這就是問題所在，」虎星喵聲說，同時舉起尾巴示意大家安靜。「河族與風族相信棘星是我們再次見到星族唯一的希望，因而看不清他的惡意。我們不可能再爭取更多盟友了。」他停頓了一下，接著再度開口。「雖然我們屬於少數的一方，但進攻的時刻到了。我們必須殺了棘星。」

「不！」影望下意識大喊。「我們怎麼可以殺他？」他繼續說，包含虎星在內的每一隻貓都轉過來看著他。「棘星不是純粹的壞貓。他不是真正的棘星，某個邪惡的東西占據了他的身體。根據根躍的說法，棘星的靈魂還在附近某個地方遊蕩。」

貓群的目光全都轉向根躍。影望希望根躍能跳出來支持他，但他只是避開他的眼神，難過地搖搖頭。

「我已經有一個滿月沒見到棘星的靈魂，」他坦承。「恐怕他……他已經消失了。」他仰起頭直視影望。「對不起，我很不想這麼說，但我不確定真正的棘星還在不在。我們可能已經錯失救他的機會了。」

影望回望著根躍，不敢相信自己的耳朵。他想奮力抗議、大聲嚎叫，喊出心中狂熱的信念：我們還有機會，還來得及把真正的棘星帶回來！

但影望還來不及吐出半個字，眼前的場景就急遽變化。熊熊焰火猛烈竄升，將他與其他貓區隔開來，吞噬了一切。他發覺他在殺死棘星的肉身前也見過同樣的異象，就是那個異象讓其他巫醫相信他領受到的異象都是真的。

在那個異象中，烈火撕裂了所有部族。這一次，影望開始隨著火舌移動，穿過森林，來到了荒原。他停下腳步，低頭看著月池。一踏上蜿蜒盤旋的小徑，周遭的焰火瞬間熄滅；他發現自己再度回到流亡貓營地，不禁大口喘息。

其他的貓似乎沒注意到這些怪事。松鼠飛跳上平坦的岩石來到虎星身邊，猛甩尾巴激烈爭論。「我的意思是，棘星真的會死，」她很堅持。「至少他的身體會。要是肉身死了，他的靈魂會怎麼樣？」

「我不知道，」虎星大聲咆哮。「我擔心的是他體內那個東西。我們得在他摧毀貓族前及時阻止，徹底消滅他。我們必須行動。我們別無選擇。」

「虎星，我懂，」松鼠飛喵聲說。「可是……拜託，請你抓他就好，不要殺他好嗎？只要把他囚禁起來，他就無法造成任何傷害，這樣我們也能有機會找到真正的棘星，讓他的靈魂與他的肉體重新合一。」松鼠飛說完垂下頭，發出一聲長嘆。

看到這隻勇敢又堅定的母貓這麼灰心喪氣，影望覺得好難受。他察覺到就連她也開始失去希望，不再堅信真正的棘星一定會回來。他內心的想望有如曝曬在綠葉季烈日下的幼苗，逐漸枯萎凋零。

「囚禁他或許是個好辦法，」獅焰同意松鼠飛。「再說，發動攻擊是正確的選擇嗎？我們真的有強到足以打敗假棘星嗎？」

「我們夠強了，」鴉羽低聲咆哮，瞇起眼睛看著兒子。「讓他嚐嚐我爪子的厲害！」

「但是，假如行動失敗，」獅焰繼續爭辯。「整個反抗軍組織都會被消滅，再也沒有貓能阻止假棘星掌控所有部族了。」

很快的，貓兒們開始扯開嗓門支持這個戰士或那個戰士；有那麼一刻，影望很擔心會議會就此瓦解，變成很多群貓在吵架。就在這個時候，虎星放聲嚎叫。

「安靜！」他用命令的語氣大喊。「行動的時候到了！除掉那個卑劣的入侵者雖然有風險，卻值得冒險。我們永遠無法確知自己夠不夠強大，但這是正確的事，就算我們可能會輸也一樣！我們是戰士！我們會怕一隻連自己的身體都沒有的貓嗎？」

「不會！不會！不會！」虎星周圍的影族貓大聲鼓譟；其他部族的貓似乎對虎星激動又熱切的演說感到訝異，同時也備受鼓舞、一同嚎叫，就連影望也被父親的言詞打動，但他心裡依舊忐忑不安，對這場攻擊懷有疑慮。

這個行動會實現我看到的異象，竄起烈火撕裂部族嗎？他不斷思索。**還是會撚熄那些火舌？**

「那大家都同意了？」喧嘩聲一平息，虎星就用比較平靜的語調繼續說。「兩個日出後，我們就發動攻擊。還有，」他瞥了松鼠飛一眼。「如果可以，我們就活捉棘星，把他囚禁起來。」

「兩個日出後。」松鼠飛點點頭，嘴裡重複虎星的話。影望看得出她眼中滿是恐懼與擔憂。

✦✦✦

影望周圍迸出熾烈的火光，可是他感覺不到熱燙。他知道自己蜷縮在巫醫窩的臥鋪裡，似乎也同時在大湖上空盤旋，五大貓族的領地在他腳下豁然開展。烈焰逐漸蔓延、蠶食部族，就像他第一次看到的那個火兆異象一樣。他可以聽見被困在大火中的貓絕望哀號、痛苦尖叫。大湖的水位下降了，彷彿有張巨大的嘴巴吸光湖水；一團蒸汽滾滾翻騰，抹去了影望的視線。

「救命啊！救命啊！」

一陣求救聲竄進影望耳裡。他僵在原地動彈不得。這個聲音很微弱，好像是從非常遙遠的地方傳來的。不知怎的，他知道這個聲音來自月池。

是……是棘星！

就在這時，影望從臥鋪中驚醒。水塘光睡在巫醫窩另一邊輕聲打鼾，一切看起來平和靜謐。然而影望明白，他有一個任務要完成。

我必須找到真正的棘星。可是靈魂究竟要怎麼找呢？

他閉上眼睛集中精神。棘星的聲音來自月池。那是什麼意思？棘星在月池嗎？一個幽靈出現在月池有什麼含義？無論棘星在哪裡，他都需要幫助。

一下心跳後，影望就知道該怎麼做了。

影望在水塘光的藥草儲藏室裡東翻西尋，終於找他需要的東西。他猶豫了一下，想起虎星和鴿翅，還有若他們知道他要做什麼會怎麼說。他望著離他好近好近的水塘光，想到其他影族貓和別族的貓，大家的處境都很危急。他下定決心，開始慢慢咀嚼吞嚥。

影望很驚訝莓果居然這麼快就發揮效用。他幾乎是一吃下肚，體內就湧起一陣熱浪，隨即喉嚨緊縮、逐漸窒息，呼吸愈來愈困難。他感覺自己往下墜，落入黑暗的漩渦之中。

影望睜開眼睛，發現自己在森林裡，身體被淡白色光團包圍，好像在薄霧做成的泡泡裡一樣。沒有其他貓的氣味和聲音，也沒有任何蛛絲馬跡能讓他判斷確切的方位。

影望很擔心自己必須長途跋涉前往月池。他在腦中想像瀑布自岩間傾瀉而下、注入水池的畫面，一轉眼，他就來到盤旋的小徑頂端。

太好了，他想。**成功了！**

他沿著小徑走到池畔，俯身凝視月池。**我的夢到底想告訴我什麼呢？**他心想。

影望蹲伏下來，閉上雙眼，用鼻子輕觸冷冽的池水。碰到水面那一刻，他又聽見那個微弱的聲音。「救命啊！救命啊！」

影望睜開眼睛，眼前的景象讓他倒抽一口氣。棘星那雙朦朧的琥珀色眼眸就漂浮在月池深處，絕望地看著他。「救命！」那個聲音再度傳來。

「我腦子裡肯定有蜜蜂才會這麼做。」影望喃喃自語，一邊起身，站在月池上方的懸岩邊緣。他不是河族貓，也知道自己不會游泳。

但我遊走在生死之間……或許我的靈魂會游泳也說不定？靈魂應該不會淹死吧？

影望鼓起勇氣，趁恐懼還沒壓倒他前縱身一躍，跳進月池。他不斷、不斷往下沉，沉入幽深的池底，除了水流的聲音外什麼也聽不見。

棘星的眼睛已然消逝，只剩下無盡的黑暗。**難道一切都是幻覺？**影望心想。**我是不是快要死了？**

就在這個時候，影望發現下方好像有什麼東西。交錯的枝椏從月池底部伸出來，藤蔓與荊刺捲鬚纏繞其間。他停不下來，一頭墜進蔓生的枝葉裡，腿和尾巴都被爬藤纏住、動彈不得。他奮力想掙脫，卻被荊棘割得遍體鱗傷。

影望陷入恐慌；儘管他現在是靈魂的形態，不需要呼吸，他還是拚命掙扎，可是愈掙扎，身體就愈沒力。他知道自己應該要繼續奮戰、努力撐下去，但他全身上下每個細胞都在吶喊，想要休息。隨著體力一點一滴流逝，他閉上眼睛，任由身軀癱軟，再也不動了。

✦✦✦

影望慢慢甦醒，發現自己已經離開冰冷的池水，躺在柔軟的東西上，糾纏的藤蔓與尖刺的荊棘都不見了。他睜開眼睛，搖搖晃晃地站起來。

放眼望去，只見周遭矗立著許多高聳的樹木，綠草披覆大地，到處都是濃密蒼鬱的蕨葉林與荊棘叢，看起來就像蟄伏在黑暗中靜待時機、準備撲向目標的動物。

影望仰起頭，眼前一片晦暗，除了錯綜的樹枝外什麼也看不見，連半點幽微的月光或星光都沒有。

這裡永遠不會有星星，一陣顫慄竄過影望全身。他知道自己在哪裡了。**這是黑暗森林……無星之地。**

他環顧四周，恐懼在他體內翻騰。樹幹上厚實的蕈類散發出蒼白到近乎病態的微光，是森林裡唯一的光線來源。空氣中瀰漫著鴉食腐敗的甜味；影望用舌頭舔舔嘴，試圖擺脫這種味道，可是沒用。

我要怎麼離開這裡？他想了一下，隨即繃緊神經。他知道自己被帶到這裡一定有原因；他必須找出這個原因究竟是什麼。

他還記得假棘星說過關於遊走在兩個世界之間的話……如果夠聰明，就能找到方法。假棘星就是這樣到湖邊的嗎？

影望開始四處探索，隨機踏上一條林間小徑。他從眼角瞥見黑影閃過，立刻轉身，但那裡什麼也沒有。遠方的回音在他耳邊迴盪，他好像能聽見流落此地的貓發出細碎的聲響，卻看不見他們的蹤影。他們感覺起來似乎遙不可及。

從前這裡一定有很多貓，影望腦海中浮現出年長戰士們講過的故事，想起第一代虎星是如何訓練黑暗森林中的貓靈與活著的貓族作戰。那場戰役奪走了許多戰士的生命，現在黑暗森林荒蕪一片，幾近廢墟。

也許不完全是。影望渾身顫抖，皮膚因害怕而刺痛。**不曉得這裡有沒有倖存者？他們在看我嗎？**他往前走了幾步，所幸沒有貓跳出來和他對峙。他逐漸恢復鎮定，慢慢平靜下來。

他穿過樹林，眼前出現一座乍看像是特別大的荊刺灌木叢，走近後才發現其實是用荊棘和富有彈性的嫩枝構築而成的小丘，上面還纏繞著濃密的藤蔓與荊刺捲鬚。

好像巢穴……會不會黑暗森林的貓就住在這裡？

影望第一個本能反應是遠離這個巢穴或樹丘。不管那是什麼，都散發出危險的氣息。後來他才意識到這或許就是他被引來這裡的原因。無論如何，他都得調查一下。

首先他保持安全距離，繞著那個神祕物體走一圈。「沒有入口，」他喃喃自語。「不可能是貓窩。」

接著他冒險走近，想透過枝椏看看裡面有沒有東西，沒想到居然瞥見粼粼波光，讓他大吃一驚。**裡面有個水池！怎麼會有貓在水池上蓋這種東西？**

影望在錯綜交織的樹枝間尋覓，可是靠近地面的縫隙太小，無法好好窺視內部的情況。他來回踱步，又繞了一圈，發現上面一點、約莫幾條尾巴遠的地方有個比較大的缺口。他往上飄，用爪子勾住缺口下方的樹枝，努力往裡頭看。

有根常春藤捲鬚擋住了他的視線，他不假思索地舉起腳掌將捲鬚撥到一旁，驚訝地發現自己能不費吹灰之力、輕鬆挪動捲鬚。

真有趣，影望把捲鬚放到附近一根突出的細枝上，心想。**看來就算處於靈魂的形態，我還是能移動物品。**

清除障礙物後，池面一覽無遺。影望倒抽一口氣，眼前的畫面實在太奇妙，讓他萬般驚嘆。從這一邊到另一邊，整片水面閃耀著無數繁星。有那麼一刻，他還以為這是倒影，映照出無雲的星夜，可是天上沒有星星，只有相互糾結、彼此交錯的幽暗枝蔭。

「那是什麼？」影望喵聲自語。「是星族嗎？」

他突然靈光一現，如果池裡閃爍的亮光真的是星族，那麼他身下的樹丘想必是一道屏障。

若真是如此……星族會不會就是因為這樣才與貓族失聯？這個小丘是貓搭建的嗎？

影望用腳掌壓壓密實的樹枝，接著繃緊肌肉、用肩膀使勁推，但樹枝一動也不動，而且那道缺口太小，他鑽不進去。他試了又試，最後宣告放棄。筋疲力盡的他將頭靠在交纏的枝椏上，透過裂口凝望著美麗的星族，就這樣看了好一陣子。「我會放祢們自由，」他保證。「我還不曉得該怎麼做，但我一定會找出辦法。」

他沿著樹丘側邊跳下來，轉身走進森林，急著想找到出路。

由於不知道該往哪個方向走，影望便任憑自己的腿隨心所欲、漫無目的在林中穿梭，同時盡量不注視那些陰影，也不去想像可能有什麼東西躲在樹上，等著撲向他。

他在蕈類透出來的黯淡光線中四處遊蕩，記不清自己徘徊了多久。這時，他隱約聽見前方傳來微弱的呼喊。他停下腳步，豎起耳朵細聽。

又是那個求救聲。現在他聽得出對方在說什麼了。「救命！救救我！」

棘星在月池那邊叫我，他激動地想。**那可能是他的聲音！**

影望毫不猶豫地循著聲音走。他先是加快腳步，最後迅速狂奔，肚子的毛掠過草地，尾巴也在身後不停擺盪。喊叫聲愈來愈大、愈來愈清晰，他終於辨識出方位了。聲音是從一棵爬滿蕈類和地衣的大橡樹傳來的，藤蔓如蹲踞的掠食者垂下尾巴般從樹枝上懸掛下來。

影望停下腳步，胸口猛烈起伏，氣喘吁吁地盯著那棵樹。起初他認為自己是要在無星的夜空下拯救某隻身陷危險的貓，但現在他的想法有些動搖，懷疑這個聲音會不會是陷阱。

棘星的靈魂怎麼會跑來這裡？他不禁納悶。

他小心翼翼地悄然前行，在幾隻狐狸遠外的地方繞著那棵樹仔細觀察，發現另一邊的樹幹上有一道很寬的裂口，不僅被交叉的十字型樹枝擋住，還塞滿了荊棘、細枝和雜七雜八的碎片殘骸。聲音就是從這裡傳出來的。

「救救我！」

我就知道，我認得出那個聲音！一陣興奮感如電流般從他的耳朵竄至爪尖。「棘星？」

「對，是我！」裂縫後方的細微嗓音瞬間流露出一絲希望。「誰在外面？」

「我是影望。你等一下，我救你出來。」

影望伸出爪子用力拉扯樹枝，可是樹枝太重，光靠他的力量無法挪動。**我需要兩名強壯的戰士！**他一邊想，一邊用爪子猛抓荊棘捲鬚，就算尖刺纏上毛皮、刺穿肉墊，他也不在乎。他費勁拽開幾根捲鬚，弄破較小的碎葉殘片，在樹幹裂口底部開出一道狹長的縫隙，努力往裡頭看，一隻拱著背的虎斑貓身影和一雙閃耀的琥珀色明眸就在眼前。

「棘星，真的是你！」影望失聲驚呼。「你可以從這裡鑽出來嗎？那些樹枝太重了，我搬不動。」

「我試試看。」

影望看著棘星的靈魂努力擠過狹窄的隙縫，不禁想起他生前身形有多龐大、體格有多健壯，懷疑這個辦法可能行不通。然而不知怎的，棘星順利地鑽出樹幹，躺下來大口喘息。

「謝謝你，影望，」他好不容易擠出幾個字，上氣不接下氣。「我還以為自己永遠出不去了。我沒什麼力氣，移不開那些東西，而且一天比一天更虛弱。」

「你怎麼會困在那裡？」影望急切地追問。「是哪隻貓——」

影望猛然打住，他感覺到自己的腿毫無預警地開始顫抖，接著失去平衡，癱倒在地。幾個聲音從遙遠的地方傳來，在他耳邊不斷迴盪。

「水塘光！快想想辦法！」

「我去拿蓍草。」

「怎麼了？」棘星連忙站起來跑到影望身旁，焦急地問道。

影望試著回答，可是他的胃一陣痙攣，苦澀的膽汁湧上喉嚨。黑暗森林的樹木在他周圍逐漸消逝，他隱約看見身旁有幾個模糊的輪廓，好像有很多貓俯身望著他。

「我……快醒過來了！」他喘著氣說。

「帶我回去！」棘星急切地喵聲道。「我可以——」

影望的呼吸吞沒了棘星的話。他睜開眼睛，發現自己伸開四肢側躺在巫醫窩裡，旁邊還有一灘帶著鮮紅色斑點的嘔吐物，是他吃下去的死莓殘渣。

「影望，你做了什麼？」他聽見父親哀聲嚎叫。

影望費了好大的力氣才坐起來，內心萬般沮喪。就在他即將得知是誰奪走棘星的肉身之際，他就被迫拋下棘星的靈魂，重返生者的世界；不過他很慶幸自己能順利回家。即便此刻身處安全之地，遠離陰鬱幽晦的黑暗森林，他依舊能聞到腐爛蕈類的惡臭。

他眨眨眼，看見水塘光蹲伏在他身邊，爪間抓著一片蓍草葉，虎星則緊盯著他，眼中滿是驚惶。

「沒事，」影望安慰父親。他的喉嚨好痛，聲音好沙啞。「我很清楚自己在做什麼。我知道星族與我們失聯的原因了。」

第二十章

根躍蹲伏在拱形蕨葉叢下方，距離雷族邊界只有幾條尾巴遠。他昂起頭、張開嘴，嚐嚐空氣中有沒有雷族貓剛留下的氣味。只要他待在這裡不要越界，就算被發現，應該也不會有麻煩才對。

只是有點難解釋我在這裡幹嘛。還是不要被雷族的貓看到比較好。

根躍在蕨葉叢下蹲了很久，腿開始僵硬疼痛；他知道這種情況下很難迅速逃跑、閃避敵族。雖然很想站起來舒展筋骨，他還是強迫自己躲好，靜靜等待鬃霜。

他等啊等，開始懷疑究竟會不會有雷族戰士經過。終於，邊界彼端高聳的草叢往兩側分開，一隻貓映入眼簾，沿著邊界前進。是假棘星。不是他想看到的貓。

根躍緊張地望著那隻深色虎斑公貓，注意到他的毛髮非常黯淡、毫無光澤，好像已經一個月沒梳洗了。等到假棘星走出視線，氣味也開始消失，他才放鬆下來。

他要去哪裡？根躍想了一下，接著甩甩身子，將這個問題拋諸腦後。**現在還不是對付棘星的時候，要等葉星和虎星同意才行。我來這裡不是要找他。**

一確定雷族族長離開，根躍就悄悄靠近邊界，在雷族領地上搜尋鬃霜的蹤跡。他發現她迂迴而行，穿過老樹叢，錢鼠鬚和冬青叢則跟在她身後。他們叼著獵物，顯然是一支狩獵隊；根躍聞到獵物的氣味，忍不住流口水。

鬃霜在離邊界只有兩隻狐狸遠的地方停下，扔下嘴裡的田鼠。三隻貓看起來非常不安；根躍距離太遠，聽不見鬃霜說什麼，但她似乎在對另外兩名年長的戰士下指令。

由於錢鼠鬚和冬青叢都背對著根躍，因此他冒著風險站起來，走近幾步，同時蓬起毛髮，讓身形變大一點好引起鬃霜注意。

快點，鬃霜！快看我！

鬃霜的目光終於落在他身上。她微微睜大眼睛，根躍用尾巴示意，要她到附近的樹上見面，然而鬃霜只是別開眼神，看著另外兩位雷族戰士。讓根躍感到安慰的是，她並沒有要他離開。

現在根躍已經來到聽力所及的範圍，所以鬃霜和其他貓說什麼，他聽得一清二楚。

「今天狩獵成果豐碩，」鬃霜喵聲說。「你們可以把獵物帶回營地了。」

「妳不跟我們一起回去嗎？」冬青叢的語氣有點冷淡。

鬃霜搖搖頭。「我突然想起翻爪要我帶幾根帶葉的山蘿蔔回去，我去找一下。」

「好吧，」錢鼠鬚與冬青叢互瞄一眼。「我們營地見。」

他和冬青叢把獵物收集好，連同鬃霜的田鼠一起帶上，朝雷族營地的方向前進。鬃霜站在那裡看著他們，直到兩貓的身影消失在灌木叢裡。

與此同時，根躍盡可能放輕腳步，偷偷摸摸走向附近那棵樹。他跳到最低的枝幹上，帶著緊張的心情躲在葉蔭中等待，看鬃霜會不會來。

過沒多久，他聽見她伸出爪子爬上樹幹、攀上樹枝，來到他身旁，努力讓樹枝在他們倆的重量下保持平衡。

「蜜蜂飛進你腦子裡了是不是？居然敢這樣出現？」她氣急敗壞地說。「要是棘星出來散步看到你……」

「喔，對，說到這個，」根躍喵聲回答。「他要去哪裡啊？」

「我不知道，」鬃霜煩躁地抽動鬍鬚。「也不曉得他在做什麼。我——」

「沒關係，他不重要，」根躍打斷她的話。「我關心的是妳。除了松鼠飛外，好像所有貓都認為妳是叛徒。」他猶豫了一下，決定問鬃霜一個問題，這個問題自反抗軍會議後就一直在他腦中盤旋不去。**雖然我很怕聽到她的回答，但我還是要問。**「妳有沒有出賣我們？」

「我才沒有！」鬃霜發出憤怒的嘶嘶聲，嚴正反駁。「老實說，根躍，我答應過松鼠飛會保護棘星的身體，所以才沒有幫忙攻擊他。我還是站在你們這邊。我只是試著從雷族內部著手，蒐集情報。我從來都沒有要求他任命我為副族長，可是我想，若有隻貓跟他很親近、在他身邊臥底，要打敗這隻臭癬皮會更容易。」

根躍相信鬃霜說的每一句話、每一個字，但他猜很多貓會持相反的看法。他們可能認為她要是會背叛棘星，也會背叛反抗軍。根躍不曉得該說什麼，兩貓陷入漫長又尷尬的沉默。最後他移動腳步，靠近鬃霜。「所以妳沒有背叛貓族？」

「當然沒有！」鬃霜厲聲怒斥。「我覺得很受傷，沒想到我在你心裡是這樣的貓。愚弄假棘星沒那麼難。我以為你很了解我，我絕對不會把你想成那樣，認為你是壞貓……」

根躍的胃一沉，彷彿直直墜到地上，可是心情又非常雀躍，好像飛上天一樣。**她還是站在我們這邊！**

「很抱歉懷疑妳，」他喵聲說。「可是一想到妳可能背叛我和其他貓，我真的不知道該做何感想。我大概是因為太喜歡妳，所以才這麼生氣。」

「你喜歡我？即便是……」鬃霜睜大眼睛，聲音愈來愈小。

根躍的身體有如著火般一陣熱燙，覺得好難為情，但他還是勇敢迎上鬃霜驟然軟化的目光。「我沒辦法克制自己的心。」他喃喃低語。

「你知道我們永遠不可能在一起，對吧？」鬃霜的聲音好溫柔，可是聽在根躍耳裡卻響亮到不可思議。「貓族之所以會落入當前這種可怕的處境，就是因為違反戰士守則。戰士守則不允許異族貓在一起。」

「嗯，我知道，所以我絕對不會……」根躍赫然意識到鬃霜言語背後的含義，尚未出口的話就像曝曬在綠葉季豔陽下的水窪般逐漸乾涸。「妳是說妳……妳也喜歡我？」他不假思索地探詢，努力強迫自己吐出每一個字。他一定要問清楚。

鬃霜沒有回答，只是低下頭尷尬地舔了幾下胸毛。「對……沒錯，我對你有好感，」最後她終於承認。「可是我們又能怎樣？什麼也不能做。」她閉上眼睛，看起來很痛苦。「我們之間是不可能的。」

根躍自胸膛深處發出一聲嘆息。**我知道她是對的，但親耳聽見她這麼說真的很難受。**

雖然這個念頭在他腦海中沉澱下來，胃裡的糾結感卻不斷告訴他，他不喜歡這種

「不得不接受」的無奈。他搖搖頭甩開痛苦的思緒，轉移話題：「我們還有更重要的事情要擔心。虎星明天就會對雷族發動攻擊了。」

「明天？我沒想到會這麼快。」鬃霜猛地倒抽一口氣，看著根躍。

「虎星覺得愈快愈好，」根躍說。「妳必須保護假棘星的身體，我們不能讓他的肉身毀滅，否則真正的棘星可能永遠回不來了。」

「注意假棘星對我來說不是問題，」鬃霜苦著一張臉喵聲說。「不知道為什麼，他現在好像很喜歡有我在身邊。」她的聲音滿是愁悶。「要是這場衝突能快點結束就好了，」她嘆了口氣。「希望貓族可以早日恢復正常的生活，為了領地吵嘴，而非為了戰士守則的意義爭執不休。」

「嗯，一旦問題解決，一切都會不一樣，一定會變得更好。」根躍點點頭。

「怎麼更好？」鬃霜頓了一下，歪著頭看著他。「你是說，也許戰士守則會更寬鬆，現在不可能的事也會……變得可能？」

其實根躍不是那個意思，但他不打算戳破。他明白鬃霜是在談論他們的未來，很想知道她接下來會怎麼說。「如果真的是那樣呢？」他滿懷希望地問道。

「如果我們倆都能熬過這場戰鬥、倖存下來，或許我們就可以在一起了。」她說。

「對啊！或許可以！」根躍急切地回答。

可是他看到鬃霜眼裡盈滿悲傷，彷彿在她自信樂觀的外表下、在她的內心深處，知道事情沒那麼簡單。根躍也知道。他俯身向前靠近鬃霜，用頭蹭蹭她的肩膀；兩隻貓就這樣肩並著肩、靜靜坐在枝幹上，此時無聲勝有聲。根躍可以感受到鬃霜的毛皮緊挨著他，他沐浴在溫暖裡，意識到他們或許沒有未來，但這一刻，他們在一起。這樣就夠了。

✦✦✦

根躍回到天族營地，從新鮮的獵物堆裡選了一隻老鼠。就在這個時候，他發現花心和蕁水花從蕨葉隧道中現身，後面還跟著假棘星。他好奇地看著他們朝葉星的窩走去。

「葉星！有訪客來了。」花心叫道。

葉星從族長窩裡探出頭來；一看到假棘星，她就立刻豎起耳朵。「你們是在哪裡發現他的？」她走進空地問道。「希望不是在我們的領地上。」

「他沿著邊界走，」蕁水花回答。「他說要跟妳談談。」

根躍狼吞虎嚥地吃掉老鼠，慢慢靠近空地，想聽聽到底出了什麼事。兩位族長對峙之時，天族戰士們也紛紛走來、聚在一起，露出警戒卻不帶威脅的神情。

「有何貴幹？」葉星問道。

「我聽到一些謠言，說虎星好像打算攻擊雷族，」棘星回答。「妳知道這件事嗎？」

根躍頓時陷入恐慌，一顆心怦怦狂跳，猜想會不會是鬃霜背叛反抗軍，把他剛才說的消息告訴棘星？**不，不可能**，他安慰自己。**我相信她，況且她也沒時間找棘星跟他說**

這件事。

「我什麼也沒聽說。」葉星簡短回答。

棘星凝視著她，看了好一陣子，似乎在尋找說謊的跡象。「我們不必擔心，」他終於點點頭表示。「因為影族是不可能與雷族、河族、風族與天族團結起來的力量抗衡，對吧？若影族很快就會發動攻擊……我們還有點時間給他們驚喜。」

周圍的戰士群發出懷疑與訝異的低語。棘星睜大眼睛，轉身瞪著他們，看起來非常震驚。根躍心想，不曉得其他貓看不看得出來這個冒牌貨在裝模作樣。

「葉星，假如與影族開戰，妳的戰士會支持我，對吧？」棘星問道。「天族一點也不同情那些違逆戰士守則的貓，對吧？」

他再度轉頭望著天族戰士群，就在這瞬間，他發現了鳶撓的身影。**這次他的嘴巴張開了，想必是真的很驚訝**，根躍暗自忖度。

「這隻貓也有攻擊我，」他喵聲指責。「為什麼沒被放逐？」

幾隻天族貓提高音量表示抗議，棘星卻對他們置之不理。「看看他！」他大聲嚎叫。「他肩膀的毛脫落，一隻耳朵撕裂，側身還有一道深深的傷口。妳覺得他這些傷是怎麼來的？」

「我……我是跟貓頭鷹搏鬥。」那隻紅褐色公貓低聲咕噥，刻意避開棘星的眼神，棘星則一直狠瞪著他。

「鳶撓，是真的嗎？」葉星神色嚴厲地質問。

鳶撓沉默了好幾下心跳，無助地望著葉星，接著搖搖頭。「我的確和其他貓一起攻擊棘星。可是我——」

「夠了！」棘星怒聲咆哮，肩膀的毛昂然豎起。他伸出利爪，帶著威嚇的眼神走向鳶撓。

葉星立刻上前用尾巴擋住棘星。「鳶撓，你知道該怎麼做。」她喵聲道。

起先鳶撓看起來很困惑，眼神不斷在族長與假棘星之間飄移，接著恍然大悟。他垂下頭，拖著尾巴慢慢轉身，一臉淒慘地走出營地。

微雲追了上去。她跑了一小段路，停下來轉身大喊：「不公平！」

震驚與沮喪的嚎叫此起彼落，支持這隻白色母貓發難。根躍望著葉星，不敢相信她居然這麼輕易讓步，屈服在棘星之下。

「妳要讓別族族長在我們的營地裡發號施令嗎？」雀皮問道。

「對啊，他以為他是誰啊？」馬蓋先附和。

葉星無視族貓的抗議，只是揮揮尾巴示意大家安靜。喧鬧的喊叫聲逐漸平息。

「葉星，妳會支持我對吧？」假棘星又問了一次。「只要我們聯手，一定能把影族殺得措手不及。」

「棘星，你應該知道我的立場，」葉星看著他的眼睛，語氣非常平靜。「我很重視部族的榮譽。」

棘星簡單點頭，似乎很滿意這個答案。「那我們就在拂曉時進攻。」葉星一點頭表示同意，他就轉身大步走出營地。

棘星離開後，根躍感覺到空氣中瀰漫著緊張的氣息。大家都不願直視葉星，卻也不想移動腳步繼續完成該做的事，履行自己的職責。

「棘星失控了，」副族長鷹翅屈伸著爪子喵聲說。「到處耀武揚威，好像他是所有貓族的族長一樣。」

「你說得沒錯，鷹翅，」葉星同意他的看法。「去追鳶撓，叫他回來。注意棘星是不是還在附近，小心別被他看到。」

「好耶！」根躍小聲嘶吼，族貓們也紛紛低語表示贊同。

聽到族長的命令，鷹翅眼中頓時綻出安心的光芒。「葉星，我馬上去！」說完他便蹦蹦跳跳地越過營地，衝進蕨葉隧道。

葉星望著鷹翅的背影，再度對族貓喊話。「我的戰士我自己管，不容他族族長置喙。」她一邊用堅定的語氣低吼，一邊甩甩尾巴，示意貓群靠近一點。「天族明天也會赴戰，但是會站在影族和反抗軍那一方。我們必須立刻警告他們才行。」

「葉星！葉星！」天族戰士們爆出熱烈歡呼，與先前的抗議截然不同。

「我一直試著遠離這場衝突，」葉星繼續說。「如今我不會再猶豫了。過去我們和虎星之間有點齟齬，可是關於假雷族族長與貓族當前的問題，他的看法是對的。現在我必須選邊站，」她做出結論。「該阻止棘星了！」

第二十一章

清晨的濃霧籠罩著湖面，雷族的貓沿著湖岸前行，越過邊界，進入天族領地。冰冷的水珠浸透鬃霜的毛皮，讓她忍不住打了一個寒顫。身為副族長的她走在貓群前方，與假棘星並肩同行。她能感覺到族貓們憤恨的目光，心裡甚是不安。

她不願參與這場戰役，每往影族營地踏一步，她的抗拒感就越強。昨天與根躍談過後，鬃霜才明白所有貓都認為她願意、甚至樂意聽從棘星的命令，迫不及待發動攻擊。棘星怎麼會知道影族打算有所行動？他似乎早在她得到消息前就知道了。鬃霜很清楚，反抗軍肯定會覺得是她通風報信。她斜眼瞅著假棘星。他有什麼神祕的情報來源嗎？或許是某一隻反抗軍也說不定？

他們一定都認為我是叛徒……星族啊，開戰後我到底該怎麼做？她並沒有忘記自己答應要保護棘星的肉身。

雷族貓群逐漸接近影族邊界；鬃霜聽見後方傳來許多腳步聲，而且移動的速度極快。她的肌肉緊張到發僵，好不容易轉過身，以為會有貓從背後偷襲，結果卻看見霧星和兔星的身影從霧中隱現，各自領著部族戰士走來。

鬃霜喘了一口氣，身心瞬間放鬆。**感謝星族！是河族與風族。一定是濃霧掩蓋了他們的氣味。**

霧星與兔星來到隊伍前方加入棘星，鬃霜趁機退到幾條尾巴外的距離。她本來希望遠離假棘星後感覺會好一點，可是心中那股不祥的預感卻愈來愈強烈。

等到攻擊部隊抵達影族邊界，緊張情勢也來到最高點。鬃霜覺得自己好像就快要爆炸了。

雷族應該是一支高尚、正直又可敬的部族，她難過地想。**這就是我們的精神和風骨！現在我們卻準備襲擊別的貓族，而且對方根本沒傷害我們……**

棘星帶著大軍在天族邊境停下腳步，掃視一下貓群。

「沒有天族的貓，我明白了，」他喃喃地說。「葉星背叛我，我想改天得好好懲罰她一下。即便如此，我們還是占上風。」他用尾巴示意另外兩位族長部署戰力，從四面八方攻擊影族營地。「那些骯髒的癬皮無處可逃。」他低聲咆哮。

在棘星的指揮下，雷族、風族與河族的戰士越過邊界、穿過樹林，一邊行進一邊散開，形成一個鬆散的半圓，朝影族營地走去。朦朧的霧靄逐漸消散，一道灰色的晨光灑落、照亮森林，他們已經接近山谷周圍的灌木叢屏障了。

三個部族悄悄走上斜坡，穿越灌木叢，幾乎包圍了整座營地。鬃霜猜想，除了黎明巡邏隊準備出發外，影族貓應該還在酣睡。

可是她錯了。俯視山谷那瞬間，她的胃一陣痙攣。只見虎星站在營地中央，所有影族戰士都簇擁在他身邊，肩膀的毛高高豎起，眼裡閃著憤怒的火光。

有貓提前警告他們！

虎星抬頭挺胸踏出戰士群，直直走向棘星，棘星則大步走下山坡，來到營地邊緣。

「這是怎麼回事？」虎星質問道。

棘星似乎太過震驚，愣了一下，隨即恢復正常。「星族顯然離棄了貓族，」他厲聲低吼。「離棄所有打破戰士守則的貓，尤其是影族貓，只有你們反抗我的命令。」

「你憑什麼命令其他部族？」虎星對棘星的回答嗤之以鼻。他瞇起眼睛，冷冷望著周圍那些入侵者。「所以這三族聯盟是想驅趕所有影族貓好取悅戰士祖靈嗎？」

「沒錯。」假棘星的語氣平靜又充滿自信，讓鬃霜不寒而慄。

「我哪都不去，影族也一樣，」虎星不以為然地喵聲道。「如果你和另外兩位族長真的想用這次攻擊使星族蒙羞，好，儘管來，只不過在這場戰鬥中喪命的雷族、風族或河族戰士都會白白犧牲，你心知肚明。」

鬃霜發現部分族貓在虎星說話時不安地來回踱步，似乎在思考他話中的含義。她繃緊肌肉，爪子深深刺進土壤裡。衝突一觸即發，雙方隨時可能陷入酣戰。

兩名族長鼓起肌肉、露出尖牙互相對峙，僵持不下。這時，一股新的氣味竄進鬃霜鼻子裡，她聽見影族營地外傳來許多貓爬上斜坡的腳步聲。幾下心跳後，天族戰士就出現了。他們越過灌木叢，穿過環繞四周的三族聯盟戰士，進入影族營地。葉星走在最前面，她在虎星和棘星身旁停下腳步，對他們冷淡點頭。

「遲到總比沒到好。」棘星抱怨了幾句。

影族戰士們警戒地盯著天族貓群；鬃霜從他們瞪大的眼睛和抽動的尾巴看得出來，他們非常焦慮。葉星怎麼會決定支持棘星？**我還以為她站在反抗軍那邊！現在是四打一，**她在心裡暗暗呻吟。**影族完蛋了。**

「你們好，」葉星看看棘星，又看看虎星，爽快地說。「看來你們沒希望言和了。」

「完全沒有。」棘星的音色渾厚圓滑，幾近呼嚕。愈來愈多戰士站在他這邊，讓他非常得意。

「我希望妳滿意這個決定。」虎星直視著葉星喵聲道。

「非常滿意，」葉星回答，接著轉向三族聯盟，讓鬃霜大吃一驚。「行動！」她放聲咆哮。

天族戰士立刻轉身衝向三族聯盟。雷族、河族與風族的戰士都被突如其來的轉折嚇了一跳，僵在原地動也不動，傻傻看著那些原以為是盟友的貓齜牙咧嘴、出爪撲來。

一定是葉星警告虎星！鬃霜一陣狂喜。**她真的相信我們！影族不是孤軍奮戰！**

鬃霜旋即捲入戰鬥，一心只想著該如何保護自己。她不想傷害任何一隻貓，但她必須讓她的族貓相信她仍忠於棘星。她必須確保他的肉身安全。

影族戰士們跟著天族一起行動，營地上到處都是激烈廝殺、尖聲大吼的貓。鬃霜往後退向樹叢，途中不只一次差點被別的貓重壓在地，或是感覺某隻利爪劃過身體。

她試圖閃避露躍，可是鼠鬚直衝向他，讓他往後踉蹌幾步、重心不穩，跌在鬃霜身上。鬃霜的腿猛力一折，強烈的痛楚隨之湧現。她瞬間倒地，鼠鬚和露躍就壓在上頭激烈搏鬥。她的臉緊貼在地上，無法呼吸。

鬃霜很怕她的腿會被兩名戰士壓碎。她試著扭動身子逃開，但無論怎麼使勁、怎麼努力都沒用，只能無助地搖著尾巴。

「鬃霜！幫我壓住他！」鼠鬚大叫。

我就被壓住了啊！鬃霜拚命想從那隻健壯的灰色公貓身下起來，卻徒勞無功。儘管很痛、很不舒服，她還是忍不住鬆了一口氣。不管怎麼努力，她就是沒辦法幫鼠鬚，可是他不會因而懷疑她是在逃避這場爭鬥。

最後，兩隻扭打在一起的貓終於滾到旁邊，鬃霜搖搖晃晃地站起來，甩掉身上的塵土和碎屑。她環顧四周，發現有些風族與河族的祕密反抗軍也和她一樣盡可能不參與戰鬥，或是在保護受傷的族貓時不出爪，只用腳掌攻擊。

鬃霜慢慢走向樹叢隱蔽處。就在這個時候，她看到棘星奮力擊退其他貓，穿過激戰的戰士群，雙眼冒著怒火，邁開大步走向葉星。

「叛徒！」他放聲大吼。「妳以為妳逃得掉嗎？」

葉星踩住暴雲的肩膀，將他壓制在地。「唯一的叛徒就是你，棘星！」她怒聲嚎叫。「看看你的惡行，你背叛了星族！」

棘星對葉蔭與殼毛甩了一下尾巴。「攻擊那隻背信棄義的癬皮！」他厲聲下令，轉轉耳朵指向天族族長。

可是葉蔭與殼毛並沒有回應棘星的傳喚，反倒集中注意力盯著兩隻朝他們潛行而來的影族戰士。鬃霜認為他們絕對有聽到族長的號令，只是拒絕服從罷了。

「你們違反戰士守則！」棘星氣沖沖地咆哮。「我要你們應戰，你們必須聽從族長的命令！」

棘星發出一聲挫敗的低吼，繃起肌肉往前撲，鬃霜不確定他是要攻擊葉星還是自家的戰士；與此同時，虎星從扭打的貓群中殺出一條血路。他的胸口劇烈起伏，單肩淌著鮮血，帶著充滿挑戰的眼神迎上棘星的目光。

鬃霜全身上下每個細胞都因恐懼而刺痛。看著棘星走向虎星，周圍的一切似乎慢了下來。

「這個充滿背叛與恥辱的時代將會以你落敗告終，」假棘星低吼。「一旦你被廢黜，事情就會重回正軌。」

兩名族長一步步逼近對方。**我該怎麼做？**鬃霜無助地想。**我答應過松鼠飛會看好棘星的身體。我是不是應該跳出來和虎星對戰，保護假棘星？**

就在這個時候，一道道模糊的身影與利爪光芒閃過，兩名族長還沒碰到彼此，就有更多貓飛跳出來擋在他們中間。

「被放逐的貓！」鬃霜倒抽了一口氣。

獅焰和松鼠飛立刻奔赴戰場，嫩枝杈和鰭躍則緊跟在後。鬃霜瞥見鴉羽帶著一大群貓戰士前來支援，遮蔽了她的視線。就連莓鼻也在；他奮勇擊退貓群，來到棘星剛才站的地方，但棘星早已不見蹤影。

他還來不及找到族長，褐皮就出現在他面前。那隻影族母貓遲疑了一下，似乎不太確定莓鼻究竟站在哪一邊。說時遲那時快，莓鼻伸出爪子朝她一揮，她迅速壓低身子，攫住他的喉嚨和腹部。莓鼻尖叫一聲，倒在地上拚命掙扎。

摺倒莓鼻後，褐皮立刻轉身加入錢鼠鬚與鷹翅之間的戰鬥。鬃霜嚇壞了，急忙跳下山坡想幫助莓鼻，但扭打的戰士們截斷了她的去路。她卡在混戰的貓群中進退兩難，不曉得該怎麼辦。

這時，眼前出現一道空隙；只見獅焰和兔星翻來覆去、猛烈打鬥，爪子深深刺進對方身體，八條腿纏絞在一起，逼得鬃霜不得不深吸一口氣往後退。他們倆在鬃霜面前彈開，狠狠揮舞利爪，發出憤怒的吼聲。

有那麼一刻，兩隻貓看似勢均力敵，可是獅焰非常強壯、精力充沛，兔星早已戰到疲憊不堪。他猛地撲向獅焰，奮力一擊，卻偏了一隻老鼠的距離，沒打中那隻金色虎斑戰士。獅焰敏捷地滑到一邊，跳到兔星背上；兔星立刻直起後腿，獅焰卻用腳緊勾住他的脖子不放，伸出尖爪對準他的喉嚨。

「不！住手！」鬃霜失聲驚呼。

就算獅焰聽到她的叫喊也來不及了。他的爪子劃破兔星的毛皮，割開喉嚨，鮮紅色的血汩汩湧出。兔星大口喘息、發出嗆到的聲音，接著癱倒在地抽搐了幾下，眼神漸趨呆滯，躺在那裡一動也不動。

兔星倒下時，獅焰立刻跳開。他站在那裡盯著屍體，撕裂兔星脖子的那隻腳掌沾滿血跡。鬃霜覺得他看起來非常震懾，不敢相信自己居然殺了風族族長。

愈來愈多貓察覺到情況不對，沉默就像石頭扔進水池激起的漣漪，在兔星的屍首周圍蔓延開來。戰鬥逐漸平息，先前不斷互相抓咬的戰士紛紛走到死去的兔星身邊，肩並肩站在一起，空氣中雜揉著深沉的悲傷與恐懼。

「住手！」鴉羽的叫聲傳來。「兔星死了。」其餘貓群聽聞立刻收爪，轉身凝望著風族族長的屍體。

「一位族長死了，」鷹翅低聲說。「他會永遠離開嗎？」

鬃霜好希望有貓能回答這個問題。如今棘星的靈魂還在外面遊蕩，沒有回到身體裡，他們意識到，自從星族消失後，族長不會像過去那樣失去一條命，接著再度重生、返回貓族。如果星族真的離棄了他們，兔星就不會回來了。

那風族怎麼辦？

這時，周遭突然掀起一陣騷動。只見夜雲奮力擠過貓群，來到死去的族長身邊，仰著頭發出悲慟的哀號。風族戰士們將獅焰推到一旁，圍著兔星形成一個圈，跟著夜雲一同哀悼。獅焰臉色慘白，看起來好害怕、好愧疚。

「拜託，」鬃霜聽見呼鬚輕聲低語。「快點回來！」

沉重的靜默隨之降臨。鬃霜滿懷憂懼地看著兔星；過沒多久，一陣如漣漪般的震顫竄過兔星的身體，他抬起頭，驚慌地大口喘氣。在場所有貓，無論分屬哪個部族，全都發出震驚與放心的低語。

「怎……怎麼回事？」兔星搖搖晃晃地站起來，眼中閃爍著驚恐。他的目光落在前副族長鴉羽身上，立刻走過去緊挨著他，好像他們之間從未有過衝突，過去那些尖刻的言語和放逐的威脅瞬間消失，前嫌盡釋。

「鴉羽，真的是你？」兔星問道。

「對，是我。你重返貓族了。」鴉羽向他保證。「你從星族那裡回來了。」

兔星環顧四周，戰士們露出殷殷期盼的表情，等他說自己確實晉見了星族。兔星顫抖著舉起腳掌摸摸喉嚨，獅焰撕裂的傷口已經癒合了。他搖搖頭，打了一個哆嗦。

「我在星族的狩獵場，」他啞著嗓子說。「可是我只聽見失真變調的聲音，看到的影像也很朦朧，說是一片模糊也不為過。我們的戰士祖靈還在那裡，感覺祂們好像逐漸衰微、墮入虛無……」

鬃霜左顧右盼，尋找棘星的身影，其他戰士也跟她一樣東張西望。過沒多久，她就發現棘星站在荊棘叢陰影處緊盯著兔星，琥珀色眼眸滿是憤怒與懷疑，顯然一點都不希望他復活。

「你從星族回來後可不是這麼說的，」鴉羽詰問棘星。「你說你跟祂們談過了。」

棘星甩甩身體，挺起胸膛，擺出一貫的傲慢神態。「不准這樣質疑我，」他一邊大步向前，一邊發出嘶嘶聲，近距離逼視鴉羽，鼻子都快貼到對方鼻子上了。「你又不在現場！我確實跟星族談過了。你們就是導致祂們衰亡的肇因。你們都不聽我的，事情自然每況愈下。不然呢？兔星不過是另一隻違逆戰士守則的貓，星族說不定將他拒之門外呢。」

恢復元氣的兔星走向棘星，用尾巴示意鴉羽後退一步。「我不是騙子，也沒有違反戰士守則。」他低聲咆哮。

「這裡唯一的騙子是你。你不是棘星。你強占了他的身體。真正的棘星不可能做出這些事。」

虎星的聲音從後方傳來，棘星立刻轉身。鬃霜發現許多貓紛紛集結，圍在虎星身邊，而且不光是影族，還有天族和一小群河族貓，甚至幾隻風族戰士也走向他，兔星從死裡復活讓他們改變了想法。

假棘星也注意到了。「我真不敢相信！」他激憤地大吼。「你們真的要站在一個窩藏戰士守則破壞者的族長那邊？難道你們不想再見到星族嗎？」

沒有貓回答。看到貓群眼中燃著怒火、瞪視棘星，鬃霜不禁全身發抖。

「好，你們毀了自己的機會！」假棘星用恫嚇的語氣大聲咆哮。「等我成功喚回星族，你們會受到比現在更嚴重的懲罰！」

「無論祂們衰亡與否，我現在就送你去星族！」虎星往前一步厲聲喝道。

他毫無預警地撲向假棘星，兩名族長就這樣倒在地上滾了一圈，雙方激烈纏鬥、毛球漫天飛舞。鬃霜站在一旁驚恐地望著這場搏戰。**虎星會殺了他！我應該要保護他，但我一定會被撕成碎片！**

圍觀的貓群慢慢退後，騰出空間給兩名決鬥的族長，看著他們互相撕咬對方。起初他們因為震驚而陷入沉默，隨後開始吶喊助陣，鼓譟聲愈來愈響。

「虎星！虎星！」

聽到貓群發出嚎叫、呼喊敵方的名字，讓棘星大為光火。憤怒似乎給了他額外的力量。他伸出兩隻前爪朝虎星猛揮，年輕的戰士們都嚇了一跳。虎星還來不及反應，棘星就把他撂倒在地，朝他的腹部割下一道傷口。虎星奮力掙扎，好不容易逼退棘星，跳了起來，用前爪猛打棘星的耳朵；棘星趁機衝撞虎星脆弱的腹部，迫使他再次倒地。棘星站在他身旁，雙眼閃閃發光。

鬃霜的胃一陣翻騰。她驚懼地望著棘星舉起一隻血淋淋的腳掌，伸出利爪，準備將虎星送往星族。

可是假棘星始終沒有發動攻擊。他愣在原地，眼神直盯著鬃霜後方。她轉身查看，只見貓群紛紛退開，讓松鼠飛走到前面。

「妳是……妳還活著？」棘星哽咽地說。

正當棘星分心的時候，虎星悄悄撐起身體，從他身下爬出來。他一躍而起，揮舞爪子劃過棘星頸側，滲出滴滴血珠。棘星直起後腿，笨拙地朝虎星撲去。虎星輕鬆閃避，用頭狠撞假棘星側身。棘星四腳一癱，跌落在地。

有好幾下心跳的時間，虎星只是站在那裡靜靜看著鮮血從棘星的傷口流淌下來，積聚成血泊。他踏出一隻前掌重重踩住假棘星的脖子，接著舉起另一隻，準備使出致命一擊。

「不！」鬃霜失聲驚叫，本能地衝到棘星身邊。

「不，別殺他，」松鼠飛搶先鬃霜一步，對虎星喵聲說。「我們講好了，記得嗎？我們需要他。如果棘星的身體在他的靈魂回來前死亡，誰知道會發生什麼事？棘星可能會永遠離開這個世界！」

虎星低頭看著落敗的假棘星，只見他雙眼緊閉、氣若游絲，胸口無力地起伏。虎星目光炯炯，依舊帶著戰鬥的眼神，有那麼一瞬間，鬃霜真的不曉得他會怎麼做。

「我不會殺了他的肉身，」虎星終於點頭答應。「但也不打算讓他自由走動。」

「沒錯，」松鼠飛連忙同意。「我們把他囚禁起來，等他醒了再盤問他，釐清事情的來龍去脈。」

虎星恭敬地對松鼠飛點個頭，接著放聲大喊：「影望，過來！這堆鴉食就交給你了。」說完他便轉過身，昂首闊步地離開，同時輕揮尾巴示意其他族長跟上。

精疲力竭的戰士們四散在營地各處，五大部族全都混在一起，形成一個個小團體。有些貓神情尷尬，與不久前對戰的貓說話；有些貓為自己遭受矇騙、任由族貓被放逐而道歉。鬃霜聽著不禁心想，不曉得是不是每隻貓都願意放下，願意原諒。

今天又產生了多少嫌隙，埋下了多少怨懟？

鬃霜看到影望抓著一把蜘蛛絲自貓群中現身。他熟練地將蜘蛛絲敷在棘星脖子上，治療他的傷口。她努力放寬心，畢竟棘星的身體逃過死劫，貓族間的對立也看似全然消弭。她望向那些靜靜倒臥在地上的屍體，族貓開始聚集在他們四周。

哦，不！莓鼻……玫瑰瓣……沙鼻……還有一些距離太遠、無法辨識身分的貓。悲傷吞沒了方才那股寬慰，湧上鬃霜的心。

這麼多貓死了，雷族族長至今下落不明。一點也不像情勢好轉的前奏。

第二十二章

影望蹲伏在巫醫窩裡咀嚼僅存的最後一點紫草，為棘星製作藥膏。虎星吩咐他必須不惜一切代價讓棘星活下去；雖然傷口已經止血，但他不時有種感覺，彷彿棘星會嚥下最後一口氣，永遠離世。為了保住假棘星的命，他幾乎掏空儲藏室，耗盡了所有藥草。

看來我只能向星族祈禱了。可是這樣有用嗎？我看到祂們被監禁在神祕的樹丘裡，兔星也說星族逐漸衰微，幾乎不復存在。

棘星慢慢恢復意識，身體動了一下；與此同時，松鼠飛走進巫醫窩，站在他身旁俯視著他，眼神滿是憂慮。

「他還好嗎？」她問道。

「他會沒事的。」影望向她保證，心裡卻沒什麼把握。

「蜜蜂一定是鑽進我腦子裡了，」松鼠飛低聲說道。「我好想躺在他身邊給他力量，讓他堅強地撐下去，可是……那不是我的伴侶，對嗎？那不是真正的棘星。我好混亂……」

影望不曉得該怎麼回應。**我是巫醫，我永遠不明白伴侶之間的愛。我還能說什麼呢？**

「我保證，我一定會竭盡所能讓棘星活下來。」他喵聲說。

「謝謝你。」松鼠飛回答。

正當她要離開巫醫窩時，棘星又動了起來。「松鼠飛！」他勉強睜開雙眼，用微弱的氣音痛苦大喊，喃喃說了幾句影望聽不懂的話。

「你說什麼？」松鼠飛轉向棘星，好奇地問道。

他掙扎著呼吸，胸口不斷起伏，好不容易擠出幾個字。影望終於知道他剛才說什麼了。

「我回來……是為了妳。」

說話耗費了太多力氣。棘星身體一軟，闔上眼睛，再度陷入昏迷。

「他死了嗎？」松鼠飛睜大雙眼，驚恐地問道。

影望俯身仔細檢查。他將腳掌放在棘星胸前，嗅聞口鼻周圍。「沒事，他還活著，」他喵聲回答，接著直起身子。「松鼠飛，他剛才說『我回來是為了妳』。那是什麼意思？」

松鼠飛似乎毫無頭緒，只是抬頭凝望巫醫窩屋頂，又低頭看著棘星動也不動的身體。「我開始覺得這個假棘星有點熟悉，」她輕聲說。「但我目前無法斷定他的身分。不過有件事我很清楚，」她迎上影望關切的目光。「那就是我有一種可怕的預感，這一切並不單純。」

她離開巫醫窩，轉頭看假棘星最後一眼。影望跟著她走出去，只見營地依舊滿目瘡痍，到處都是戰亂蹂躪的痕跡。感覺自族貓黎明前醒來赴戰已經過了無數個月，然而實際上距離日升還有一段時間。

其他部族的戰士仍留在影族營地，將陣亡的族貓移動到埋葬處。看到爆發石和蕨葉鬚被挪到營地中央，以便族貓可以坐在那裡為他們守夜，影望體內就湧起一股撕心裂肺的痛。風族與河族戰士分別抬起煙霧雲和溫柔皮，準備帶她們回家；與此同時，水塘光在貓群間穿梭，逐一檢查他們在戰鬥中受的傷。悲慟與疲憊吞噬了每一隻貓；過了一會，影望就再也看不下去了。

那麼多戰士死傷，都是因為棘星體內那個邪惡的東西。

他掃視一下營地，發現他父親正專心與其他族長及副族長交談。影望注意到鬃霜尷尬地徘徊在貓群邊緣，顯然很希望自己在哪都好，就是不要在那裡。

虎星抬起頭看見影望，揮了一下尾巴要他過去。影望立刻跑去找他，松鼠飛也跟在後面。

「那個狐狸屎怎麼樣了？」虎星在影望來到他面前時問道。

不用問也知道狐狸屎是誰！「我已經替他的傷口敷藥治療，」影望回答。「但他的狀況沒有我想的那麼好，還是有可能撐不過去。」

虎星點點頭。「這表示我們必須考慮雷族的未來，做出重大決策。」他對其他貓說。「雷族還是有族長，但他的情況不宜領導，也不值得信任。至於雷族副族長顯然太過年輕，無法接掌職務，領導部族。」

「呼，感謝星族！」鬃霜鬆了一口氣，看起來好像快暈過去了。松鼠飛溫柔地對她眨眨眼，就連虎星也覺得鬃霜的反應很好笑。影望心想，**太好了，他們總算明白她從來沒有站假棘星那邊了。**

「松鼠飛，妳是領導雷族的最佳貓選，」虎星接著說。「妳覺得呢？」

「我不知道……」松鼠飛不確定地搖搖頭。「嚴格來說，我被放逐後就不再是雷族的成員。況且莓鼻——」

「莓鼻死了，」虎星打斷她的話。「假棘星無權放逐妳和其他貓，也無權指派別的貓擔任副族長，取代妳的位置。」

「松鼠飛，拜託，」霧星對她伸出一隻腳掌懇求道。「妳才是真正的雷族副族長，森林裡每隻貓都很信任妳。」

聽到河族族長的讚賞，松鼠飛難為情地低下頭，其他族長和副族長紛紛低語同意霧星的看法，讓她更不好意思。「好吧，為了雷族好，我願意，」她喵聲道。「但只是暫時的，直到真正的棘星回來為止。鬃霜，」她轉向那隻淺灰色母貓。「很抱歉，我認為妳不應該當副族長。我會選獅焰。」

「噢，松鼠飛，不用抱歉！」鬃霜激動地說。「我不配當副族長，我也相信無論假棘星說了什麼，星族絕對不會同意。我還沒準備好。我很樂意卸下這個職務，讓一隻真正適合又有能力的貓來當副族長。」

松鼠飛往前一步，用鼻子碰碰鬃霜的鼻子。「我相信妳在雷族前途無量，未來一片光明。」她喵聲說。

雷族終於重回正軌，他們的心情頓時輕鬆不少。

「我想明晚應該召開大集會，」虎星建議道。「現在已經抓到假棘星，我們必須想想下一步該怎麼做。」

影望有種如釋重負的感覺。看樣子一切都很順利。然而當他的目光轉向巫醫窩，疑慮再次爬上心頭。

真的結束了嗎？

他任憑自己的腿指引方向，下意識走回巫醫窩，彷彿有什麼東西吸引他過去。他來到沉睡的棘星身旁，低頭看著他，感覺那股邪惡從假棘星身上溢散出來，像潮溼的風一樣灌滿整座貓窩。

就在這個時候，棘星突然睜開雙眼。他看著影望，慢慢瞇起眼睛。

他認出我了……

假棘星張口說話，但那不是棘星的嗓音，跟影望過去在大集會上聽到的不一樣。他想起來了，那是他在異象裡聽見的聲音。

「你們阻止不了我，」他告訴影望。「你救了我的命，也正因為如此，我才能臻至成功。一旦完全恢復健康，我就能讓任何一隻貓屈服於我的意志。問問那隻身材瘦削、有雙黃眼睛的黑貓就知道了。」

影望不太確定假棘星是什麼意思。**該不會是……**他驚愕地倒抽一口氣，意識到棘星說的是尖塔望。這兩個靈魂怎麼會相遇呢？

他還來不及追問，假棘星就身子一軟，再度閉上眼睛。

影望還是不知道棘星體內的貓靈是誰。他只知道一件事。**貓族的麻煩還沒完呢。**

第二十三章

根躍把頭探進巫醫窩裡，看見父親樹正在活動他受傷的腿。

「感覺很棒。」樹對斑願說。

斑願嗅嗅她敷在樹傷口上的藥膏，根躍聞到了馬尾草的清香。

「癒合的情況不錯，」她喵聲說。「建議你這一兩天不要碰觸傷口。如果開始腫脹或發熱再回來找我。」

「好，看樣子我不能參加今晚的大集會了，」樹回答，對根躍做了一個鬼臉。「你無法想像我有多難過。」

根躍差點噗哧一聲笑出來。「你想的話我可以留下來陪你。」他對父親說。

「不行，你要去，」樹非常堅持。「不管你喜不喜歡，你現在在貓族中扮演著重要角色。你非去不可。」

根躍懷疑地抽動鬍鬚。**要我說的話，「重要」兩個字實在是太高估我了。**但他不得不承認父親是對的。

「好吧。」根躍嘆了口氣。

他走向空地，樹一跛一跛地跟在後面。「祝你好運。」他對兒子喵聲說。

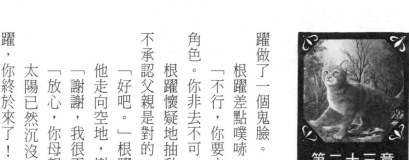

「謝謝，我很需要。記得要好好休息，晚上睡個好覺。」

「放心，你母親會照顧我的。」樹揮揮尾巴道別，走回戰士窩。

太陽已然沉沒，葉星及其遴選出來參與大集會的貓群已在蕨葉隧道旁等候。「根躍，你終於來了！」葉星看到他忍不住大叫。「我們一直在等你。我們不能沒有你。我有種感覺，今晚我們很需要你。」

樹剛才也這麼說，根躍心想，腳掌因憂懼而刺痛。**我能不能當一個普通的戰士就好？**

✦✦✦

根躍踏上島岸，穿過灌木叢進入空地，其他部族的貓幾乎都到了。貓群沒有按部族區隔開來，而是互相混雜，大家都緊張地東張西望，好像很擔心會爆發另一場大戰。這也難怪，畢竟先前的事似乎對貓群造成不小衝擊，根躍可以理解。

只是他還來不及消化眼前的場景，就注意到另外一件事。那些戰死的靈魂就潛伏在空地邊緣。一陣顫慄從根躍腳底直竄至尾尖。

他們應該去星族才對，卻還滯留在這裡。

根躍知道，戰士死後靈魂會加入星族、獲得安息，可是這些幽靈卻毛髮直豎、繃緊肌肉蹲伏在地，帶著驚恐的表情睜大眼睛環視集會區。有些靈魂哀悽地凝望活著的族貓。後者看不見他們。

根躍小心翼翼沿著灌木叢前進，尋找棘星的靈魂，但沒發現他的蹤影。他尋遍空地找了兩次，以免遺漏什麼線索，卻依舊毫無所獲。

昨天大戰結束後，根躍和影望簡單聊了一下。

「我發現棘星的靈魂困在黑暗森林的空心樹裡，」影望說。「只要他逃出那個地方，應該就能回來了。」

「我已經好一陣子沒看到他了，」根躍回答。「你呢？」

影望搖搖頭。「他的靈魂就在某處……可是在哪裡呢？」

根躍幾乎陷入絕望。**真正的棘星還會回來嗎？**

這時，四名族長和松鼠飛跳上大橡樹，根躍只得放棄搜索。「各族的貓，大集會開始！」虎星發出充滿威嚴的吼叫。

葉星從枝幹上站起來往前一步，似乎打算主導會議。根躍以為虎星會反對，但他只是不發一語、默默聆聽。大家紛紛將目光轉向天族族長。

「目前貓族處於可怕的黑暗時代，」葉星開口。「我相信大家都同意我們確實犯了一些嚴重的錯。我知道，我們的身體與精神創傷需要一段時間才能癒合。不過，現在不是復仇或懲罰的時候，也絕對不是數算舊帳、嚴懲族貓的時候。」

兔星恭敬地對葉星點頭，低聲表示贊同。「現在這個棘星不僅是假族長，更是一隻惡貓，」他說。「但星族的確有可能因為我們多次打破戰士守則而離開。對五大部族而言，恪遵戰士守則沒什麼不好。或許這樣星族就會回來了。」

風族族長的話讓根躍的心緊揪在一起。**鬚霜以為事情會變得比較簡單，看來她錯了。**遺落的星族狩獵場和逐漸衰微的戰士祖靈似乎在兔星腦海中盤旋不去，讓他非常煩惱。

虎星挺直身子，高高站在枝幹末端。根躍猜他是想像棘星過去那樣掌控大集會。

「我和所有貓一樣尊重星族，」他喵聲道。「坦白說，我也相信祂們希望我們過著良善、正直又可敬的生活。或許所有被指控破壞戰士守則的貓真的違反了規定，但你們能因為這樣就斷言他們心懷不軌嗎？」

貓群泛起一陣不安。「你在說什麼啊？」鴉羽厲聲問道。「你的意思是我們應該改變戰士守則？」

「還是完全無視？」獅焰補上一句。「太離譜了！這樣星族永遠不會回來了！」

根躍這才意識到被放逐的鴉羽已經重返風族副族長的位置，坐在大橡樹樹根上，獅焰就坐在他旁邊，想必他是新的雷族副族長。他看看四周，發現其他流亡貓也有來參加大集會。

看到他們找回自己的歸屬真是太好了，根躍的心情為之一振。

「假棘星就是希望我們這麼想，」虎星對獅焰說。「現在真相大白，他所說的一切都是出於惡意。他想嚇唬我們，讓我們相信星族在生貓族的氣，這只是他用來控制我們的工具。」

「你怎麼知道？」霧星問道。「再說大家應該都不會否認，我們已經好幾個月沒聽到星族的消息了。」

「我沒有十足的把握，」虎星回答。「不過影望的靈魂進入黑暗森林時看見閃爍的星辰被困在水池裡，彷彿星族出於某種原因被囚禁、遠離了祂們的狩獵場。」

「什麼？」根躍看到兔星瞪大眼睛，耳朵前傾，好像不確定自己有沒有聽錯。「恕我直言，虎星，這聽起來就像一堆薊花絨毛，胡說八道！星星被困在黑暗森林裡？被趕出獵場？虎星，我去了星族的狩獵場，還看見戰士祖靈。祂們陷入危難、逐漸衰亡，但祂們確實在那裡。」

葉星向兔星伸出尾巴，要他冷靜。「我們不能總是從字面上來解讀巫醫領受到的異象，」她喵聲說。「影望的靈魂經歷的一切，未必比星族的預兆更容易理解。」

她說話的同時，虎星肩上的毛慢慢豎起、愈來愈蓬，眼裡燃著怒火。「妳懂什麼？」他大聲咆哮，話語如洪流般從他口中傾瀉而出。「親臨黑暗森林的是影望，差點被棘星殺害的影望。自從他分享他相信是星族降下的異象後，就一直忍受你們的蔑視和奚落。你們這些蜜蜂腦什麼時候才願意聽我兒子的？他在告訴我們該如何喚回星族！」

虎星的怒吼響徹整片空地。他話音一落，沉默隨即降臨，每隻貓都呆愣不語，安靜了半晌。霧星帶著敬意對虎星點個頭，率先開口。

「虎星，你可能有點反應過度了。那些對你、鴿翅及孩子不公的指責讓你氣昏了頭，以致無法靜下來好好理清思緒。」

「我同意，」一直默默聆聽其他族長意見的松鼠飛終於跳出來發言。「影望提供的消息非常珍貴，但就算他說的是真的，我們還是不知道怎麼逼退棘星體內的貓靈。要打敗他，就要先弄清楚他是誰。」

「沒錯！」兔星熱切地看著松鼠飛。「妳比我們更了解棘星。妳怎麼看？」

松鼠飛停頓了一下，沉思良久。「他說……他回來是為了我，」她又想了幾下心跳，垂下肩膀搖搖頭。「我還是不確定……」

各族族長開始激烈爭辯，討論星族和祂們為什麼消失之類的老問題。根躍的腳掌陣陣刺痛，心裡有種不祥的預感。**我們經歷了這麼多，難道還要重蹈覆轍、落入相同的迴圈嗎？**

「好啦，」虎星喵聲說。「至少被放逐的貓都可以回家了。」

「這就不一定了，」霧星的回答讓根躍大吃一驚。「冰翅和兔光，過來站在大橡樹下。」

根躍困惑地看著霧星點名的兩位戰士從河族貓群中走出來，並肩站在一起，不安地望著他們的族長。**霧星到底在想什麼？**根躍好納悶。**冰翅和兔光沒有被放逐啊。**

「我相信你們是忠誠的河族戰士，」霧星俯視著他們喵聲說，藍色雙眸裡滿是痛楚。「可是昨天那場戰鬥中，我看到你們與自家族貓對戰。你們違抗我的命令。即便我知道假棘星並非善類，我還是得把你們逐出河族。」

兩名戰士目瞪口呆地看著族長，一時語塞，沒有抗議，也沒有辯解。

坐在其他巫醫旁邊的蛾翅於一片寂靜中站起來。「霧星——」她開口。

「蛾翅，我知道放逐妳是我的錯，」霧星打斷了她的話。「我很抱歉。河族歡迎妳回家。」

「不，霧星，」蛾翅立刻反駁；周圍的貓群聽到她說不，都倒抽了一口氣。「在一個戰士遭受不公不義的對待、莫名被流放的部族裡，我永遠不會有被歡迎、被接納的感覺。冰翅和兔光冒著生命危險對抗棘星體內的邪惡勢力。我們應該感謝他們才對，不是讓他們流落在外。還有，」蛾翅繼續說。「我選擇當一隻河族貓，忠貞不二地為我族服務，但妳卻因為我無法掌控的出身把我趕走。我很難忘記這一點。」

有那麼一瞬間，根躍覺得霧星動搖了。她張口想說話，卻擠不出半個字。最後她深呼吸說：「那蛾翅、冰翅和兔光，從今以後，你們不再是河族貓了。」

「不公平！」冰翅大喊。「對，我們確實站在影族這邊，但蛾翅沒有做錯什麼！」

「就是啊，難道我們連贖罪的機會都沒有？」兔光追問。

霧星只甩了一下尾巴，沒有回答。

根躍感受到震懾就像石頭扔進水池裡激起的漣漪一樣，在與會的貓群間擴散開來。

霧星怎麼能這樣對待她的巫醫和兩名忠誠的戰士？他們又該何去何從？

「霧星，妳確定嗎？」葉星問道。「我們都召回也饒恕了流亡貓。兔光和冰翅只是想做他們認為對的事。參戰想必是他們做過最艱難的決定。」

「他們的決定大錯特錯。」霧星那雙藍眼睛充滿悲痛，語氣卻非常堅決。「他們必須承擔後果。」

其他族長彼此互看，交換遺憾的眼神，顯然不必再爭論下去了。

「既然這樣，」虎星開口。「他們最好跟我一起回影族。在那裡，他們永遠有一個家。」

底下的貓群發出刺耳的驚叫。「你是誰，你對虎星做了什麼？」刺爪在根躍耳邊低聲說笑。

與此同時，虎星宣布會議結束。空氣中仍瀰漫著震驚的氣息，貓群紛紛四散，與自家的族貓會合，準備啟程返回領地。

霧星是第一個從大橡樹上跳下來的族長。她輕甩尾巴召喚河族貓，接著邁開大步，帶領他們走向環繞空地的灌木叢，留下蛾翅、冰翅和兔光。三隻被放逐的貓就這樣看著其他族貓離開。冰翅走向影族貓，才跨出一步，她就停了下來。

他們一定覺得很奇怪、很難適應吧，根躍心想。他望著河族離去的背影，一股同情油然而生，整個胃扭絞在一起。**不曉得貓族能不能順利度過這些難關，他暗自忖度。我們明明大獲全勝，抓到了假棘星，為什麼感覺還是這麼糟呢？**

正當其他族長跳下來召集族貓時，松鼠飛突然大叫：「等等！」

她衝到大橡樹旁，再度跳上樹枝。即便距離很遠，根躍依舊看得出來她那雙翠綠色眼睛又大又亮，眼底還藏著一絲恐懼。

解散的貓兒們慢慢停下腳步，好奇地抬頭看她；幾隻早已消失在灌木叢裡的河族貓也立刻折返，走回空地。

「別擔心，」虎星轉頭看著松鼠飛大喊。「我們不會傷害棘星寶貴的肉身。」

「不是這個，」松鼠飛搖搖頭，聲音非常沙啞。「我知道了。」

「知道啥啊？」松鴉羽問道。「看在星族的份上，快點下來。大家都累了。」

「我知道是誰霸占了棘星的身體！」

根躍張大嘴巴，簡直不敢相信他剛才聽到的話，在場所有貓也都發出困惑與訝異的驚呼。

「而且，」松鼠飛繼續說。「假如我猜得沒錯，情況比我們想的更嚴重。」

國家圖書館出版品預編目資料

貓戰士七部曲破滅守則 . 三 , 暗影之蔽 / 艾琳 . 杭特（Erin Hunter）著 ; 約翰 . 韋伯（Johannes Wiebel）繪 ; 郭庭瑄譯 . -- 初版 . -- 臺中市 : 晨星 , 2021.05
面 ； 公分 . --（Warriors ; 61）

譯自 : Warriors : The Broken Code. 3, Veil of Shadows

ISBN 978-986-5582-43-2（平裝）

873.596 110004288

貓戰士七部曲破滅守則之III

暗影之蔽 *Veil of Shadows*

作者	艾琳・杭特（Erin Hunter）
繪者	約翰・韋伯（Johannes Wiebel）
譯者	郭庭瑄
責任編輯	陳品蓉
文字校對	許仁豪、陳品蓉
封面設計	陳柔含
美術編輯	陳柔含
創辦人	陳銘民
發行所	晨星出版有限公司 407台中市西屯區工業區30路1號1樓 TEL：04-23595820 FAX：04-23550581 行政院新聞局局版台業字第2500號
法律顧問	陳思成律師
初版	西元2021年05月01日
再版	西元2023年07月10日（三刷）
讀者訂購專線	TEL：（02）23672044 /（04）23595819#212
讀者傳真專線	FAX：（02）23635741 /（04）23595493
讀者專用信箱	service@morningstar.com.tw
網路書店	http://www.morningstar.com.tw
郵政劃撥	15060393（知己圖書股份有限公司）
印刷	上好印刷股份有限公司

定價250元

（缺頁或破損的書，請寄回更換）

ISBN 978-986-5582-43-2

☐ 我已經是會員，卡號 ____________________

☐ 我不是會員，我要加入貓戰士會員

姓　名：________________ 性　別：________ 生　日：________________

e-mail：____

地　址：☐☐☐ ______ 縣／市 ______ 鄉／鎮／市／區 ________ 路／街

______ 段 ______ 巷 ______ 弄 ______ 號 ______ 樓／室

電　話：____

☐ 我要收到貓戰士最新消息

貓戰士鐵製鉛筆盒抽獎活動

將兩個貓爪和一顆蘋果一起貼在本回函並寄回，就可以獲得晨星出版獨家設計「貓戰士鐵製鉛筆盒」乙個！

貓爪在貓戰士書籍的書腰上，本書也有喔！蘋果則是在晨星出版蘋果文庫的書籍書腰上！

哪些書有蘋果？科學怪人、簡愛、法布爾昆蟲記、成語四格漫畫...更多請洽少年晨星官方Line ID：@api6044d

點數黏貼處

請填妥後對折裝訂，再貼妥郵票寄出

請黏貼
8 元郵票

407

台中市工業區30路1號

晨星出版有限公司

TEL：（04）23595820　FAX：（04）23550581

e-mail：service@morningstar.com.tw

http://www.morningstar.com.tw

請沿虛線摺下裝訂，謝謝！

加入貓戰士俱樂部

【貓戰士會員優惠】

憑卡號在晨星出版社購書可享優惠、擁有限定商品、還能獲得最新消息等會員福利。

【三方法擇一，加入貓戰士會員】

1. 填妥本張回函，並寄回此回函。
2. 拍照本回函資料，加入官方Line@，再以Line傳送。
3. 掃描後方「線上填寫」QR Code，立即填寫會員資料。

Line ID：
api6044d

「線上填寫」
QR Code

★寄回回函後，因郵寄與處理時間，需2～3週。